ENSAIOS SOBRE A CONSTITUIÇÃO EPISTEMOLÓGICA DO PENSAMENTO DE FREUD

SEGUIDO DE

"A BABEL PSICANALÍTICA PÓS-FREUD E O DESENVOLVIMENTO DA PSICANÁLISE"

LEOPOLDO FULGENCIO

ENSAIOS SOBRE A CONSTITUIÇÃO EPISTEMOLÓGICA DO PENSAMENTO DE FREUD

SEGUIDO DE

"A BABEL PSICANALÍTICA PÓS-FREUD E O DESENVOLVIMENTO DA PSICANÁLISE"

eC ediçõesConcern

São Paulo - 2021

Supervisão editorial: *Sergio Rizek*
Revisão: *Esdra Campos*
Diagramação: *José Maria Faustino*
Capa: *adptação de desenho de Freud ilustrado por Don Ivan Punchatz*

Catalogação na publicação
Biblioteca Dante Moreira Leite
Instituto de Psicologia da Universidade de São Paulo

Fulgencio, Leopoldo.
Ensaios sobre a constituição epistemológica do pensamento de Freud: seguido de A babel psicanalítica pós-Freud e o desenvolvimento da psicanálise / Leopoldo Fulgencio. - São Paulo : Concern; Attar, 2021.
272 p.

ISBN 978-85-5893-003-1

1. Psicanálise 2. Epistemologia 3. Ciência 4. Freud, Sigmund, 1856-1939 I. Título

RC504

A publicação desta obra em formato Open Access somente foi possível graças ao apoio do Programa de Pós-Graduação em Psicologia Escolar e do Desenvolvimento Humano (Instituto de Psicologia - USP) que, sensível à necessidade de apoiar a divulgação de pesquisas científicas de seu corpo docente e colaboradores, destinou a esta publicação recursos provenientes da verba PROAP, concedida aos Programas de Pós-graduação brasileiros pela Coordenação de Aperfeiçoamento de Pessoal de Nível Superior – Brasil (CAPES), à qual também sou grato.

Edições Concern / Attar Editorial
Rua Madre Mazzarello, 336
São Paulo - SP - 05454-040
Tel.: (11) 3021-2199 - attar@attar.com.br
www.attar.com.br

Edições Concern

Os textos encaminhados à Edições Concern, selo da Attar Editorial (fundada em 1986), serão avaliados por membros do conselho editorial, cujos pareceres críticos circunstanciados serão enviados para os autores.

Agradecimentos

Aos meus amigos que me dão entorno, cotiano e alegria de vida fraternal e social: Leandro, Leusa, Sergio, Taco, Rose, Evaldo, Esdra, Duca, Pedro, Débora, Fernando, Ana Amélia e Roberto Amado. Também a nossas crianças já adultas: Letícia, Ana Lívia, Júlia, Isadora, Paula, Jonas e Marina.

À FAPESP e ao CNPq. Todos os textos aqui reunidos derivam de pesquisas financiadas pela FAPESP e pelo CNPq, ao longo destes anos em que desenvolvi pesquisas de doutorado e pós-doutorado.

Às revistas nas quais meus artigos foram publicados, pela autorização para republicá-los nesse conjunto em forma de livro. Ao identificar a fonte dos textos aqui publicados, também estarão sendo citadas as revistas que, gentilmente, autorizaram sua republicação.

Aos professores que guardo no coração como meus amigos: Cesar Ades, Miriam Schnaidermann, Claudio Ulpiano Itajiba e Pierre Fédida.

A meus próximos na academia: Daniel Kupermann, Ivan Estevão, Rogério Lerner e Eduardo Leal Cunha.

A meus admirados colegas de profissão, com quem tenho desenvolvido laços fraternos e que são pessoas que posso admirar e tomar como modelo: Elias Mallet da Rocha Barros e Paulo Sandler.

E, *sempre*, para os que compartilho a vida familiar, minha esposa Lygia e meus filhos e enteado (André, João, Tom e Nina Flor).

A meus pais, que me forneceram o começo.

Fonte dos textos que compõem este livro

Fulgencio, Leopoldo. (1998). O abandono da hipnose e a leitura metapsicológica dos sintomas. *Percurso, 11*(21), pp. 59-66.

Fulgencio, Leopoldo. (2000). Freud-Naturforcher e a apresentação do poema *Die natur. Percurso, 13*(n. 24), pp. 69-75.

Fulgencio, Leopoldo. (2000). Apresentação e comentários do documento: Convocação para a fundação de uma "Sociedade para a Filosofia Positivista". *Revista de Filosofia e Psicanálise Natureza Humana, v. 2*(n. 2), 429-438.

Fulgencio, Leopoldo. (2001). Comentários críticos das referências textuais de Freud a *Kant. Psicologia USP, v. 12*(n. 1), pp. 49-88.

Fulgencio, Leopoldo. (2002). A teoria da libido em Freud como uma hipótese especulativa. *Ágora, Estudos em teoria Psicanalítica, v. 5*(n. 1).

Fulgencio, Leopoldo. (2003). Resenha de *Freud precursor de Freud: estudos sobre a pré-história da psicanálise* (Ola Andersson). *Revista de Filosofia e Psicanálise Natureza Humana, 5*(2), 529-535.

Fulgencio, Leopoldo. (2004). O Projeto como uma metáfora biológica dos processos psíquicos. *Revista Psicologia USP, 15*(3), 117-136.

Fulgencio, Leopoldo. (2006a). O lugar da psicologia empírica no sistema de Kant. *Kant E-prints, vol. 4*(n. 1), pp. 89-119.

Fulgencio, Leopoldo. (2006b). O método analógico em Freud. *Estilos da Clínica, XI*(21), 204-223.

Fulgencio, Leopoldo. (2020). Incommensurability between paradigms, revolutions and *common ground* in the development of psychoanalysis, *International Journal of Psychoanalysis, 101*(01), 13-41.

In memorian, para Missade Saliba Rizek, Ricardo Rizek, Silvana Parreira, Umberto Baitello e Dona Isménia de Lourdes Lima de Araújo, com gratidão profunda pelo acompanhamento que me permitiram ter e fazer.

Sumário

Prefácio

A ciência de Freud e a ciência de hoje: um olhar epistemológico sobre a obra freudiana

No ato de fundação da psicanálise lavrado por Freud nos últimos anos de século XIX e, depois, desenvolvido em diversas direções ao longo das primeiras décadas do século XX, uma reivindicação aparece claramente formulada: *a psicanálise deve ser entendida como uma ciência natural da mente humana* em todas as suas dimensões e manifestações, desde o enraizamento do psíquico na fisiologia do cérebro e do sistema nervoso, até suas formas de expressão intersubjetivas e sociais, incluindo as mais complexas construções culturais, como a arte, as instituições e os sistemas religiosos. Numa de suas primeiras tentativas de síntese conceitual – o manuscrito do *Projeto de uma psicologia*, rascunhado no segundo semestre de 1895, mas apenas postumamente publicado –, já aparece a ideia de propor uma psicologia de um ponto de vista científico-naturalista ("*eine naturwissenschaftliche Psychologie*"). Em outro trabalho inacabado de publicação póstuma, dessa vez redigido em seus últimos anos de vida, quando todas as suas obras sobre arte, religião, cultura e sociedade já tinham sido produzidas, Freud torna a afirmar que a psicanálise é uma parte da psicologia e que a psicologia, também ela, é uma *ciência da natureza* ("*eine Naturwissenschaft*"), pois "o que mais ela poderia ser?". Portanto, de uma ponta a outra de seu itinerário intelectual, essa reivindicação naturalista se exprime nos termos mais inequívocos.

O domínio de objeto demarcado por Freud foi, de modo geral, assumido sem grandes contestações pelas diversas tradições e escolas psicanalíticas pós-freudianas: ao lado da investigação mais estritamente clínica do psiquismo individual normal ou patológico, a arte, a cultura e os vínculos sociais continuaram a ser abordadas pela psicanálise, mesmo que desde os pontos de vista divergentes adotados pelas suas muitas escolas e correntes teóricas. O que ficou a maior parte das vezes esquecida – quando não desqualificada e enfaticamente rejeitada – foi a epistemologia naturalista adotada pelo criador da psicanálise como adequada ao seu campo de investigação e atuação. A psicanálise tendeu a ser majoritariamente aproximada das ciências humanas e das correntes antinaturalistas dentro do campo psicológico, sendo que a abordagem freudiana dos fenômenos sociais e culturais serviu frequentemente de argumento para esse deslocamento, assim como o fato de que sua visão geral da natureza do psiquismo se alicerçava numa teoria do sentido e da interpretação e que a investigação psicanalítica lançava mão de um método que apelava essencialmente, quando não exclusivamente, para a linguagem.

Todos esses campos de investigação foram considerados, ao longo do século XX, como área de competência das humanidades, com seus métodos próprios e idiossincráticos de abordagem. A abordagem psicanalítica, por sua vez, parecia mais próxima dos procedimentos correntes nas ciências humanas e, ao mesmo tempo, fundamentalmente distinta do que se praticava no campo das ciências naturais, em que cada vez mais predominavam tecnologias sofisticadas de experimentação e quantificação. Diante desse quadro, a reivindicação naturalista de Freud pareceu, quando muito, um resíduo anacrônico de uma etapa já ultrapassada na história do conhecimento científico. Compreender adequadamente a psicanálise pareceu requerer expurgar esse naturalismo residual e situá-la num contexto epistemológico que efetivamente lhe fizesse justiça.

É uma atitude totalmente distinta – e muito mais difícil de encontrar no campo dos estudos psicanalíticos – que transparece nos trabalhos aqui reunidos por Leopoldo Fulgencio. Trata-se de um conjunto de texto cuja natureza epistemológica é explicitamente afirmada pelo autor, que tampouco desconsidera a dimensão histórica da psicanálise freudiana, de onde provêm os temas e os problemas específicos abordados por cada ensaio. Embora se trate de uma pluralidade de trabalhos distintos e independentes, há como que um tema recorrente que constitui uma espécie de fio condutor para seus argumentos ao longo de toda a série. Talvez se possa dizer, sem forçar demais, que esse tema funcione como uma tese geral da qual cada trabalho particular apresenta uma espécie de demonstração parcial, um estudo de caso de um problema específico em que essa ideia se expresse. Essa tese geral poderia ser explicitada da seguinte maneira:

> "Freud desenvolveu e sustentou uma visão antirrealista da psicanálise como uma ciência natural da mente, de tal maneira que os modelos teóricos em que sua concepção sobre a natureza do psíquico e de suas operações se exprime devem ser entendidos como desempenhando uma função heurística de equacionar e permitir a solução dos problemas empíricos com os quais a investigação psicológica se defronta, mas sem procurar representar de forma realista os objetos dessa investigação".

Epistemologicamente falando, Freud se distanciaria assim do realismo científico, aproximando-se de uma ou mais das variantes da atitude antirrealista oposta: uma visão instrumentalista, convencionalista ou mesmo ficcionista do conhecimento científico.

Nos textos que compõem essa coletânea, Fulgencio, de fato, se refere constantemente a uma ou outras dessas concepções. O autor procura, por um lado, inquirir sobre as origens dessa epistemologia freudiana, como no artigo sobre Freud como um *Naturforscher* e na resenha crítica dedicada ao livro pioneiro do psicanalista sueco Ola Andersson sobre a pré-história da psicanálise, publicado no Brasil com o título de *Freud precursor de Freud*. Outro trabalho com essa mesma temática é aquele que investiga as origens da metapsicologia freudiana no movimento pelo qual Freud se afasta da psicopatologia charcotiana, o que teria criado a necessidade de justapor à abordagem descritiva dos sintomas uma reconstrução especulativa e hipotética de seus mecanismos causais. Esses textos, assim como aquele em que se discute a adesão de Freud ao documento que convoca à fundação de uma "Sociedade de Psicologia Positivista", apontam ainda as principais influências filosóficas e científicas que atuaram sobre Freud na criação da psicanálise: além de nomes mais comumente mencionadas, como Brücke, Helmholtz e Charcot, ganha destaque Ernst Mach, ao qual Fulgencio já dedicou um livro inteiro anteriormente (*Mach & Freud: Influências e Paráfrases*, Edições Concern, 2016).

Outros dos ensaios aqui reunidos procuram revelar as raízes filosóficas dessa atitude epistemológica de Freud, descobrindo-as na filosofia transcendental kantiana, em sua teoria do conhecimento e, mais precisamente, na discussão do filósofo sobre que tipo de ciência uma psicologia empírica pode almejar ser. Textos como "Comentários críticos das referências textuais de Freud a Kant" e "O lugar da psicologia empírica no sistema de Kant" apresentam as evidências textuais dessa influência, tal como se apresentam na obra de Freud, além de analisar em detalhe como os problemas da psicologia empírica são abordados por Kant, argumentando sobre como seu impacto se faz sentir não apenas em Freud, mas em diversos projetos para uma psicologia científica que o precederam ou lhe foram contemporâneos no século XIX. A mesma busca de um referencial filosófico solidamente constituído para abordar a epistemologia freudiana pode ser encontrada em "Incomensurabilidade entre paradigmas, revoluções e *common ground* no desenvolvimento da psicanálise", em que a filosofia da ciência de Thomas Kuhn – cuja dívida com Kant é, aliás, inegável – é sinteticamente apresentada, ao mesmo tempo em que se discutem criticamente as melhores estratégias para a sua aplicação ao caso da psicanálise.

Por fim, um terceiro conjunto de textos apresenta de forma mais explícita essa tese geral que a coletânea de uma maneira ou de outra pretende defender. Situados, não por acaso, ao final do volume, os capítulos intitulados "A teoria da libido em Freud como uma hipótese especulativa", "O método analógico em Freud" e "*O Projeto* como uma metáfora biológica dos processos psíquicos" formulam, sistematizam e ilustram essa hipótese de leitura através da análise de construtos metapsicológicos exemplares (como a teoria da libido e o aparelho neuronal do *Projeto*). Esses trabalhos procuram, enfim, mostrar como essas construções teóricas se justificam, aos olhos de Freud, pelo seu valor instrumental e pela sua utilidade na resolução de problemas específicos colocados pela pesquisa clínica, mas não como representações mais ou menos fidedignas de uma realidade psíquica, de resto, inalcançável pela observação.

Assim, a estranheza diante da reivindicação freudiana da psicanálise como uma ciência da natureza não necessariamente proviria de um equívoco freudiano ao situar a filiação epistêmica de sua disciplina. Ela decorreria, antes, do contraste entre a epistemologia naturalista específica de Freud – inteiramente inteligível no seu contexto histórico e alinhada como certas tendências que ali se podem encontrar – e uma visão mais ou menos ingenuamente realista da ciência, que predomina fora dos círculos especializados e se encontra mais próxima da visão que o senso comum entretêm sobre a natureza da prática e da teorização científica. A psicanálise freudiana, enfim, se apresenta como distinta, de fato, dessa vulgata científica, mas próxima de atitudes epistemológicas correntes e, mesmo, predominantes na época da sua fundação, como o fenomenalismo de Mach, ao qual Fulgencio, como se viu, dedica especial atenção.

A história recente das ciências mostra uma alternância mais ou menos cíclica entre momentos em que concepções realistas e antirrealistas da ciência predominam. Fulgencio demonstra de forma convincente o alinhamento de Freud com o antirrealismo científico de sua época e procura precisar a natureza desse seu compromisso epistêmico. Hoje, particularmente, vive-se um momento em que as visões antirrealistas da ciência tendem a predominar novamente, inclusive dentro do campo psicológico. Isso, em princípio, deveria criar um clima mais receptivo para a interpretação aqui apresentada do naturalismo freudiano. Mas esse antirrealismo contemporâneo não é o mesmo da época de Freud e, na epistemologia das ciências humanas, sobretudo, os diversos construcionismos pós-modernos tendem a culminar numa rejeição intransigente de qualquer naturalismo e, mesmo, na dissolução da própria ideia de natureza como uma construção discursiva historicamente contingente e ideologicamente comprometida com posições políticas conservadoras. Além das virtudes do rigor e da erudição, a abordagem de Fulgencio tem o mérito de servir como um instrumento de crítica para as leituras epistemologicamente ingênuas da psicanálise freudiana. E, talvez, de mostrar, com conhecimento de causa, que não é necessário jogar o bebê fora junto com a água do banho para bem situar a psicanálise no contexto científico contemporâneo e avaliar sua contribuição potencial para o campo de investigação em que se insere.

Richard Theisen Simanke[1]

Fevereiro, 2021

[1] Doutor em Filosofia pela Universidade de São Paulo. Foi professor da Universidade Federal de São Carlos (UFSCar) entre 1994 e 2012, atuando como docente e orientador de Mestrado e Doutorado dos PPGs em Filosofia e em Psicologia daquela Universidade. Atualmente é Professor Titular da Universidade Federal de Juiz de Fora (UFJF) e professor e orientador de Mestrado e Doutorado do PPG em Psicologia da UFJF. Autor, entre outros trabalhos, de *A formação da teoria freudiana das psicoses* (Ed. 34, 1994; Edições Loyola, 2009), *Metapsicologia lacaniana: os anos de formação* (Discurso Editorial, 2002) e *Entre o corpo e a consciência: ensaios de interpretação da metapsicologia freudiana* (com Fátima Caropreso; EDUFSCar, 2011). Bolsista de Produtividade em Pesquisa nível 1-D do CNPq. E-mail: richardsimanke@uol.com.br.

Apresentação

O objetivo desse livro é retomar uma série de estudos, procurando esclarecer alguns aspectos do modo de pensar de Freud, dirigidos ao trabalho de compreender epistemologicamente seu pensamento. Trata-se de uma série e ensaios que serviram para a elaboração de minha tese de doutorado, *O método especulativo em Freud* (2001), atualmente também publicada em forma de livro (2008); mas que, tratando-se de estudos específicos, não compuseram, na sua maior parte, o corpo do texto da tese. Neste livro procuro, então, retomar estes ensaios agrupando-os num único volume, dado que todos eles versam sobre a análise da constituição do pensamento de Freud e, portanto, da epistemologia da psicanálise.

Em "Freud-*Naturforcher* e a apresentação do poema 'A natureza', de Goethe", partindo do momento em que o jovem Freud escolhe a carreira médica, procura-se apresentar algumas das referência epistemológicas básicas de Freud, enquanto um cientista da natureza educado junto a Brücke e Helmholtz, para, então, rever a poesia *Die Natur*, de Goethe, ressaltando a distância entre um Freud que se desejava pertencer ao campo das *Naturwissenschaften* e um Goethe-*Naturphilosophe*, ainda que possamos supor que restos dessa proposição poética possam ser encontrados no pensamento psicanalítico freudiano.

Em Freud como signatário do documento "Convocação para a fundação de uma 'Sociedade para a Filosofia Positivista'", apresento e analiso este documento assinado por Freud e outros intelectuais, tomando partido num debate entre Ernest Mach e Max Planck, opondo uma visão heurística a uma visão realista no modo como o conhecimento e a pesquisa científica devem ser desenvolvidos.

Em "Comentários críticos das referências textuais de Freud a Kant", encontramos uma análise crítica dos principais momentos da obra de Freud onde temos referências textuais a Kant, tanto para dar início a um trabalho de análise comparativa entre conceitos de uma e outra disciplina, quanto para indicar que há uma relação estrutural entre as posições filosóficas de Kant e o pensamento epistemológico de Freud, aplicado à psicanálise enquanto prática própria às ciências da natureza. Nesse sentido, defende-se que a crítica de certos conceitos fundamentais da psicanálise freudiana, enquanto pertencente ao quadro da filosofia kantiana, seria uma atitude necessária ao desenvolvimento da psicologia psicanalítica.

Em "O lugar da psicologia empírica no sistema de Kant", temos um texto que pretende mostrar que, para Kant, a psicologia empírica deve ocupar um lugar análogo ao da física empírica. Isso pode ser explicado levando-se em consideração a distinção entre uma ciência da natureza genuína (ciência *a priori*), que não seria possível para a psicologia, e uma ciência natural não-genuína (uma história natural que fornece apenas leis empíricas para seus objetos) a qual caracterizaria a psicologia como uma ciência empírica. Defende-se que Kant deixou um fio condutor para a construção dessa psicologia empírica, seja indicando um quadro transcendental – não no que se refere à formulação de uma psicologia racional, mas caracterizável pela aplicabilidade dos princípios do entendimento teórico a seus objetos, seja oferecendo um quadro heurístico para a pesquisa empírica dos objetos dados ao sentido interno. Ao final, demonstra-se que grande parte das propostas de uma psicologia científica pós-Kant está construída sob influência desse quadro kantiano, ainda que existam concepções de psicologia empírica elaboradas fora desse quadro.

Em seguida, retomos uma resenha crítica de Fulgencio, dedicada ao livro de Ola Andersson, *Freud precursor de Freud*, de Ola Andersson (2003), na qual procura-se explicitar o contexto epistemológico no qual Freud foi formado como um cientista no século XIX, antes do momento em que ele cria a psicanálise.

Em "O abandono da hipnose e a leitura metapsicológica dos sintomas", retomando o momento em que Freud abandonou a hipnose e introduziu o uso do divã, procura-se analisar a passagem conceitual e metodológica de Charcot a Freud, passagem da visibilidade do sintoma para a sua escuta, mostrando porque Freud teve necessidade de elaborar uma teoria afastando-se do método puramente descritivo dos fenômenos psíquicos. Esta teoria, sempre próxima e reformulada pela experiência clínica – a metapsicologia –, poderá, então, ser compreendida como uma nova psicopatologia.

No "A teoria da libido em Freud como uma hipótese especulativa", temos uma análise da distinção freudiana entre a sexualidade, como um fato observável, e a libido, como uma hipótese especulativa, mostrando que, para Freud, a suposição de uma energia específica para a pulsão sexual corresponde a um conceito que tem uma validade apenas instrumental – ou seja, heurística – e não uma referência empírica objetiva. Também salienta que Freud não considera os conceitos desse tipo – especulativos – o fundamento da sua ciência, mas sim o cume substituível do edifício teórico da psicanálise. Esse tipo de interpretação da obra de Freud, que o integra na história da filosofia e da ciência alemã, permite não só compreender a psicanálise como uma ciência numa perspectiva heurística, como também possibilita uma análise dos desenvolvimentos da psicanálise levando em conta a diferença entre dados empíricos e teóricos (especulativos), explicando, assim, em que sentido a teoria psicanalítica é considerada por Freud como provisória e sempre aberta a revisões.

Em "O método analógico em Freud", pretende-se mostrar que o uso de analogias e comparações do tipo *como se* corresponde a um instrumento heurístico de pesquisa, configurando um procedimento metodológico de pesquisa colocado, por Freud, no quadro das ciências da natureza. O objetivo, no seu uso, é tanto fornecer uma "regra para procurar" quanto dar a certos conceitos ou processos um conteúdo empírico não facilmente apreensíveis ou, até mesmo, impossíveis de serem encontrados. Essa concepção sobre a natureza e a função de analogias e comparações do tipo *como se* nas ciências não é uma novidade introduzida por Freud, mas sim uma prática comum nas ciências empíricas, que Freud aprendeu na sua formação como homem de ciência. Nesse sentido, depois de explicitar as concepções de Immanuel Kant e Ernst Mach sobre o uso das analogias e comparações do tipo *como se*, procura-se retomar as opiniões de Freud sobre esse tema, mostrando que essas reiteram as concepções desses autores.

Em "*O Projeto* como uma metáfora biológica dos processos psíquicos", temos um texto que pretende mostrar que *o Projeto de uma psicologia*, escrito por Freud em 1895, é uma metáfora; que esse texto corresponde à primeira tentativa de Freud para produzir uma teoria geral sobre o psiquismo, na qual encontramos uma metapsicologia formulada em termos biológicos. Defende-se que esta metapsicologia, por sua vez, não é proposta como uma neuropsicologia, mas como um conjunto de construções auxiliares, especulativas, cujo valor é apenas heurístico, aplicáveis aos problemas de natureza psíquica relacionados com o método de tratamento que Freud estava desenvolvendo.

Este conjunto de artigos, com temas variados, procura apresentar elementos que compõem o pensamento e o modo de pensar de Freud, não tanto para esgotar suas referências, mas sobretudo para enriquecer suas referências, num trabalho de estudo da epistemologia da psicanálise.[1]

Completando este quadro e dando uma direção para a questão do desenvolvimento da psicanálise pós-Freud, enfrentando, como já disse André Green, o problema da Babel Psicanalítica,[2] apresento um ensaio dedicado compreensão epistemologica do desenvolvimento da psicanálise como ciência. Neste ensaio, publicado em 2020 no

[1] Todas as referências a Freud serão feitas segundo a classificação estabelecida por Tyson, A., & Strachey, J. (1956). A Chronological Hand-List of Freud's Works. *International Journal of Psychoanalysis, 37*(1), 19-33; segundo a *Standard Edition of the Complete Psychological Works of Sigmund Freud* (SE).

[2] Green 2005, p. 44.

International Journal of Psychoanalysis, me propus, então, analisar criticamente os diversos usos do conceito khuniano de *paradigma* para o estudo da psicanálise, apresentando uma proposta de como esta noção pode ser usada para estabelecer um diálogo mais profícuo entre os diversos sistemas teóricos da psicanálise, mostrando como diversos autores, psicanalistas e filósofos, utilizaram esse instrumento para a compreensão da psicanálise e sua história; e terminando por defender que a compreensão dos sistemas teóricos da psicanálise como paradigmas, coloca em relevo tanto suas semelhanças (na compreensão de um *common ground* freudiano) quanto suas incomensurabilidades, além de mostrar que não são as teorias que são passíveis propriamente de comunicação, mas sim os fenômenos que elas tornam possível apreender, sendo, pois, redescritos em cada um dos sistemas fazendo-os desenvolverem-se. Creio que este tipo de análise corresponde a um horizonte que enquadra e aprofunda a maneira como estes *ensaios sobre a constituição epistemológica do pensamento de Freud* podem contribuir para o desenvolvimento da psicanálise.

Leopoldo Fulgencio

Fevereiro de 2021

Ensaio 1

Freud-*Naturforscher* e a apresentação do poema "A Natureza"

Em março de 1873, com 17 anos, após considerar a possibilidade de escolher a advocacia como profissão, Freud escreve a seu amigo Emil Fluss dizendo que escolhera outro caminho:

> "Eu decidi tornar-me um *Naturforscher* [explorador da natureza]... Eu lançarei os olhos nos arquivos milenares da natureza, eu serei talvez mesmo testemunha de seus processos eternos e partilharei minhas aquisições com todos aqueles que querem aprender".[1]

Trata-se aqui do jovem Freud, ainda não formado na prática de produção do conhecimento científico, que se entusiasma com o poema *Die Natur* indicando-lhe uma certa direção a tomar no rumo de sua vida:

> "Eu sei que foi a recitação do belo ensaio de Goethe, 'A Natureza', no curso de uma aula de vulgarização do Prof. Carl Brühl, pouco antes de meu exame de maturidade [exame do fim dos estudos secundários], que decidiu sobre minha inscrição em medicina."[2]

No entanto, é necessário diferenciar entre este jovem Freud, que se sensibiliza com uma produção própria aos *Naturphilosophes* alemães, e um Freud maduro, já educado noutra direção epistemológica, própria às ciências da natureza (*Naturwissenschaften*), onde essa inspiração inicial sofrerá mudanças radicais.

Freud vai se inserir no campo das ciências da natureza. É certo que ele o fará de forma particular e, ao mesmo tempo radical, mas podemos verificar, ao longo de sua obra, que ele reiterará essa

---

[1] Freud 1990, p. 238, carta de 01/04/1873.

[2] Freud 1925d, p. 10.

escolha epistemológica, seja seguindo um rumo totalmente diferente do enunciado pelo Goethe cientista, seja declarando em diversos momentos de sua obra que a psicanálise não poderia ter outro lugar que o de uma ciência da natureza, marcando, inclusive, a diferença da psicanálise em relação às ciências do espírito (*Geisteswissenschaften*), como analisou, por exemplo, Paul-Laurent Assoun em seu *Freud et les sciences sociales*. Não se trata apenas do desejo de Freud de ver-se reconhecido por sua época e seu meio social, mas também, e talvez mais importante, da determinação de um território epistemológico de pertinência que Freud considerava fundamental para a própria existência e prática da psicanálise.

Quando, em 1923, num artigo de enciclopédia, a psicanálise é definida como um novo procedimento de investigação de certos processos anímicos, específico e insubstituível, visando o tratamento de perturbações neuróticas, e cuja investigação resulta numa série de pontos de vista psicológicos "que crescem progressivamente para se juntarem numa disciplina científica nova",[3] encontramos a apresentação de uma ciência que se afastava das disciplinas científicas de sua época, mas isto nunca representou, para Freud, a possibilidade de a psicanálise ser outra coisa que não uma ciência da natureza: "O que mais ela poderia ser?"[4]

Todo psicanalista sabe (teórica e empiricamente) que essa nova disciplina não se assemelha nem a uma mecânica nem tampouco a uma atividade criativa idêntica à do artista, visto que o caminho de uma análise é constituído e delimitado pelo material ativo que o paciente fornece no processo de cura em associação com o analista, este último com seu mundo fantasmático, seus afetos e sua compreensão teórica específica. Esta condição do uso do método analítico vem relançar a questão sobre o lugar específico da psicanálise face aos outros ramos do saber; sua pertinência ao campo das ciências permanece ainda uma

---

[3] Freud 1923a, p. 235.

[4] Freud 1940b, p. 283.

discussão em aberto. A questão não é simplesmente de cunho teórico-epistemológico pois a sua resolução implica necessariamente o estabelecimento de critérios e métodos, ainda que específicos, para a pesquisa e a prática psicanalítica.

Freud será educado no laboratório de Fisiologia dirigido por Brücke:

> "Eu terminei por encontrar [de 1876 a 1882] no laboratório de fisiologia de Ernest Brücke, paz e plena satisfação, bem como pessoas que eu podia respeitar e tomar como modelos, Mestre Brücke ele mesmo e seus assistentes Sigm. Exner e Ernest von Fleish-Marxow."[5]

Brücke era tomado como um líder da fisiologia física, considerado também como o embaixador de Helmholtz (Berlin) em Viena. A correspondência de juventude com Silberstein cita, em vários momentos, o interesse de Freud por Helmholtz, e uma numa carta a Martha Bernays, Freud reconhece em Helmholtz um de seus ídolos,[6] o que nos leva a tomar a declaração de filiação de Helmholtz a Kant como uma referência significativamente presente nas bases do pensamento de Freud. Diz Helmholtz:

> "Estamos ainda sobre o solo de seu sistema. A esse respeito também acentuei em meus estudos anteriores o acordo entre a recente fisiologia e as doutrinas de Kant."[7]

O que significa estar *sobre o solo de seu sistema?* Em Kant, podemos ressaltar os seguintes pilares: 1) a identificação dos objetos do conhecimento empírico – reconhecendo a necessidade de ter destes objetos uma experiência sensível – enquanto condição para a produção desse conhecimento, ou seja, a necessidade de ver a natureza como sendo a "totalidade de todos os objetos da experiência";[8] 2) o reconhecimento de que a natureza tem que obedecer à legislação do entendimento, isto é, de estar em "conformidade com as leis das determinações da

---

[5] Freud 1925d, p. 10.
[6] Assoun 1981, p. 75.
[7] Helmholtz 1878, p. 270.
[8] Kant 1783, PROL, A, p. 74.

existência das coisas em geral";[9] 3) a suposição de que toda matéria em movimento só pode ser compreendida a partir das noções de duas forças fundamentais básicas, as de atração e de repulsão: "apenas se podem conceber estas duas espécies de forças, às quais se devem reduzir todas as forças motrizes da natureza material";[10] e 4) que estas forças são conceitos fundamentais não derivados de nenhum outro conceito empírico ou teórico, mas que "nem por isso podemos pretender considerar uma delas [as forças] como real, porque para a competência de construir uma hipótese exige-se impreterivelmente que a possibilidade do que se admite seja absolutamente certa, mas a possibilidade das forças fundamentais jamais se pode discernir",[11] ou seja, elas têm um valor heurístico e não real.

Neste mesmo sentido, lembremos que Brücke, por sua vez, enuncia um juramento epistemológico junto com du Bois-Reymond:

> "Brücke e eu fizemos o juramento solene de impor esta verdade, a saber, que somente as forças físicas e químicas, com exclusão de qualquer outra, agem no organismo. Nos casos que não podem ser explicados, no momento, por essas forças, deve-se empenhar em descobrir o modo específico ou a fonte de sua ação, utilizando o método físico-matemático, ou então postular a existência de outras forças, equivalentes em dignidade, às forças físico-químicas inerentes à matéria, redutíveis à força de atração e repulsão."[12]

Estas *forças equivalentes em dignidade* serão, para Freud, as pulsões, como se pode perceber claramente nos primeiros parágrafos do seu *Pulsões e seus destinos*, onde ele caracteriza a pulsão como um *conceito fundamental convencional*,[13] acentuando sua validade heurística. O próprio Freud vai reconhecer, na sua auto-apresentação de 1925, ter permanecido engajado num caminho científico no qual Brücke

---

[9] Kant 1783, PROL, A, p. 74.
[10] Kant 1786, PMCN, A, p. 35.
[11] Kant 1786, PMCN, A, p. 73 e p. 84.
[12] Cf. Assoun 1981, *apud.*, p. 47.
[13] Freud 1915c, p. 117.

o iniciara, ainda que ele tenha se afastado da fisiologia e de seus métodos quantitativos:

> "Em certo sentido eu permaneci fiel à orientação na qual me engajei inicialmente."[14]

Se buscarmos mais uma vez o que significa *a natureza* para Kant, lemos:

> "*A natureza* é a existência das coisas enquanto essa é determinada segundo leis universais."[15]

Na base da explicação destas leis universais estão as *forças primordiais a priori*, forças de atração e de repulsão; e ainda que não se possa "indagar as forças primordiais *a priori* quanto à sua possibilidade" já que isto "ultrapassa em geral o horizonte da nossa razão",[16] é justamente essa inquirição metafísica que servirá como "fundamento ao conceito empírico da matéria" sendo "unicamente útil ao propósito de levar a filosofia da natureza, tanto quanto é possível, à exploração das razões explicativas dinâmicas, porque só estas permitem esperar leis determinadas, por conseguinte, um verdadeiro encadeamento racional das explicações."[17]

Com isso pode-se compreender certos aspectos simples, mas fundamentais, que caracterizam o modo de pensar de Freud. Convém, ainda, por em evidência mais um ponto de referência básica do seu pensamento: sua profunda confiança no determinismo universal, base de toda a sua metapsicologia. Diz Freud, por exemplo, ao comentar a introdução da técnica da associação livre:

> "Uma sólida confiança no rigor do determinismo no animismo teve certamente sua parte no recurso a esta técnica [livre associação] que deveria substituir a hipnose."[18] Esta confiança pode seguramente ser tomada como a base de toda psicologia naturalista, entre elas

[14] Freud 1925d, p. 10.
[15] Kant 1783, PROL, A, p. 65 e p. 71.
[16] Kant 1786, PMCN, A, p. 48 e p. 104.
[17] Kant 1786, PMCN, A, p. 48 e p. 104.
[18] Freud 1923a, p. 228.

a psicanálise freudiana. Será, então, a partir destes preceitos gerais, próprios das *Naturwissenschaften*, que Freud construirá a sua metapsicologia e enunciará os seus *Schibboleths* específicos, estabelecendo o campo de sua ciência.

Schibboleth é uma palavra hebraica que significa espiga e tem o sentido figurado de uma prova decisiva que faz julgar a capacidade de uma pessoa – na edição brasileira das obras completas de Freud, *schibboleth* foi traduzido por *senha*, o que torna impossível a apreensão das características aqui comentadas. Originalmente, como consta no *Livro dos juizes* (12, 6), trata-se de uma prova de pertinência a um grupo que resulta numa questão de vida ou morte: a tribo de Galaad havia vencido numa guerra a tribo de Efraïm, "porém os de Galaad se apoderaram dos vaus do Jordão, por onde os de Efraïm haviam de voltar. Quando algum dos fugitivos de Efraïm chegava a eles, e dizia: Peço-vos que me deixes passar. Os de Galaad lhe diziam: Acaso és tu Efrateu? E respondendo: Não sou. Eles lhes replicavam: Pois dize: *Shibboleth*. E quando o outro pronunciava *sibboleth*, não podendo enunciar a palavra com a mesma pronunciação, ele era imediatamente preso e o degolavam na mesma margem do Jordão. E assim, naquele tempo foram mortos quarenta e dois mil homens de Efraïm". Freud utiliza o termo em quatro momentos de sua obra, caracterizando quais são os *schibboleth* da psicanálise: em 1914, quando traça a história do movimento psicanalítico refere-se ao sonho como "esse *schibboleth* da psicanálise";[19] numa nota acrescentada aos *Três Ensaios* em 1920, comentando a importância do Complexo de Édipo:

> "O reconhecimento de sua existência tornou-se o *schibboleth* que distingue os partidários da psicanálise de seus adversários";[20] em 1923 no O Ego e o Id, dizendo que "o primeiro *schibboleth* da psicanálise" é "a diferenciação do psiquismo em consciente e inconsciente";[21] e em

---

[19] Freud 1914d, p. 7.
[20] Freud 1905d, p. 130.
[21] Freud 1923b, p. 13.

1933, nas *Novas Conferências*, onde ele especifica que a doutrina dos sonhos tem o "papel de um *schibboleth*, cujo emprego decidia quem podia tornar-se adepto da psicanálise."[22]

É importante explicitar aqui a compreensão que Freud tem do *acaso*, como corolário da tese do "determinismo universal", pois esta revela as características das explicações causais em psicanálise. Em 1926 Freud diz:

> "Eu tenho dois deuses: *Logos et Ananké*... A inflexível razão, o destino necessário."[23]

Essa concepção deve ser diferenciada no que diz respeito ao campo da realidade exterior e ao campo do mundo psíquico interior, visto que não se pode tratá-los da mesma maneira. Diz Freud em 1901 na sua *Psicopatologia da vida cotidiana*:

> "Eu creio de fato no acaso exterior (real), mas eu não creio no acaso interior (psíquico)."[24]

Ao acreditar desta forma na série de determinações causais, Freud também reconhecerá que sua *jovem ciência* não pode predizer o futuro mas é capaz de retraçar um conjunto de determinações causais a partir de um certo problema reconhecido como pertinente à investigação analítica: dado um sintoma histérico de conversão *x*, por exemplo, pode-se recuperar a série de determinações psíquicas que o causou. No texto *Sobre a psicogênese de um caso de homossexualidade feminina* de 1920, Freud diz que quando a análise vai dos dados às suas condições, a explicação é confiável, mas se invertemos o sentido, partindo das condições para predizer seus efeitos, então a psicanálise mostra-se extremamente imprecisa e pouco confiável.[25] Percebemos que Freud é prudente em sua posição, ciente de que a psicanálise não pode aplicar

---

[22] Freud 1933a, p. 7.

[23] Freud 1926x. Entrevista a Charles Baudoüin em 20/0utubro/1926 (apud. Baudoüin 1957, p. 50).

[24] Freud 1901b, p. 257.

[25] Freud 1920a, pp. 167-168. Ver também, sobre a noção de causalidade em psicanálise, o comentário de Mezan 1988, p. 338.

a causalidade no sentido de prever o futuro, este sempre lançado na indeterminação: "Destino e Acaso [Δ α ι μ ω υ x α ι Τ υ χ η] determinam o destino do ser humano – raramente, talvez jamais, uma destas potências o faz sozinha."[26] No entanto, para Freud, isto não significa, de forma alguma, o abandono da tese determinista, condição das ciências da natureza. Sabemos, pela leitura de Kant, que tanto as questões das forças quanto a da liberdade estão colocadas no âmbito da metafísica e não podem ser resolvidas pela experiência sensível, o que nos leva a lembrar a prudência com que Mach, autor a quem Freud deve uma série de contribuições importantes do ponto de vista da epistemologia da psicanálise, enuncia a questão do determinismo e da liberdade (indeterminismo):

> "É impossível provar a justeza da tese determinista ou indeterminista. Seria necessário que a ciência fosse completada ou impossível para que a questão fosse totalmente resolvida. Mas, enquanto se fazem as pesquisas, todos os cientistas são forçosamente deterministas em teoria."[27]

O jovem Freud, ao escolher ingressar na faculdade de medicina de Viena, credita a Goethe o poema *Die Natur* lido pelo zoologista Carl Brühl. No entanto, como já observou Ellenberger em seu *Historia da descoberta do inconsciente*, esse poema é, na verdade, do poeta e teólogo suiço George Chistoph Tobler (1757-1812). Lemos, nas próprias considerações de Goethe, numa carta de 24/maio/1828 a Kanzer v. Müller, que ele não se lembra de ter escrito este poema, mas reconhece no manuscrito a mão que o fez como a de uma pessoa que ele costumava contratar como secretário para seus negócios, por volta dos anos 80:

> "Embora não possa me recordar que eu mesmo tenha composto estas considerações, estas concordam inteiramente com as representações que se formaram em meu espírito naquela época."[28]

---

[26] Freud 1926x, p. 50.
[27] Mach 1905, p. 208.
[28] Goethe 1960, p. 48.

Goethe se coloca como um filósofo da natureza escrevendo diversos textos hoje reunidos nas sua obras completas sob o título *Naturwissenschaftliche Schriften*. Aí encontramos, além do poema *Die natur*, ensaios tais como *A metamorfose das plantas* e o *Tratado das cores*, onde Goethe apresenta suas concepções e desenvolve sua pesquisa procurando encontrar, por trás dos fenômenos específicos, os *Urphänomene*, os arquétipos do funcionamento da natureza:

> "Eu sentia a necessidade de estabelecer um tipo que pudesse servir de critério para todos os mamíferos, segundo o qual eles seriam concordantes ou diferentes; tal como eu havia anteriormente procurado a planta primordial, eu procurava, então, o animal primordial, quer dizer, em fim de contas: o conceito, a ideia de animal."[29]

Goethe pertence ao grupo dos *Naturphilosophes* alemães, para ele essas *ideias primordiais* – de planta, animal, como também a de homem – presentes desde a primeira criação da vida, fornecem a direção e o impulso para todo processo evolutivo, sendo que cada novo estágio seria uma realização mais perfeita de um plano inicial representado por essas *ideias*.

Freud não seguirá o mesmo caminho traçado pelos *Naturphilosophes* alemães. No caso, por exemplo, do problema da evolução, Freud se colocará num ponto de vista diferente do de Goethe, associando-se mais bem a Darwin que, no seu *Origem das Espécies*, abole a concepção teleológica sustentando que não há, nem pode haver, nenhum objetivo para a evolução das espécies, seja ele posto por Deus ou mesmo pela própria natureza. Não teremos, portanto, em Freud, a concepção de uma ou mais substâncias que se atualizariam produzindo a grande diversidade dos existentes, mas sim a existência de elementos simples que se comporiam para produzir essa diversidade:

> "Para nós era o mesmo que para os químicos: as grandes diversidades qualitativas dos produtos remetiam a modificações quantitativas nas relações de combinações dos mesmos elementos."[30]

---

[29] Goethe 1817, p. 84.

[30] Freud 1925d, p. 57.

Com o próprio aval de Freud referindo-se a Empédocles de Agrigento em 1937, no seu *Análise terminável e interminável*, podemos colocá-lo no rol dos pensadores atomistas visto que ele concebe a existência de alguns elementos simples, aqueles creditados às forças pulsionais, que estão na origem da constituição de todo tipo de organização psíquica. Por analogia às pulsões biológicas fundamentais referidas à alimentação e à sexualidade, que em seu antagonismo e combinação conferem à vida e às funções vitais toda a sua diversidade, como também por analogia às forças de atração e repulsão do mundo inorgânico, Freud hipotetiza, para o mundo psíquico, duas pulsões básicas (de vida e de morte) – forças equivalentes em dignidade às físico-químicas – reconhecendo, então, no atomismo uma das referências de seu modo de pensar. Sua hipótese, no entanto, ainda causa polêmica:

> "O filósofo Empédocles de Agrigento tinha já adotado esta maneira de considerar as forças fundamentais ou pulsões, opinião contra a qual muitos psicanalistas ainda se rebelam."[31]

Aqui também poderíamos retomar Kant, ainda que já estejamos distantes do pensamento atomista em proveito de um ponto de vista dinâmico:

> "Efetivamente, indagar as forças primordiais *a priori* quanto à sua possibilidade ultrapassa em geral o horizonte da nossa razão; toda a filosofia da natureza consiste, pelo contrário, na redução das forças dadas, aparentemente diversas, a um número mais pequeno de forças e poderes que, conseguem explicar os efeitos das primeiras; tal redução, porém, chega apenas às forças fundamentais para lá das quais a nossa razão não pode ir."[32]

Neste mesmo sentido, deve-se ainda observar que Freud não é um purista metodológico, visto que além da posição atomista também verificamos que a dinâmica, e a próprio teleologia, têm um lugar de destaque na sua psicanálise. Lembremos também que, tal qual ocorre

---

[31] Freud 1940a, p. 144.

[32] Kant 1786, PMCN, A, p. 84 e p. 104.

noutras ciências da natureza, é necessário recorrer a certos conceitos fundamentais não muito claros e definidos, as pulsões, que são, para Freud, os motores da existência psíquica do homem. Trata-se de reconhecer a validade heurística destes conceitos, utilizando-se de um pensamento, que é por um lado fisicalista e por outro teleológico, como um tipo de *mitologia necessária* – como defende Freud afirmando que a "doutrina das pulsões é, por assim dizer, nossa mitologia"[33] – visando a explicação e a resolução dos problemas clínicos que a psicanálise encontra na sua investigação.

Afastadas as questões sobre o problema da *finalidade* e o ponto de vista dinâmico que lhe corresponde,[34] podemos conceber que a atitude um tanto quanto fantasiosa de Goethe, que encontra nas analogias um de seus meios de pesquisa, talvez possa ser comparada, em termos metodológicos, com certos recursos especulativos que Freud utiliza no desenvolvimento de sua metapsicologia. Ao lermos a obra de Freud encontramos uma grande quantidade de analogias, comparações, convenções, postulados e até mesmo mitos, que configuram modos de realizar, na visão de Freud, uma especulação controlada que se diferencia radicalmente das especulações filosóficas. Trata-se aqui, no entanto, de reconhecer uma certa concepção da natureza que Freud comungará do princípio ao fim de sua empreitada na produção do conhecimento. Esta se associa a um procedimento especulativo que é, do seu ponto de vista, necessário:

> "Sem especular nem teorizar – por pouco eu teria dito fantasiar – metapsicologicamente, não se avança aqui um passo sequer."[35]

Essa concepção de natureza, não é, no entanto, a mesma de Goethe, mas teve nesta última a sua inspiração inicial. Haveria, ainda aqui um trabalho a ser desenvolvido para ressaltar quais restos dessa inspiração inicial teriam permanecido no Freud maduro.

---

[33] Freud 1933a, p. 95.
[34] Cf. Porte 1994.
[35] Freud 1937c, p. 225.

Poderíamos, enfim, dizer que a *natureza* da qual fala o poema manuscrito por Tobler representa tanto para Freud como para Goethe, *Poesia e Verdade* (*Dichtung und wahrheit*), muito mais do que uma lembrança de infância, ainda que um e outro tenham concepções incompatíveis sobre o procedimento científico como um todo. Com esses dados podemos, então, reler o poema *Die Natur*, deixando em aberto o caminho para uma análise comparada entre um Freud que se quer pertencente às *Naturwissenschaften* e um Goethe-*Naturphilosophe*.

"A Natureza"

Do *Tiefurter Journal* – 1783

Natureza! Nós somos por ela circundados e abraçados – sem possibilidade de escape e, igualmente, sem chance de nela penetrar de maneira mais profunda. Sem sermos solicitados ou previamente advertidos ela nos arrebata na ciranda de sua dança e nos arrasta até que, esgotados, caiamos em seus braços.

Ela cria eternamente novas figuras; o que ali está, nunca foi antes, o que era jamais tornará de novo – tudo é novo e, no entanto, permanece o sempre antigo.

Vivemos dentro dela, mas lhe somos como estranhos. Ela nos fala sem cessar, mas sem nos confiar seu segredo. Constantemente estamos agindo sobre ela, mas sem ter no que a ela tange qualquer poder.

Aparentemente ela tudo dispôs com vistas à individualidade, mas sem fazer caso algum dos indivíduos. Está sempre a construir e sempre a destruir, sem que sua oficina nos esteja aberta.

Ela vive em um sem número de filhos; mas a mãe, onde está? – Ela é a única artista: molda dos mais simples materiais os contrastes mais vibrantes: sem sombra de esforço atinge a maior perfeição – logra a mais exata precisão e a recobre com certa maciez. Cada uma de suas obras tem um próprio ser, cada uma de suas manifestações tem um caráter distinto; no entanto, tudo se funde em uma totalidade.

Ela apresenta um espetáculo: se ela o vê, não o sabemos, mas é para nós que ela o apresenta, nós que estamos apenas em um cantinho.

Nela existem um eterno viver, vir a ser e mover se; não obstante, não arranca adiante. Está em perpétua mudança e não existe nela nenhum instante de parálise. Não conhece o que possa ser o permanecer e amaldiçoa a imobilidade. Seu caminhar é comedido, raramente faz exceções, suas leis são imutáveis.

Ela é pensada; está em contínua reflexão. Não, porém, como um ser humano e sim como natureza. Reservou se um sentido próprio que a tudo abraça e o qual ninguém lhe pode negar.

Todos os seres humanos nela estão e ela está em todos. Com todos brinca um jogo amigável e se alegra. Quanto mais alguém vence, mais ela se rejubila. Relaciona se com muitos tão escondidamente, que o jogo chega ao fim sem que eles disto se apercebam.

Até o que é totalmente contra a natureza é natureza. Quem não a vê por toda a parte, não a vê bem em lugar algum.

Ela se ama e se prende a si própria com incontáveis olhos e corações. Ela se diversifica para se gozar a si própria. Deixa que surjam outros e outros capazes de usufruí-la, entregando se insaciavelmente.

Ela se alegra com a ilusão. Quem a destrói em si ou em outros, esses são por ela castigados, como o fazem os déspotas. Quem a segue confiantemente é por ela apertado ao coração como se fora uma criança.

São incontáveis os seus filhos. Com nenhum deles é avara, mas tem seus preferidos; com esses é extremamente pródiga e por eles muito se sacrifica. Ela reserva sua proteção melhor ao que é grande.

Do nada ela faz brotar suas criaturas, sem lhes dizer nem de onde procedem nem para onde se encaminham. Elas devem apenas apressar-se; ela conhece o caminho.

Não são muitos seus motivos, mas nunca se esgotam. São eficientes e de múltiplas faces.

O espetáculo que ela oferece é sempre inédito, pois ela está gerando espectadores sempre novos. A vida é sua mais bela criação; a morte é o procedimento de que ela lança mão para gerar mais vida.

Ela preserva no ser humano certa apatia, mas o impele eternamente a buscar a luz. Torna-o dependente da terra, o faz indolente e pesado, mas também o sacode sem parar.

Inspira lhe necessidades, porque ama o movimento. É um milagre que ela alcance toda essa movimentação com tão pequenos recursos. Cada necessidade é uma obra benfazeja. Encontra rapidamente satisfação e rapidamente cresce de novo. Quando dá uma a mais é para torná-la fonte de prazer. Mas, o equilíbrio se refaz depressa.

A cada momento ela toma distância para uma longa carreira e a cada instante já está junto à meta.

Ela é a própria vaidade, não porém, para nós a quem ela dá a máxima importância.

Ela permite que cada criança a toque e que cada tolo a julgue. Milhares passam por ela insensíveis e sem nada ver. Ela, no entanto, tem alegria em todos eles e conta com cada um deles.

Nós obedecemos às suas leis, mesmo quando a elas resistimos; colaboramos com ela, até quando contra ela mesma entendemos agir.

De cada um de seus dons ela faz um benefício, tornando-os um bem irrenunciável. Ela tarda, para que a desejemos mais e se apressa para que não fiquemos saturados.

Ela não possui nem língua nem discurso, mas cria línguas e corações através dos quais fala e sente.

Sua coroa é o amor. Só pela via do amor podemos nos aproximar dela. Ela estabelece abismos entre os seres e a todos quer enlaçar. Isola tudo para tudo unificar. Com uns poucos goles do cálice do amor, ela se sustenta incólume por toda uma vida repleta de fadigas.

Ela é tudo. Ela se recompensa a si própria e a si própria pune; sozinha se alegra e se atormenta. É rude e é suave, amável e terrível, impotente e todo poderosa. Tudo está sempre presente nela. Não conhece passado e futuro. O presente é a sua eternidade. É cheia de bondade. Eu a exalto em todas as suas obras. Ela é sábia e silenciosa. Não se pode dela arrancar explicação alguma ou extorquir qualquer presente que ela não queira livremente doar. Ela é astuciosa, mas sempre para fins positivos e para o melhor, sem que se possa perceber suas manhas.

Ela se acha em tudo, mas sempre incompleta. Assim como ela age, pode agir para sempre.

A cada um ela se revela sob uma forma particular. Esconde se em mil nomes e termos e permanece sempre a mesma.

É ela que me colocou dentro e será ela que para fora me conduzirá. Nela eu confio. Ela poderia dispor de mim. Ela não odiará sua criatura. Não sou eu que dela falei. Não! O que é verdadeiro ou falso, ela já o disse. Tudo é culpa dela e tudo é seu mérito.[36]

---

[36] Tradução de Edênio Valle, PUC-SP, à partir de *Goethes Werke*, Band XIII, *Naturwissenschaftliche Schriften*, "Die Natur", Hamburg, Verlag 1960, p. 45-47.

Ensaio 2

Convocação para a fundação de uma "Sociedade para a Filosofia Positivista"

Documento: Aufruf zur Gruendung "Gesellschaff für positivische Philosophie"[1]

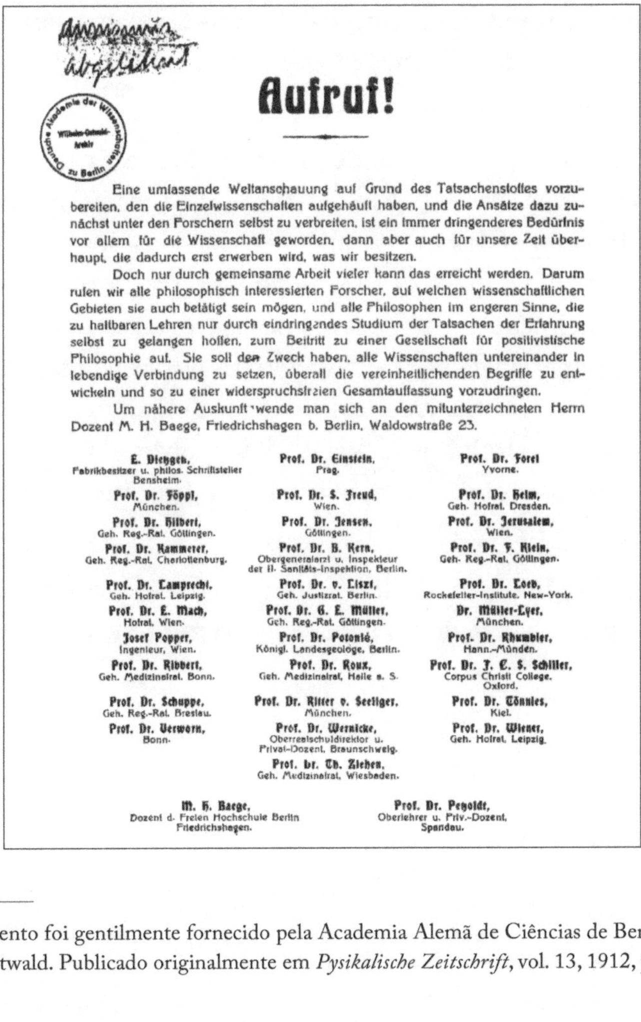

Aufruf!

Eine umfassende Weltanschauung auf Grund des Tatsachenstoffes vorzubereiten, den die Einzelwissenschaften aufgehäuft haben, und die Ansätze dazu zunächst unter den Forschern selbst zu verbreiten, ist ein immer dringenderes Bedürfnis vor allem für die Wissenschaft geworden, dann aber auch für unsere Zeit überhaupt, die dadurch erst erwerben wird, was wir besitzen.

Doch nur durch gemeinsame Arbeit vieler kann das erreicht werden. Darum rufen wir alle philosophisch interessierten Forscher, auf welchen wissenschaftlichen Gebieten sie auch betätigt sein mögen, und alle Philosophen im engeren Sinne, die zu haltbaren Lehren nur durch eindringendes Studium der Tatsachen der Erfahrung selbst zu gelangen hoffen, zum Beitritt zu einer Gesellschaft für positivistische Philosophie auf. Sie soll den Zweck haben, alle Wissenschaften untereinander in lebendige Verbindung zu setzen, überall die vereinheitlichenden Begriffe zu entwickeln und so zu einer widerspruchsfreien Gesamtauffassung vorzudringen.

Um nähere Auskunft wende man sich an den mitunterzeichneten Herrn Dozent M. H. Baege, Friedrichshagen b. Berlin, Waldowstraße 23.

E. Dietzgen, Fabrikbesitzer u. philos. Schriftsteller Bensheim.
Prof. Dr. Föppl, München.
Prof. Dr. Hilbert, Geh. Reg.-Rat. Göttingen.
Prof. Dr. Kammerer, Geh. Reg.-Rat. Charlottenburg.
Prof. Dr. Lamprecht, Geh. Hofrat. Leipzig.
Prof. Dr. E. Mach, Hofrat. Wien.
Josef Popper, Ingenieur, Wien.
Prof. Dr. Ribbert, Geh. Medizinalrat. Bonn.
Prof. Dr. Schuppe, Geh. Reg.-Rat. Breslau.
Prof. Dr. Verworn, Bonn.

Prof. Dr. Einstein, Prag.
Prof. Dr. S. Freud, Wien.
Prof. Dr. Jensen, Göttingen.
Prof. Dr. B. Kern, Obergeneralarzt u. Inspekteur der II. Sanitäts-Inspektion, Berlin.
Prof. Dr. v. Liszt, Geh. Justizrat. Berlin.
Prof. Dr. G. E. Müller, Geh. Reg.-Rat. Göttingen.
Prof. Dr. Potonié, Königl. Landesgeologe, Berlin.
Prof. Dr. Roux, Geh. Medizinalrat, Halle a. S.
Prof. Dr. Ritter v. Seeliger, München.
Prof. Dr. Wernicke, Oberrealschuldirektor u. Privat-Dozent, Braunschweig.
Prof. Dr. Th. Ziehen, Geh. Medizinalrat, Wiesbaden.

Prof. Dr. Forel Yvorne.
Prof. Dr. Helm, Geh. Hofrat. Dresden.
Prof. Dr. Jerusalem, Wien.
Prof. Dr. F. Klein, Geh. Reg.-Rat. Göttingen.
Prof. Dr. Loeb, Rockefeller-Institute. New-York.
Dr. Müller-Lyer, München.
Prof. Dr. Rhumbler, Hann.-Münden.
Prof. Dr. F. C. S. Schiller, Corpus Christi College. Oxford.
Prof. Dr. Tönnies, Kiel.
Prof. Dr. Wiener, Geh. Hofrat. Leipzig.

M. H. Baege, Dozent d. Freien Hochschule Berlin Friedrichshagen.
Prof. Dr. Petzoldt, Oberlehrer u. Priv.-Dozent, Spandau.

[1] Este documento foi gentilmente fornecido pela Academia Alemã de Ciências de Berlim, Arquivos Wilhem Ostwald. Publicado originalmente em *Pysikalische Zeitschrift*, vol. 13, 1912, p. 735.

Convocação para a fundação de uma "Sociedade para a Filosofia Positivista"

CONVOCAÇÃO!*

Elaborar uma visão de mundo abrangente, com fundamento em dados fatuais acumulados pelas ciências particulares, e divulgar ideias preliminares servindo a esse propósito; inicialmente entre os próprios pesquisadores, tornou-se uma necessidade cada vez mais premente antes de tudo para a ciência, mas também para a nossa época em geral, que só assim adquirirá o que já possuímos.

Entretanto, esse fim só pode ser atingido mediante trabalho em conjunto de muitos. Por isso, convocam todos os pesquisadores interessados em problemas filosóficos, qualquer que seja a sua área de atuação científica, bem como todos os filósofos no sentido estrito, que esperam chegar a conhecimentos válidos somente através de estudo aprofundado dos fatos da experiência, a se congregarem numa Sociedade de Filosofia Positivista. Essa Sociedade deve ter por objetivo estabelecer uma conexão viva entre todas as ciências, desenvolver, em todas as áreas, conceitos unificadores e, assim, avançar em direção a uma concepção geral livre de contradição.

Para informações mais detalhadas, dirigir-se ao docente co-signatário M. H. Baege, Friedrichshagen b. Berlin, Waldowstrasse 23.

*Tradução de Zeljko Loparic.

E. Dietzgen,
Industrial e escritor
filosófico, Bernsheim.

Prof. Dr. Föppl,
Munique.

Prof. Dr. Hilbert,
Conselheiro superior
de Governo, Göttingen.

Prof. Dr. Kammerer,
Conselheiro superior de
Governo, Charlottenburg.

Prof. Dr. Lamprecht,
Conselheiro superior de
administração, Leipzig.

Prof. Dr. E. Mach,
Conselheiro de
administração, Viena.

Josef Popper,
Engenheiro, Viena.

Prof. Dr. Ribbert,
Conselheiro médico, Bonn.

Prof. Dr. Schuppe,
Conselheiro superior de
Governo, Breslau.

Prof. Dr. Verworn,
Bonn.

Prof. Dr. Einstein,
Praga.

Prof. Dr. S. Freud,
Viena

Prof. Dr. Jensen,
Göttingen.

Prof. Dr. B. Kern,
Médico Supervisor e Inspetor
da II. Inspeção Sanitária, Berlin

Prof. Dr. V. Lizt,
Conselheiro jurídico, Berlin.

Prof. Dr. G. E. Müller,
Conselheiro superior do Governo, Göttingen.

Prof. Dr. Potomié,
Geólogo real de Estado,
Berlin.

Prof. Dr. Roux,
Conselheiro médico,
Halle a. S.

Prof. Dr. Ritter v. Seeliger,
Munique.

Prof. Dr. Wernicke,
Diretor geral de Colégio
e Livre-docente,
Branschweig.

Prof. Dr. Forel,
Yvorne.

Prof. Dr. Helm,
Conselheiro superior de administração,
Dresden.

Prof. Dr. Jerusalem,
Viena.

Prof. Dr. F. Klein,
Conselheiro superior
de Governo, Göttingen.

Prof. Dr. Loeb,
Instituto Rockfeller,
Nova York.

Dr. Müller-Lyer,
Munique.

Prof. Dr. Rhumbler,
Hann.-Mündén.

Prof. Dr. F. C. S. Schiller,
Colégio Corpus Christi,
Oxford.

Prof. Dr. Tönnies,
Kieve.

Prof. Dr. Weiner,
Conselheiro administrativo,
Leipzig.

Prof. Dr. Th. Ziehen,
Conselheiro médico, Wiesbaden.

M. H. Baege,
Docente do Colégio Livre,
Berlim, Friedrichshagen.

Prof. Dr. Petzoldt,
Professor de Colégio e
Livre-docente, Spandau.

Apresentação e comentários

Esse curioso documento, publicado em 1912,[2] em meio às discussões muito em voga na época, sobre as "visões de mundo" na prática científica, consiste numa declaração de apoio a uma determinada corrente e um convite para a fundação de uma "Sociedade para a Filosofia Positivista". Constam, como assinantes, um número expressivo das autoridades intelectuais do começo do século, entre eles: Ernest Mach,[3] David Hilbert, Félix Klein,[4] George Helm,[5] Jacques Loeb,[6] Albert Einstein e Sigmund Freud.

Seu conteúdo é um tanto quanto vago, genérico, e seu entendimento depende da compreensão da diferença de opinião entre Ernest Mach

---

[2] Ele foi publicado em 1912, num importante periódico científico (*Pysikalische Zeitschrift*) e simultaneamente num dos primeiros periódicos psicanalíticos (*Zentralblatt fuer Psychoanalyse*, vol. 3, 1912-1913, p. 56. A informação sobre a publicação do documento nesse periódico de psicanálise foi-me fornecida por Keith Davies do Museu Freud). Esse documento é pouco conhecido e raramente mencionado. Gerald Holton (1967, p. 102, n. 1; 1994, pp. 12-14; 1998 [1996], p. 207-8) e Friedrich Herneck (1958) fazem-lhe algumas referências e comentários.

[3] Ernest Mach (1838-1916), era considerado, no início do século XX, um dos mais importantes físicos, psico-físicos e filósofos da ciência. Poucos intelectuais tiveram tanta influência sobre diversos outros campos da cultura quanto ele. Holton comenta que "a partir de 1880, as ideias e atitudes filosóficas [de Mach] tinham se incorporado à bagagem intelectual de seus contemporâneos" (Holton 1967, p. 100). Pode-se reconhecer sua influência em escritores tais como Robert Musil (cuja tese de doutorado de 1910 versa sobre Mach), políticos como Lénin (que escreve, em 1908, um texto opondo-se a Mach: *Materialismo e empiro-criticismo*), juristas como Hans Kelsen (com sua teoria positivista do Direito, foi um dos responsáveis pela redação da Constituição austríaca do pós-guerra – cf. Holton 1994), críticos de arte tais como Carl Einstein (cf. Einstein/Kahnweilwe 1993, p. 52), pintores como Paul Klee (cf. Laude 1991, p. 488). etc., além de outros cientistas e filósofos tais como Paul Carus, Willian James, Jacques Loeb, B. F. Skinner, Philipp Frank, W. V. Quine (cf. Holton 1994, pp. 1-55) etc. Convém lembrar que, em 1928, o cientista social austríaco Otto Neurath, em companhia de outros intelectuais – entre eles Rudolph Carnap –, funda a *Associação Ernest Mach*, que dará origem ao *Círculo de Viena* (cf. Soulez 1985).

[4] Hilbert e Klein eram dois dos mais importantes matemáticos do começo do século.

[5] Físico, com importantes trabalhos sobre a energia. Será a partir de seus trabalhos que Wilhem Ostwald, prêmio Nobel da química em 1909, desenvolverá suas concepções energéticas.

[6] Como comenta Holton, o mais fanático fisicalista intérprete do comportamento animal. Ele contribuiu com importantes estudos sobre a partenogênese artificial e o tropismo (cf. Holton 1994, pp. 11-2).

e Max Planck[7] sobre a natureza das teorias científicas. O que estava sendo discutido nesse enfrentamento era a questão do valor a serem dados a certos conceitos no que diz respeito à sua realidade empírica ou à sua natureza apenas instrumental.

De um lado Mach, como defensor de um ponto de vista heurístico,[8] que reconhece na ciência o uso de determinadas convenções como úteis no desenvolvimento da pesquisa, ou seja, úteis para que sejam encontradas relações entre os fenômenos, ainda que eles mesmos não tenham um referente objetivo na realidade sensível. Para Mach termos como *átomo*, *força*, *massa*, etc., são meras convenções[9] para que seja possível observar e descrever os fenômenos, um modelo para a descrição dos fatos;[10] ele chega a perguntar com ironia para aqueles que defendiam a realidade empírica do conceito de átomo:

> "Vocês já viram um só destes?"[11]

Mack considera que esses conceitos são frutos da fantasia do cientista,[12] mas que isso é necessário:

> "A *compreensão conceitual* da natureza deve ser precedida pela sua compreensão mediante à fantasia, a fim de produzir para os conceitos um conteúdo visual vivo".[13]

---

[7] Max Planck (1858-1947), formulador da teoria dos *quanta* (desenvolvida, posteriormente, por Einstein), foi um ponto de partida para a teoria de Bohr sobre a estrutura do átomo (1913). As ideias de Planck, retomadas por Max Born e de Werner Heisenberg, propiciaram a formulação do conceito de "*quantum* de energia", que influenciou todos os domínios da física moderna. Em 1918, Planck recebeu o prêmio Nobel da física em função do conjunto de sua obra.

[8] A interpretação de Mach como um clássico do ponto de vista heurístico foi proposta por Loparic (1982, 1984).

[9] Cf. Mach 1883, p. 505 e *passin.*

[10] Cf. Mach 1883, p. 492.

[11] Cf. Holton 1998, p. 108.

[12] "Essas filhas da fantasia lutam pela existência na medida em que procuram se sobrepujar mutuamente. Inúmeras dessas florações da fantasia devem ser aniquiladas pela crítica implacável tendo em vista os fatos, antes que *uma* delas possa desenvolver-se e ter uma permanência mais longa. Para que se possa avaliar esse processo, é necessário levar em conta o fato de que se trata de reduzir os processos naturais a elementos conceituais mais simples" (Mach 1905, p. 77).

[13] Mach 1905, p. 77.

Certas fantasias assim propostas, como é o caso do conceito de força na física, são só momentaneamente necessários, e mais tarde pode ser possível compreender as relações de dependência entre os fenômenos sem utilizá-los:

> "Não é impossível que um dia as *leis integrais* (para empregar uma expressão de C. Neumann) substituam as *leis elementares* que constituem a mecânica atual e que nós possamos ter assim um conhecimento direto da dependência recíproca das posições dos corpos. Então o conceito de força terá se tornado supérfluo".[14]

Mas enquanto isso não ocorre, é melhor ficarmos com o que temos e sairmos, assim, um pouco de nossa ignorância:

> "Tenta-se em vão rejeitar essa concepção como subjetiva [força como pressão que sentimos em nosso corpo, análoga a um ato de vontade, etc], anímica e não científica; de nada nos serve violentar a maneira natural de pensar que nos é própria e de nos condenar assim a uma voluntária pobreza intelectual".[15]

Do outro lado Planck, que se coloca numa posição realista, esperando da ciência não apenas convenções, mas algo que reflita as leis do mundo. Ele pergunta:

> "Ela [a visão de mundo científica] é uma pura e arbitrária criação de nosso espírito, ou ela reflete na sua realidade os processos naturais tal como eles se desenvolvem independentemente de nós?".[16]

A sua oposição a Mach é explícita:

> "Eu estou persuadido que o sistema de Mach, se ele é rigorosamente aplicado, permanece ao abrigo de contradições, mas eu penso também que sua significação é puramente formal e que ele não toca na essência das ciências naturais, isto porque ele não leva em conta a característica fundamental da investigação científica: a elaboração de um sistema de mundo *constante*, independente das vicissitudes temporais e

[14] Mach 1883, p. 255.
[15] Mach 1883, p. 84.
[16] Planck 1908, p. 48.

das mentalidades nacionais. O objetivo da ciência não é o de adaptar perfeitamente nossos conhecimentos a nossas sensações, mas de depreender uma representação do mundo físico que seja completamente independente da personalidade dos homens que a constituem".[17]

Os signatários desse documento tomam posição ao lado de Mach. Entre eles, dois dos grandes nomes do século XX: Einstein e Freud. A influência de Mach sobre Einstein não é pequena,[18] como já foi apontada por Holton (1967; 1994; 1998) e pode-se notar, sem que seja aqui necessário descer aos detalhes dessa influência, em que lugar Einstein coloca Mach ao lermos na sua correspondência:

> "Eu permaneço como seu aluno que o venera".[19]

Quanto à influência de Mach sobre Freud, esta já foi analisada por Assoun.[20] Freud usa de Mach não só um vocabulário epistemológico, mas se apoia em diversas de suas posições para a construção da sua metapsicologia. É assim, por exemplo, que ele defende o conceito de pulsão como uma *convenção*,[21] que as pulsões são um tipo de *mitologia*[22] tal qual a referência de Mach quando este fala do ponto de vista dinâmico como uma mitologia da física,[23] da incompletude das teorias científicas, etc.

A correspondência entre Freud e Einstein parece ter em Mach seu ponto de apoio comum, e pode ser evidenciada na exclamação que ele dirige a Einstein:

> "Talvez você tenha a impressão que nossas teorias são um tipo de mitologia, no caso aqui presente uma mitologia que não é nem mesmo muito feliz. Mas toda ciência da natureza não retoma, ela mesma, um

---

17 Planck 1908, p. 64.

18 Holton dedicou-se, mais de uma vez, a analisar a proximidade e importância de Mach para Einstein. Cf. Holton 1967, pp. 101-16; 1994, pp. 56-73; 1998, pp. 154, 206, 248, 255.

19 Carta de 17/08/1909. Cf. Holton 1967, p. 108.

20 Assoun 1981, pp. 73-90; 1985a, pp. 39-48. Um estudo mais detalhado está em Fulgencio 2015.

21 Freud 1915c, p. 7.

22 Cf. Freud 1933a, p. 87; Freud 1933b, p. 212.

23 Cf. Mach 1905, p. 77.

tal tipo de mitologia? Acontece hoje de uma maneira diferente para você na física?".[24]

Temos, assim, um elo de ligação que permite articular, organicamente, Mach, Freud e Einstein, a saber: o ponto de vista heurístico que rege a prática desses cientistas. A proximidade entre esses autores pode ser retomada e reinterpretada à partir da consideração desse ponto de vista.[25]

A presença de Freud como signatário revela, de forma não negligenciável, sua pertinência à determinada corrente científico-epistemológica. Por vezes, Freud é interpretado como um intelectual extremamente perseguido, sempre na marginalidade de seu tempo, mantido preconceituosamente como um excluído ou incompreendido. No entanto, a sua presença nesse documento o mostra comungando certos valores com outros homens do saber e sendo requisitado para tomar partido em questões centrais discutidas no cenário científico do início do século XX.[26]

O reconhecimento de Freud como adito a esse ponto de vista heurístico, comungando de certos ideais positivistas de Mach, indica o lugar que ele mesmo dava a sua jovem ciência. A especulação dos fundamentos da sua doutrina, a incompletude de suas hipóteses, o caráter, como ele mesmo diz, "*open to revisison*"[27] de suas teorias, mesmo as mais estruturais como a organização espacial do aparelho psíquico, fazem todos parte de certas convenções heurísticas, até então eficientes para a resolução de problemas clínicos no tratamento de certas psicopatologias.

---

[24] Freud 1933b, p. 212.

[25] A ênfase nesse ponto de vista heurístico como organizador e estrutural dos modos de pensar desses cientistas, não aparece nas análises feitas por Holton (1967; 1994; 1998), nem nas observações feitas por Assoun (1981; 1985a; 1985b), ao comentarem essas relações.

[26] Isso indica, como já escreveu Ellenberger 1970, pp. 458-81, que Freud não era assim tão marginalizado e hostilizado pela comunidade científica de seu tempo, como às vezes se faz crer, o que nos leva a desfazer o mito de Freud como um marginal, um herói solitário a enfrentar a mediocridade da "maioria compacta".

[27] Freud 1926f, p. 267.

Como diz Freud:

> "Estas representações e outras similares [o inconsciente e suas subdivisões] pertencem a uma superestrutura especulativa (*Spekulativer Überbau*) da psicanálise, onde cada parte pode ser sacrificada ou trocada sem dano nem remorso, a partir do momento onde uma insuficiência é constatada".[28]

Esse documento, nos serve, então, como mais um índice para a leitura de Freud dentro dessa perspectiva epistemológica, não como uma interpretação forçada, mas como fornecida ele mesmo, num manifesto público.

[28] Freud 1925d, p. 32.

Ensaio 3

Comentários críticos das referências textuais de Freud a Kant

A relação entre Freud e Kant é uma evidência ainda a ser desenvolvida em seus detalhes, tanto para psicanalistas como para filósofos, cada um segundo seus campos próprios. A questão, para nós psicólogos, não se resume a temas específicos sobre os quais Kant teria proposto algo e Freud retomaria, a seu modo, para desenvolver ou criticar. Ao contrário, algumas das referências ao filósofo nos levam a supor que a relação de Freud com Kant é mais abrangente, pois referem-se à própria epistemologia das ciências naturais na qual Freud reclama sua pertinência.

Neste artigo trata-se de seguir, de forma crítica, as referências que comprovam a presença de Kant na obra de Freud, preparando o caminho para um trabalho mais amplo que consiste na comprovação da hipótese de que o programa epistemológico kantiano para as ciências naturais apresenta um conjunto de regras seguidas por Freud na construção da sua metapsicologia.[1]

Ainda que nos ocupemos em mostrar essa conexão entre a filosofia kantiana e a tentativa de Freud de fazer uma psicologia científica – uma

---

[1] Este artigo foi produzido, tendo em vista a preparação de material para defesa da hipótese central de minha tese de doutorado, publicada parcialmente no meu livro *O Método Especulativo em Freud* (2008). Nela defendo que Freud realiza, na sua construção da psicanálise, um modo kantiano de fazer ciência, seja no que se refere a sua concepção sobre o que é psiquismo humano (conjunto de representações, sejam elas claras [conscientes] ou obscuras [inconscientes], como já comentara Kant na sua *Antropologia do ponto de vista pragmático*, parágrafo 5), seja na defesa da psicanálise como uma ciência natural, ou ainda, e fundamental, na sua utilização de *ficções heurísticas* (sua metapsicologia) para compreender a vida da alma e suas determinações inconscientes.

psicologia que pretende tomar "o espírito e a alma (...) exatamente da mesma maneira que qualquer outra coisa estrangeira ao homem"[2] – devemos ressaltar a diferença marcante entre os problemas clínicos de Freud (enquanto problemas pertinentes ao campo da ciência) e os problemas filosóficos, alheios à psicanálise, mas que lhe servem de fundamento.

Mas qual o interesse em fazer estas referências para o psicólogo e o psicanalista? A maneira como Freud se utiliza de Kant mostra como ele deseja manter-se num campo de trabalho próprio ao cientista, onde o que o guia são os problemas[3] empíricos que seu aparato conceitual possibilita enunciar e resolver.[4] Ou seja, são os problemas clínicos que impulsionam o desenvolvimento da metapsicologia, e não as questões teóricas que recairiam sobre os conceitos fundamentais que a psicanálise postula. Como diz Freud, ao referir-se ao inconsciente dinâmico suposto pela psicanálise:

> "A psicanálise supõe um postulado fundamental que pertence à filosofia discutir mas cujos resultados justificam o valor".[5]

Esse postulado refere-se àquilo que Freud supõe existir entre o órgão somático do psiquismo (o cérebro ou o sistema nervoso, que é o lugar de ação do psiquismo) e nossas atividades de consciência das quais temos conhecimento direto (a vida anímica ou a alma, como Freud costuma denominar).

Freud reconhece que considerar a vida anímica como um objeto natural apresenta sérios problemas epistemológicos, no que diz respeito a nosso acesso direto (empírico) a esses dados:

---

[2] Freud 1933a, p. 159.

[3] Pode-se encontrar o desenvolvimento deste ponto de vista sobre o cientista como solucionador de problemas, e não enquanto fornecedor de uma imagem real do mundo, em Kuhn (1970).

[4] Compreendemos aqui a ciência no sentido que lhe dá Kuhn (1970) em seu *A Estrutura das Revoluções Científicas*, a saber, como sendo um saber que visa resolver problemas de um certo tipo dentro de um certo quadro (seu paradigma); o cientista como um solucionador de quebra-cabeças.

[5] Freud 1940a, p. 144.

> "Tudo o que se encontra entre esses dois extremos (cérebro – atividades de consciência) nos permanece desconhecido".[6]

Para Freud a localização anatômica, ou ainda a identificação da natureza físico-química das substâncias envolvidas nos processos cerebrais, não traria o conhecimento necessário ao significado dos atos psíquicos humanos:

> "Se houver entre eles (entre o cérebro e as atividades da consciência) alguma conexão, ela nos forneceria no máximo uma localização precisa dos processos inconscientes sem contribuir com nada mais (do que isso), para sua inteligência".[7]

Freud se vê, então, na necessidade de teorizar sobre uma vida anímica inconsciente cujo acesso empírico direto lhe é negado pela própria natureza de seu objeto, construindo uma psicologia que vai além da psicologia da consciência, uma metapsicologia.

Para apreender, organizar e dar inteligibilidade a seu material empírico (aquilo que ele pode observar diretamente em seus pacientes) em função de seus princípios dinâmicos,[8] Freud considera necessário partir de certos conceitos básicos fundamentais que não são nem muito claros nem muito precisos em seu conteúdo, eles funcionam como convenções:

> "Nós ouvimos com frequência a defesa da exigência segundo a qual toda ciência deve ser edificada sobre conceitos fundamentais claros e bem definidos. Na realidade, nenhuma ciência, nem mesmo as mais exatas, começa por tais definições. O verdadeiro início da atividade científica consiste sobretudo na descrição dos fenômenos que são em seguida agrupados, ordenados e integrados em conjuntos. Já na descrição, não se pode evitar de aplicar ao material certas ideias abstratas que advêm daqui e dali, certamente não apenas das novas

---

[6] Freud 1940a, p. 144.

[7] Freud 1940a, p. 144.

[8] Freud diferencia a psicanálise de outras psicologias justamente por causa de seu ponto de vista dinâmico: "(a psicanálise) propõe, no lugar de uma simples descrição, uma explicação dinâmica fundada sobre a interação de forças psíquicas" (Freud 1913m, p. 207).

experiências. Tais ideias – os conceitos fundamentais posteriores da ciência – são, na elaboração futura do material, ainda mais indispensáveis. Elas possuem, primeiramente, um certo grau de indeterminação; e não está em questão discernir claramente seu conteúdo. Tanto quanto elas se encontram neste estado, coloca-se de acordo com sobre sua significação reenviando-se, de maneira repetida, ao material da experiência do qual elas parecem ter sido apreendidas, mas que, na realidade, lhe é submisso".[9]

Freud está se referindo ao conceito de pulsão. Com isso, já temos dois conceitos fundamentais (o inconsciente dinâmico e as pulsões), que não são retirados diretamente da experiência sensível, mas postulados *a priori*. Enquanto que a tarefa de discutir esses fundamentos em sua natureza última, caberia ao filósofo, ao cientista psicanalista freudiano caberia verificar se estes conceitos são ou não úteis para dar conta de seu material empírico, avaliando-os como corretos ou incorretos em função dos resultados que são obtidos, ou seja, em função da resolução dos problemas que eles permitem realizar. É nesse sentido que Freud pode ser lido como defensor do ponto de vista heurístico na prática científica.

Com isso, caracterizamos a proximidade e diferença que liga a filosofia à psicanálise. Em termos específicos, focando o problema em Kant e Freud, tratar-se-ia de fazer uma análise comparativa entre as formulações kantianas (lei moral, ação moral, faculdade de julgar, formas *a priori*, coisa em si etc.) e as formulações da psicologia freudiana (Super-eu e Complexo de Édipo, desenvolvimento infantil, inconsciente, etc.),[10] marcando e explicitando suas correspondências e diferenças. Dizendo noutros termos, o paradigma[11] freudiano seria devedor do sistema kantiano, inclusive no que se refere aos elementos

---

[9] Freud 1915c, p. 117.

[10] Dentre estas proximidades vale a pena ressaltar que é possível fazer um paralelo entre as faculdades de nosso aparelho cognitivo propostas por Kant (sensível ou intuitiva, entendimento e razão) e as três instâncias do aparelho psíquico freudiano da segunda tópica (Isso-Eu-Supereu).

[11] No sentido que lhe dá Kuhn (1970).

metafísicos de sua base disciplinar, tal qual acontece noutros ramos das ciências naturais.[12]

O trabalho de comprovação textual, numa análise crítica epistemológica do problema, fica apenas iniciado neste artigo. E em termos gerais pretende-se, com o conjunto de referências que compilamos, dar subsídios textuais para comprovar a hipótese de que é dentro do quadro epistemológico maior, traçado por Kant em seus parâmetros fundamentais, que Freud construiu toda a metapsicologia.

1. Kant na formação de Freud

A presença de Kant em Freud não é advém só de suas leituras, mas principalmente de sua formação e treinamento como cientista. Freud foi educado na prática científica no laboratório de fisiologia dirigido por Brücke, a quem tomou como um de seus modelos e que exerceu sobre ele uma influência profunda:

> "Eu terminei por encontrar (de 1876 a 1882) no laboratório de fisiologia de Ernest Brücke, paz e plena satisfação, como também pessoas que eu podia respeitar e tomar como modelos, Mestre Brücke ele mesmo e seus assistentes Sigm. Exner e Ernest von Fleish-Marxow".[13]

Brücke era uma autoridade da fisiologia física em meados do século XIX, ele pertencia a uma tradição específica de pesquisa científica chefiada por Helmholtz, figura maior dessa tradição. Brücke era um de seus representantes, inclusive considerado como o embaixador de Helmholtz, que era de Berlim, em Viena. Freud, antes mesmo de ingressar no laboratório de Brücke, com 17 anos, já lera e se interessara por

---

[12] Cf. Kuhn (1970) "Posfácio", onde ele analisa a parte metafísica de todo paradigma científico. Lembremos, mais uma vez, que Freud reivindica que a psicanálise seja tomada tão ciência quanto a física, ambas tendo seus conceitos fundamentais como problemáticos, ou seja, indecidíveis pela comprovação empírica: "Como se surpreender se os conceitos fundamentais da nova ciência, seus princípios (pulsão, energia nervosa, etc.) permanecem tanto tempo indeterminados como os das ciências mais antigas (força, massa, atração, etc.)." (Freud 1940a, pp. 158-159).

[13] Freud 1925d, p. 10.

Helmholtz,[14] chegando mais tarde a caracterizá-lo, numa carta a Stefan Sweig em 19/10/1920, como um "gigante do intelecto",[15] tomando-o mesmo como um ídolo.[16] A postura epistemológica de Helmholtz é, portanto, significativa, para a formação intelectual de Freud. Ao lermos Helmholtz no seu "Os fatos na percepção", de 1878, encontramos uma declaração sobre sua filiação a Kant:

> "Estamos ainda sobre o solo de seu sistema".[17]

Não se trata de um comentário vago, Helmholtz especifica:

> "Acentuei em meus estudos anteriores o acordo entre a recente fisiologia e as doutrinas de Kant".[18]

Caberia, então, desenvolver a análise do que significa "estar sob o solo do sistema kantiano", como apresentando um campo de pertinência dessa tradição científica. Aqui, não interessa desenvolver e comentar o texto de Helmholtz, mas sim o seguir, no traçado de nosso panorama, guiados pelo intuito de mostrar a presença tanto direta como indireta de Kant em Freud.

Outros cientistas do século XIX, importantes para Freud, tais como Fechner e Mach, também reconhecem em Kant a base filosófica que anima suas pesquisas, ainda que existam certas críticas e diferenças. Já citei alguns estudos atuais que propõem esta interpretação:

> "A classificação de Mach dos problemas e dos procedimentos de solução de problemas, sua distinção entre conceitos fenomênicos e construções do pensamento, todos esses ingredientes centrais de sua lógica de pesquisa podem ser facilmente remontados a Kant".[19]

---

[14] Cf. as cartas de Freud a Eduard Silberstein em 13/08/1874, 24/01/1875, 15/06/1875 e 28/06/1875 (Freud & Silberstein 1990).

[15] Freud & Zweig 1995, p. 25.

[16] Carta de Freud, de 28 de outubro de 1884, a Martha Bernays (Assoun 1981, p. 75).

[17] Helmholtz 1878, p. 270.

[18] Helmholtz 1878, p. 270.

[19] Loparic 1982, pp. 7-8.

Não será diferente para Freud, ele também tem em Kant o sistema de base para sua pesquisa no campo das doenças nervosas. Não parte-se aqui do pressuposto de que Freud teria feito um tipo de exegese do pensamento de Kant para depois aplicá-lo à sua prática científica; nem mesmo suponho que Freud estivesse em posse do entendimento pleno e total do obra de Kant, tal qual se esperaria de um filósofo profissional. Mas defende-se que Freud formou-se no interior de uma tradição científica específica, onde aprendeu *como se fazia ciência, como se formulava problemas válidos, como se procurava soluções*, junto a seus mestres e em sua prática de laboratório. Supõe-se aqui que é nesse âmbito modelar que Freud se inscreverá no sistema kantiano, pois sua educação epistemológica está de acordo com os padrões científicos das ciências da natureza que se tornou hegemônica no final do século XIX.

2. Kant na biblioteca particular de Freud

Antes de comentarmos essa pertinência de Freud ao sistema kantiano, vamos retomar o que o próprio Freud diz sobre Kant em sua obra, apresentando, em primeiro lugar, uma curiosidade sobre os livros de Kant que Freud tinha em sua biblioteca particular.

Pode-se obter no Museu Freud a relação dos aproximadamente 2.000 livros que pertenciam à sua biblioteca particular em Viena, estimada conter 2.500 volumes antes de sua partida para Londres em 1938. Nessa relação constam as seguintes obras de Kant: 1) uma edição, de 1880, da *Antropologia do Ponto de Vista Pragmático*; 2) uma edição de 1872-1873 intitulada *Escritos Menores Sobre a Filosofia da Natureza*, assinada "Dr. Sigm. Freud 24/4/82"; e 3) uma edição de 1870 da *Crítica da Razão Pura*, assinada "Dr. Sigm. Freud 24/4/82," com diversas marcas nas margens, anotações e trechos sublinhados.

Lembremos que, em 1880, Freud tem 24 anos, ele está trabalhando no laboratório de fisiologia de Brücke desde 1876, já seguira ao menos por três anos os cursos de filosofia de Brentano (de 1873 a 1876). Em 1882, terminada a graduação médica, Freud continuava como Demonstrador no Instituto de Fisiologia – posição que ocupou de maio de 1881 a julho de 1882. O comentário de Jones nos informa sobre a vida profissional de Freud nesta época:

> "Simultaneamente com essa atividade (de Demonstrador) (Freud) trabalhou durante um ano em investigações avançadas em análise dos gases, no Instituto Químico de Ludwig, onde seu amigo Lutsgarten era Assistente. Embora chegasse a gostar de Química, não obteve qualquer sucesso nessa matéria, e mais tarde comentou sobre esse ano perdido como um período infrutífero, cuja recordação mostrava-se humilhante. Na verdade, posteriormente rotulou 1882 como "o mais sombrio e o menos bem sucedido ano da minha vida profissional".[20]

Neste momento Freud já aprendera as diretrizes básicas sobre o proceder científico, comungando, em termos gerais, do ponto de vista de Brücke. Em junho de 1882 ocorre uma mudança significativa, sob os conselhos de Brücke, Freud abandonará a carreira teórica para tornar-se um clínico como ele mesmo nos conta em sua auto-apresentação de 1925:

> "A mudança aconteceu em 1882, quando meu professor, que eu venerava acima de tudo, corrigiu a generosa imprevidência de meu pai, aconselhando-me, drasticamente, dada minha péssima situação material, a abandonar a carreira teórica. Eu segui seu conselho, deixei o laboratório de fisiologia e entrei como "aspirante" no Hospital Geral (de Viena)".[21]

Podemos supor, ainda que sem nenhuma certeza, que foi justamente neste momento que Freud teve tempo e disposição para dedicar-se a um estudo da *Crítica da Razão Pura*, obra que, mesmo para alguém bem informado sobre os problemas da filosofia (e, portanto, apto a ser um bom leitor) e com os dons intelectuais de Freud, exige um trabalho laborioso.

---

[20] Jones 1979, p. 87.

[21] Freud 1925d, p. 10.

3. Kant na correspondência de Freud

Na sua correspondência particular, encontramos, poucas vezes a referência de Freud a Kant. Nas cartas de juventude com Eduard Silberstein, há certos comentários que Brentano tecera sobre Kant, quando Freud o procura em 1875, já na faculdade de medicina de Viena, com 19 anos, ainda desejoso de fazer um doutorado em filosofia. Brentano faz um certo apanhado do que se deveria estudar para fazer um doutorado de filosofia junto com o de medicina: começar por Descartes, alguns sucessores sem mérito para leitura (Geulincx, Malebranche, Spinoza), Locke e Leibniz não seriam negligenciáveis, o período seguinte caracterizado por uma filosofia popular só teria interesse histórico e não filosófico, no período céptico não se poderia ignorar Kant e Hume, ainda que Brentano não se mostrasse muito entusiasmado com Kant.[22] Noutra carta a Silberstein, num raro momento onde Freud fala sobre o tema da existência de Deus, ele diz:.

> "Ora, o mais reflexivo de todos os filósofos, Kant, tinha refutado rigorosamente, há um século, e por quatro provas, que pudesse existir um Deus (escrevera Douai). Heis o que me parece manifestamente errôneo; Kant refutou as três ou quatro provas da existência de Deus, mas deu, ele mesmo, *só uma* refutação de todas as provas possíveis, a que está em relação com a hipótese fundamental de seu sistema, os julgamentos sintéticos *a priori*".[23]

Um pouco mais à frente, nesta mesma carta, Freud complementa seu comentário sobre Douai:

> "Talvez ele tenha lido a *Crítica da Razão Prática* e descoberto que o mais reflexivo dos filósofos não pode prescindir de um Deus, mas que ele é incapaz de provar sua existência".[24]

Fica evidente que Kant é familiar a Freud, e que ele também lera a *Crítica da Razão Prática*.

---

[22] Freud & Silberstein 1990, pp. 151-152, 15/03/1875.

[23] Freud & Silberstein 1990, p. 153, 11/04/1875.

[24] Freud & Silberstein 1990, p. 153, 11/04/1875.

Na sua correspondência com Ferenczi, há apenas uma menção ao nome de Kant, referida à questão do imperativo categórico e à ação moral. Freud agradece à Ferenczi e sua esposa Gisela o envio de um saboroso *rôti*, em 1918, no fim da primeira grande guerra, e comenta:

> "Não há mérito nenhum em amar seus amigos quando eles cuidam de nós; a dificuldade bem conhecida que Schiller encontrou no imperativo categórico de Kant".[25]

Um comentário mais extenso sobre a proximidade de Freud com Kant vem de Ludwig Binswanger, mantendo-nos no campo das correspondências de Freud, quando de sua segunda (15 a 26 de janeiro de 1910) e terceira (17 a 18 de maio de 1913) visitas a Freud. Nas anotações de Binswanger sobre a segunda entrevista, em seu manuscrito reencontrado, podemos ler:

> "É necessário ainda ressaltar certos pontos retirados das entrevistas variadas que eu tive o privilégio de ter com Freud: 1. Suas concepções sobre o inconsciente. Ao longo de uma destas entrevistas eu retomei uma de suas fórmulas das seções da quarta-feira: 'O inconsciente é metafísico e nós o tomamos simplesmente por real!' Esta frase prova que sobre esta questão Freud se resignou. Ele disse que nós nos portamos *como se* o inconsciente fosse uma realidade à imagem do consciente. Mas como um verdadeiro pesquisador científico, ele nada diz sobre a *natureza* do inconsciente, porque nós não sabemos nada com certeza, ou sobretudo, nós só podemos inferir a partir do consciente. Ele afirma que, da mesma maneira que Kant postulou a coisa em si atrás da aparência, ele postulou, atrás do consciente acessível à nossa experiência, o inconsciente, mas que este jamais poderia ser um objeto da experiência direta".[26]

Na sua terceira entrevista com Freud, em maio de 1913, Binswanger está na companhia do filósofo Paul Häberlin. Ele comenta ter poucas lembranças deste encontro, e escreve a Häberlin perguntando sobre aquele momento. Em resposta, em 10 de junho de 1954,

---

[25] Freud & Ferenczi 1996, p. 347, 03/12/1918.

[26] Freud & Binswanger 1995, p. 87.

Häberlin comenta os diversos problemas que tinham sido objeto de diálogo: a questão da consciência (censura) como derivada da pulsão e a justificativa de Freud baseada no narcisismo, o estatuto filosófico do inconsciente, e a filosofia – mas também a própria psicanálise – como formas convenientes de sublimação da sexualidade recalcada. Retomemos na carta-documento de Häberlin, a questão do inconsciente e a da sublimação. O primeiro tema porque ele interessa diretamente a nosso trabalho e o segundo por revelar o interesse prático (científico) de Freud, delimitado por uma função social específica e, portanto, jamais dado a servir como uma "visão de mundo", seja ela sociológica, política, estética, e muito menos ainda filosófica ou religiosa. Diz Häberlin:

> "Freud me perguntou se 'a coisa em si' de Kant não seria como o que ele (Freud) entendia por 'inconsciente'. Eu neguei-lhe rindo e dei a entender que as coisas se situavam, certamente, em planos diferentes. Freud defendeu – mas, ao que me pareceu, sem se levar verdadeiramente a sério – que a filosofia nada mais era do que a forma mais conveniente de sublimação da sexualidade recalcada. Eu retruquei perguntando-lhe se não seria o mesmo no caso da ciência e em particular da psicologia psicanalítica. Visivelmente um pouco surpreso, ele respondeu evasivamente: a psicologia tem ao menos uma função social".[27]

Como comenta Loparic, parece que nem Binswanger nem Häberlin, nesse momento, entenderam o que Freud estava falando, pois, como pode ser confirmado pelo texto sobre o inconsciente de 1915:

> "Freud estava trabalhando no interior da crítica kantiana dos limites do conhecimento humano. Ele usava, sim, o conceito de inconsciente psíquico justamente como uma coisa em si no sentido kantiano, ou seja, como um objeto incognoscível em si, mas que, no entanto, deve ser introduzido como uma "ficção" dinâmica a fim de/que seja possível a formulação de explicações dinâmicas sobre as neuroses".[28]

---

[27] Freud & Binswanger 1995, p. 188. *Arquivos Häberlin*, biblioteca da Universidade de Bâle.

[28] Loparic 1999, pp. 115-116. Ver também sobre este tema específico em Loparic 1985.

No restante da correspondência de Freud até agora publicada, não encontramos nenhuma outra referência de Freud a Kant, ainda que o filósofo seja citado por seus interlocutores, uma vez ou outra.[29]

4. Kant nas Minutas da Sociedade Psicanalítica de Viena

Na sua grande maioria os temas tratados nas reuniões da Sociedade Psicanalítica de Viena, de 1906-1918, versam sobre problemas clínicos, com uma ou outra discussão sobre a psicologia dos artistas e de certos personagens literários, com raras passagens onde se levantam problemas filosóficos. Kant é citado poucas vezes, constituindo, como veremos, apenas uma referência de passagem e não sendo desenvolvido, em nenhum momento, como um tema filosófico para discussão. Vejamos, em primeiro lugar, as citações diretas a Kant, para depois fazermos algumas alusões a temas que indiretamente têm a ver com a obra do filósofo.

Na sessão de 27 de fevereiro de 1907, trata-se de discutir o livro de Möbius, *O Estado Desesperado de Toda Psicologia*. Stekel[30] considera Möbius como um um "lançador de bombas sensacionalista", referindo-se a dois outros textos onde Möbius também faz certas proposições sensacionalistas: "Os aspectos patológicos de Goethe",

---

[29] Notadamente Binswanger, quando de sua visita a Freud com Häberlin, com comentários mais extensos, e na carta de 15/02/1925, onde ele considera a *Interpretação dos Sonhos* na obra de Freud tão central como a *Crítica da Razão Pura* na de Kant. Como também Jung, na carta de 17/06/1910, comentando que ele (Jung) também vira a presença de um *abutre* em Leonardo, mas noutro lugar, "o bico está bem na região da púbis", lembrando então o nome de Kant: "amar-se-ia dizer com Kant: acaso, que equivale aos mais finos racionalismos da razão"); e também na carta, 11/08/1910, comentando que os tempos ainda não haviam reconhecido que era Freud do inventor da psicanálise e não "Platão, São Thomas de Aquino, e Kant, e simultaneamente Kuno Fischer e Wundt". Mas estes comentários não se constituem como uma referência conceitual seja ela pontual ou genérica desenvolvida no diálogo com Freud; ainda que Binswanger, nos seus estudos, tenha se ocupado de Kant – "Em projeto, as pesquisas sobre os fundamentos da teologia natural e a moral de Kant" (Freud & Binswanger 1995, p. 238).

[30] Wilhelm Stekel (1868-1940), médico, um dos quatro primeiros membros da Sociedade Psicanalítica de Vienna.

"A imbecilidade fisiológica da mulher". No texto em discussão nessa sessão, Stekel diz que eles estão face à última "bomba", nele Möbius fala das pulsões como *primum movens*, no entanto ele deixa de lado a obra de Freud, e não dá à sexualidade o valor que a psicanálise lhe confere. Na discussão que se segue à retomada dos temas centrais do livro, tanto Adler quanto Hautler recolocam a questão do imperativo categórico, como um "motor" do agir humano. Os comentários de Freud parecem deixar Kant à margem, não tocando diretamente no problema do imperativo categórico, mas recolocando a questão sobre o que seria necessário para a constituição de uma psicologia que tratasse dos elementos básicos que produzem o agir humano, fazendo a distinção entre as pulsões e as emoções em relação ao campo da consciência (suponho que reconhecendo nesta o agente do imperativo categórico kantiano). Diz Freud:

> "A tentativa de Möbius de constituir uma nova psicologia elementar estaria naturalmente condenada ao fracasso nos limites de um opúsculo assim tão breve. Todavia, se quer-se criar uma tal psicologia elementar (uma metapsicologia que não leve em conta a diferença entre consciente e inconsciente), seria necessário fazer uma distinção clara entre pulsões e emoções. Seria necessário começar por estabelecer que a pulsão é um conceito, um nome designando a influência dinâmica ou perturbadora que as necessidades orgânicas (estruturais) exercem sobre os processos psíquicos. A pulsão liga o orgânico ao psíquico. Mas a emoção pertence inteiramente ao domínio psíquico. A consciência (o sentido interior) é regulada sobre duas extremidades de um processo formando um grande arco: as percepções e as emoções. Todo o resto não entre em linha de conta na significação do termo consciência".[31]

Freud evita entrar nas discussão sobre os fundamentos filosóficos da ação humana, e se dirige para a formulação de conceitos que possam ter uma ligação direta com o mundo empírico, ainda que um deles, a pulsão, seja apenas uma *convenção*.[32]

---

[31] Nunberg & Federn 1962, p. 155.

[32] Cf. Freud 1915c, p. 118.

Em 24 de novembro de 1909, a sessão é dedicada à discussão de uma conferência de Tausk: "Teoria do conhecimento e psicanálise". Tausk apresenta, em primeiro lugar, uma certa história da teoria do conhecimento especificando que:

> "A série de filósofos da teoria do conhecimento que se ocuparam do conhecimento em seu sentido estreito, começa por Aristóteles, e segue, passando por Spinoza até Hume, com quem a teoria do conhecimento propriamente dito começa. Em seguida vem seu sucessor Kant, que nos ensinou como nós conhecemos a função de conhecer ela mesma".[33]

Nesse desenvolvimento, Tausk segue explicitando a contribuição destes filósofos, para, ao final, incluir as contribuições de Freud, referindo-se à metapsicologia e acentuando que os "objetos da teoria do conhecimento são a consciência e a vida pulsional. A consciência tem por função reconhecer o inconsciente; é um órgão destinado a tornar disponíveis as experiências conscientes".[34] Tausk termina sua exposição referindo-se ao problema da angustia, da sexualidade e do eu, para concluir:

> "O conceito de metapsicologia não está corretamente formado; seria necessário dizer 'psicologia transcendental', porque é uma psicologia que coloca em jogo funções incondicionais".[35]

Seria, então, de se esperar de Freud, caso ele tivesse algo a dizer sobre a filosofia do conhecimento, alguns comentários, e em especial, considerações sobre Kant. Mas ele não se coloca como filósofo, e mais

---

[33] Nunberg & Federn 1967, p. 323.

[34] Nunberg & Federn 1967, p. 326.

[35] Nunberg & Federn 1967, p. 326. A expressão "funções incondicionais" pede que se tenha em mente uma compreensão mais aprofundada do sistema filosófico kantiano. Ela refere-se à necessidade imposta pela razão em estabelecer a ideia (enquanto um conceito puro da razão) de uma causa primeira (incondicional) a partir da qual todas a série de causalidades poderiam ser pensadas. Por exemplo, a ideia de força na física, pois pode-se verificar que nesta disciplina científica jamais se pergunta o que causa uma força nela mesma (a não ser outra força); ela é, portanto, uma função incondicional causal. Essa causa incondicionada não é passível de ser apreendida pela experiência sensível, mas tão somente como uma produção da razão (Kant 1781/1997b, p. 683).

uma vez rejeita discutir filosoficamente. Freud toma posição apenas de uma maneira muito geral sobre a exposição:

> "Pessoalmente, ele tem dificuldades particulares para apreender ideias assim tão abstratas como as apresentadas na conferência, ideias que deveriam ser apresentadas de maneira bem mais elementar. Seria interessante de ver se um estudo filosófico traria alguma vantagem além da tradução de uma língua difícil de compreender, ou se ela permitiria uma simplificação suplementar ou a obtenção de resultados claros".[36]

A posição cautelosa de Freud é evidente, ainda que ele seja sempre prudente:

> "O domínio filosófico de nossas experiências trará efetivamente novos resultados; Freud não pode julgar se os tempos estão maduros para isso".[37]

Na sessão de 22 de dezembro de 1909, Tausk retoma a questão das formas de nosso funcionamento psíquico, referindo-se, então, novamente, a Kant:

> "Tausk gostaria de voltar à definição dada recentemente pelo professor Freud segundo a qual a forma é o precipitado do conteúdo que a precedeu (no tempo) e observar que isto não pode se aplicar às formas puras; as formas puras são as formas de nosso funcionamento. Seria necessário chegar a mostrar que os movimentos afetivos têm também estas experiências puras por origem. Estas formas puras não podem ser o precipitado de experiências anteriores; elas são a condição prévia para uma realização deste gênero".[38]

É evidente que Tausk está se referindo às formas puras tanto do espaço e do tempo, e às categorias do entendimento, que juntas constituem as condições de possibilidade *a priori* da experiência sensível. Freud não aceita, no entanto, a discussão nestes termos, dizendo que o problema filosófico e o dele são, na verdade, diferentes:

---

[36] Nunberg & Federn 1967, p. 330.
[37] Nunberg & Federn 1967, p. 330.
[38] Nunberg & Federn 1967, p. 358.

> "O Professor Freud observa que os filósofos não compreendem a mesma coisa que ele – a saber, a forma artística; inclui-se o espaço e o tempo, etc., – quer dizer as formas puras – isto significaria fazer explodir os limites do conceito de forma".[39]

Nesta mesma sessão, logo em seguida, Federn insiste sobre o tema dos *a prioris* kantianos no pensamento humano:

> "Federn constata que o professor Freud só se reportou à forma da representação (*Darstellung*)[40] e não às formas puras do pensamento. Mas estas formas do pensamento devem também um dia ter sido adquiridas. Kant as considerou como formas *a priori*, porque ele nada sabia da grande linha da hereditariedade na espécie humana".[41]

Freud responde que as coisas não podem ser respondidas dessa maneira, explicitando qual o caminho que ele toma na procura da resolução de seus problemas, partindo daquilo que ele tem como matéria possível de ser observada no presente e voltando para as suas origens (causais):

> "Nas nossas explicações nós não fazemos outra coisa do que remontar às suas origens".[42]

E logo em seguida, apresenta dois exemplos clínicos para chamar a atenção sobre como certas ideias obsessivas estão relacionadas com moções sexuais infantis. Trata-se, portanto, de reconhecer pontos de partidas e objetivos diferentes entre a filosofia e a psicanálise. A posição de Freud pode ser reconhecida num comentário que ele faz em 1923, sublinhando as características da psicanálise como uma ciência empírica:

> "A psicanálise não é um sistema, como o da filosofia, que parte de alguns conceitos fundamentais rigorosamente definidos, com os quais ela procura apreender o universo e depois, uma vez acabado, não dispõe mais de espaço para novas descobertas e melhores maneiras

---

[39] Nunberg & Federn 1967, p. 358.

[40] Há uma diferença entre os termos *Vorstellung* e *Darstellung* importante a ser ressaltada. O primeiro termo refere-se à representação em termos gerais, enquanto que o segundo está associado à representação empírica ou relacionada aos dados sensíveis.

[41] Nunberg & Federn 1967, p. 359.

[42] Nunberg & Federn 1967, p. 359.

de ver. Ela se liga preferencialmente aos fatos de seu domínio de trabalho, procura resolver problemas imediatos da observação, avança tateando seguindo a experiência, é sempre inacabada, sempre pronta a mudar ou modificar suas doutrinas. Ela suporta, tão bem quanto a física ou a química, que seus conceitos supremos sejam sem clareza, seus pressupostos provisórios, e ela espera de seu trabalho futuro uma determinação mais rigorosa destes".[43]

As outras referências a Kant, ou ao sistema kantiano, são ou muito indiretas ou apenas alusivas, e necessitariam de um esforço de interpretação para preencher diversas lacunas que ligariam o pensamento de Freud ao de Kant. Citemos as que compilamos ao ler as minutas: em 31/outubro/1906, Freud discorre sobre a formação empírica de nossa faculdade de julgar, dizendo que "o homem só se torna capaz de um julgamento independente a partir do momento em que ele coloca em questão a autoridade parental",[44] o que nos levaria a perguntar como isso se articula com a faculdade de julgar de Kant; em 23/janeiro/1907, Freud comenta que "a maior parte dos processos psíquicos são inconsciente", numa tese que tem correspondência com Kant quando ele afirma que "no homem, o campo das representações *obscuras* (não conscientes) é o mais extenso";[45] em 20/março/1907, Freud fala que "a vida psíquica da criança é importante para o conhecimento psicológico dos conceitos filosóficos",[46] ressaltando que seria "necessário observar em que anos a criança constitui os fundamentos da lei moral e quando ela começa a aplicá-los ao mundo exterior (por ex.: justiça, causalidade, etc.)"[47] – Freud é aqui muito bem humorado ao aludir que as teorias filosóficas podem ter estreitas ligações com a psicologia do filósofo: "quando se tem em conta o fator infantil, é necessário afastar a ideia humorística, mas impossível de provar, que Thales, para quem tudo nasce da água,

[43] Freud 1923a, p. 254.
[44] Nunberg & Federn 1962, p. 62.
[45] Kant 1798, ANT, p. 23.
[46] Nunberg & Federn 1962, p. 70.
[47] Nunberg & Federn 1962, p. 70.

sofria de enuresi e que Heráclito era um erótico anal, por causa de suas alucinações auditivas e de seu senso de ordem";[48] e, por fim, em 08/fevereiro/1910, temos apenas uma alusão de Furtmüller aos comentários de Kant sobre Swendborg em seu *Sonhos de Um Visionário*, sem que se sigam reflexões a respeito deste texto – a crítica de Kant a Swendborg, enquanto produtor de um conhecimento baseado em ficções (visões) sem nenhum controle, seria interessante de se ver comparada às ficções heurísticas que constituem a metapsicologia psicanalítica.

5. Kant nos textos de Freud

Especifiquemos, agora, os principais momentos em que Freud evoca o nome e a obra de Kant, ao longo de seus textos publicados. Em 1900, na *Interpretação dos Sonhos*, Freud comenta:

> "Kant indica ao que parece, numa passagem da Antropologia, que o sonho tem sem dúvida por função nos mostrar nossas disposições secretas e nos revelar, não exatamente o que nós somos, mas o que nós seríamos se nós tivéssemos recebido outra educação".[49]

Não encontrei na *Antropologia do ponto de vista Pragmático* (1798) esse trecho ao qual Freud se refere, tão pouco indicam a *Studienausgabe* nem a *Obras completas* publicada pela editora Amorrortu, limitando-se, ambas, a reconhecer que não foi possível encontrar essa passagem na obra do filósofo. Na *Antropologia* Kant considera os sonhos como sendo uma invenção (da imaginação) involuntária no estado de saúde, mas não os toma como um objeto de uma Antropologia pragmática, pois "não se pode deduzir destes fenômenos (o sono e o sonambulismo) nenhuma regra de comportamento no estado onírico: estas regras (da faculdade de conhecer) valem apenas para o homem em estado de vigília que não quer sonhar ou dormir sem pensamento".[50] Trata-se, para Kant, de identificar dois mundos diferentes:

---

[48] Nunberg & Federn 1962, p. 70.

[49] Freud 1900a, p. 70.

[50] Kant 1798, ANT, p. 63.

"Quando estamos acordados nós temos um mundo comum; quando dormimos cada um tem o seu".[51]

Mais à frente da *Traumdeutung*, Freud dedica um capítulo para apresentar algumas relações entre os sonhos e as doenças mentais, lembrando, um comentário de Kant que toca neste tema:

"Kant diz em algum lugar: 'O desatinado é um sonhador acordado'".[52]

Logo em seguida, cita também Krauss:

"A loucura é um sonho enquanto os sentidos estão despertos".[53]

Freud esta citando um pequeno escrito de Kant, anterior à *Crítica* (*Ensaios Sobre as Doenças da Cabeça*, de 1764). A psicologia que Kant trata neste ensaio pertence ao campo da filosofia, e não se constitui a partir de uma generalização dos dados empíricos. Ainda que Kant suponha causas orgânicas para as perturbações de nossas faculdades mentais, reconhecendo que se trata de doenças da cabeça, ele constrói sua psicologia baseado em faculdades *a priori* que dariam o pano de fundo modelar sobre nosso funcionamento psíquico, apoiando-se, assim, numa elaboração racional sobre nossa faculdade sensível de apreender representações, nosso entendimento (enquanto faculdade dos juízos), e nossa razão (enquanto faculdade argumentativa). Kant toma estes elementos *a priori* como a base de sua análise, e a partir daí classifica os tipos de distúrbios e doenças, com seus sintomas correspondentes.[54] Neste ensaio ele divide as doenças da cabeça em dois grandes grupos:

---

[51] Kant 1798, ANT, p. 63.

[52] Freud 1900a, p. 90.

[53] Freud 1900a, p. 90.

[54] Este tipo de psicologia racionalista não existe mais, e em Freud, que deseja a psicanálise como uma ciência empírica, encontramos, de fato, algo diferente deste proceder filosófico. No entanto, seria um tema de pesquisa perguntar se as tópicas freudianas não estariam se apresentando como modelos lógicos a partir dos quais se classifica toda a psicopatologia psicanalítica, fazendo, então, um paralelo entre as faculdades kantianas e as instâncias psíquicas freudianas (Ics-Pcs-Cs e Isso-Eu-Supereu). No âmbito destes comentários, cabe apensas indicar a possibilidade de tal análise, sem completar a argumentação que permitiria completar todos os pré-requisitos desta hipótese comparativa.

o da impotência (imbecilidade) e o da demência (mente perturbada). O primeiro grupo trata de doenças caracterizadas por uma perturbação que torna a pessoa por ela acometida (o imbecil) "impotente no que diz respeito à memória, à razão e, também em geral, às impressões sensíveis",[55] são na sua maior parte das vezes incuráveis, jamais permitindo "ao infeliz deixar o estado infantil".[56] Quanto aos do segundo grupo, caracterizadas pelas fraquezas da mente, podem ainda ser ordenadas segundo três subdivisões: 1) a demência dos conceitos de experiência, que caracterizam o *desatino*; 2) a desordem da faculdade de julgar, que, na verdade, é próxima do destino, mas que se denomina mais especificamente de *delírio*; 3) a corrupção da razão (faculdade das argumentações) tendo em vista os juízos mais universais, que caracteriza do desvairo. Kant prepara a explicação dessa doença da cabeça do primeiro grupo (desatino), comentando o que ocorre com o nosso espírito quando sonhamos. A princípio, estes dois estados deveriam seguir os mesmos princípios:

> "Não temos razões para crer que no estado de vigília nosso espírito siga leis diferentes do que quando dorme".[57]

No entanto, estamos colocados em dois cenários diferentes, para os mesmos princípios:

> "Na vigília, somente a vivacidade das impressões sensíveis obscurece e torna irreconhecíveis as imagens quiméricas, mais tênues, enquanto que, no sono, estas possuem toda sua força, já que nenhuma impressão exterior tem, aí, possibilidade de aceder à alma".[58]

Vem, portanto daí, a vivacidade que sentimos quando sonhamos:

> "Não é de se surpreender, portanto, que sonhos, enquanto durem, sejam tomados como experiências verídicas de coisas efetivas. Pois,

---

[55] Kant 1764, p. 86.
[56] Kant 1764, p. 86.
[57] Kant 1764, p. 87.
[58] Kant 1764, p. 87.

visto serem, nesse estado, as representações mais fortes na alma, estão para ele assim como as impressões estão para a vigília".[59]

O desatino, seria, então, no estado de vigília, tomar uma representação quimérica como se fosse real (sensível), tal como ocorre quando sonhamos:

"Chama-se desatino essa qualidade do perturbado de, ainda que sua doença não assuma um grau suficientemente notório, representar com frequência, na vigília, certas coisas ausentes como claramente sentidas. O desatinado é, portanto, alguém que sonha acordado".[60]

Para complementar esta caracterização, Kant especifica que a pessoa que se encontra num grau elevado de tal demência é um *fantasista*.

Quando Freud reconhece, também a partir de Fechner, que "a cena sobre a qual (na alma) ocorrem os sonhos seria uma outra do que aquela da vida representativa na vigília",[61] aludindo, então, ao Ics e à sua lógica específica, encontramos ecos dessa mesma hipótese kantiana sobre os sonhos.

Podemos também supor uma segunda referência à lembrança de Freud, indireta, numa passagem da *Antropologia do ponto de vista pragmático* de 1798 onde Kant retoma o tema das deficiências e das doenças da alma no que diz respeito à faculdade de conhecer, comentando que "Aquele que negligencia habitualmente confrontar suas imaginações com as leis da experiência (aquele que sonha acordado) é um homem fantasista".[62]

Para compreendemos estas referências de Freud ao sonho e à imaginação, dentro do contexto kantiano, devemos lembrar que Kant considera a *imaginação* como uma faculdade que tem como objetivo

---

[59] Kant 1764, p. 87.
[60] Kant 1764, p. 88.
[61] Freud 1916x, p. 89.
[62] Kant 1798, ANT, p. 72.

produzir imagens (representações) a partir do diverso que nossa sensibilidade nos fornece, produzindo certas sínteses deste diverso.[63] Estas imagens são consideradas como fruto de uma imaginação que apenas apreende o diverso da experiência sensível.[64] Kant especifica, num breve comentário, os termos usados por Freud (*fantasmas e sonhos*):

> "A imaginação, na medida em que ela produz também imagens involuntárias, chama-se *fantasia*. Aquele que toma esta forma da imaginação por experiências (internas ou externas) é um fantasista. No sono ((n)um estado de saúde), ser um jogo involuntário de suas (próprias) imagens, é sonhar".[65]

Encontramos nas *Lições de Introdução à Psicanálise* de 1916-1917, mais uma vez, a identificação dos sonhos com uma atividade da imaginação, neste mesmo sentido kantiano, quando ele traça um comentário sobre o que a linguagem designa como sonhos diurnos:

> "Os sonhos diurnos são fantasmas (produtos da imaginação)".[66]

Também como pertinente às concepções de Kant e Freud sobre o sonho, reconhecemos a tese freudiana sobre a atividade não criativa dos sonhos e a tese kantiana da não inventividade da imaginação. Em Freud lemos:

> "Quando se examina as coisas mais de perto, reconhece-se que o trabalho do sonho, utilizando seus substitutos, não traz nada de novo".[67]

---

[63] Kant 1787, CRP, p. 120.

[64] "A imaginação (*facultas imaginandi*), como faculdade das intuições sem a presença do objeto, ou é *produtiva*, quer dizer, faculdade de apresentação originária do objeto (*exhibitio originaria*) que precede, portanto, a experiência; ou é *reprodutiva*, quer dizer, faculdade de apresentação derivada (*exhibitio derivativa*) que leva ao espírito uma intuição empírica que já aconteceu anteriormente. – As intuições puras do espaço e do tempo pertencem à primeira forma de apresentação; todas as outras pressupõem a intuição empírica que se chama *experiência* se ela é ligada ao *conceito* de objeto, e se, por consequência, ele é conhecimento empírico." (Kant 1798, ANT, p. 47).

[65] Kant 1798, ANT, p. 47.

[66] Freud 1916x, p. 98.

[67] Freud 1900a, p. 345.

E em Kant:

> "Por grande artista e mágica que seja a imaginação ela não é criativa; ela deve tirar dos sentidos a matéria de suas imagens".[68]

Seria difícil negar que estamos sobre as mesmas bases. Noutro momento da *Traumdeutung*, ao fazer um comentário sobre o inconsciente, Freud retoma a questão sobre o estatuto ontológico desta noção:

> "Sua natureza íntima nos é tão desconhecida quanto a realidade do mundo exterior, e a consciência nos informa sobre ele de uma maneira tão incompleta quanto nossos órgãos dos sentidos sobre o mundo exterior".[69]

A referência à clássica distinção entre as coisas em si, os *númenos* ou a realidade nela mesma, e os *fenômenos*, é utilizada por Freud como uma analogia para entender qual o lugar epistemológico a ser dado ao inconsciente. Já citamos as afirmações de Freud neste sentido através das recordações de Binswanger ("O inconsciente é metafísico") e Häberlin ("o inconsciente é tal como a coisa em si de Kant"), e podemos aqui lembrar mais uma passagem de Kant, onde se caracteriza a natureza dos *númenos*:

> "Isto (*os númenos*), objetos que se apresentariam ao entendimento sem mediação da sensibilidade), com efeito, será sempre para nós desconhecido, ao ponto mesmo de ignorarmos se tal conhecimento transcendental (extraordinário) será porventura alguma vez possível, pelo menos dentro das nossas categorias habituais".[70]

Aqui, tal como em Kant, a hipótese da realidade admitida, tanto da coisa em si como do inconsciente, é um ponto de partida heurístico que, apesar de sustentar o conhecimento, precisa sempre ser reconhecida em sua natureza específica jamais confundida com a realidade ela mesma.

---

[68] Kant 1798, ANT, p. 48.
[69] Freud 1900a, p. 612.
[70] Kant 1787, CRP, p. 314.

Em 1905, em seu *Chistes e Sua Relação Com o Inconsciente* (1905c), Freud comenta uma passagem da *Crítica da Faculdade do Juízo*:

> "Sobre o cômico em geral, Kant diz que ele possui esta curiosa propriedade de nos poder dar a ilusão do instante".[71]

A passagem à qual Freud se refere corresponde a uma análise sobre aquilo que agrada às nossas sensações, produzindo contentamento, e o que agrada apenas ao julgamento,[72] onde Kant diz que o riso é um efeito, algo cuja causa "deve consistir na influência da representação sobre o corpo e sua ação recíproca sobre a mente".[73] A caracterização que ele dá do riso é a seguinte:

> "O riso é uma afecção proveniente da súbita transformação de uma expectativa tensa em nada".[74]

Neste mesmo texto sobre o *Chiste*, Freud segue fazendo ainda mais uma referência, agora comentando também uma tese de Lipps:

> "Desenvolvendo a tese de Kant segundo a qual 'o cômico seria uma espera que se dissolve no nada,' Lipps tentou mostrar (...) que, de uma maneira muito geral, o prazer do cômico decorre de nossa expectativa".[75]

Se buscamos em Kant um exemplo que possa exemplificar o que é o cômico, lemos:

> "Quando alguém conta: que um índio, que na mesa de um inglês em Surate viu abrirem uma garrafa de cerveja e toda essa bebida, convertida em espuma, sair à força, demonstrava com muitas exclamações sua grande admiração e, à pergunta do inglês: O que há aqui que tanto admira? Respondeu: Não me admiro de que saia, mas de como puderam metê-la aí dentro. Nós rimos, e isso nos produz um prazer cordial: não porque eventualmente nos achemos mais espertos do que esse ignorante ou senão por algo de satisfatório que o entendimento nos

---

[71] Freud 1905c, p. 12.
[72] Kant 1793, CFJ, p. 266.
[73] Kant 1793, CFJ, p. 266.
[74] Kant 1793, CFJ, p. 266.
[75] Freud 1905c, p. 199.

fizesse notar aqui; mas nossa expectativa estava tensa, e subitamente desaparece em nada".[76]

O uso que Freud faz aqui de Kant não é, evidentemente, filosófico, ou seja, focando um problema de filosofia, mas sim como um apoio para a compreensão do homem na sua vida prática cotidiana. Nesse uso de Kant, fica claro que Freud concorda com o pressuposto kantiano de que a natureza do psiquismo é tão somente um conjunto de representações (do mundo e das sensações). Ainda que Freud venha a propor modelos sobre como seria a organização desse mundo psíquico (primeira e segunda tópicas), isto em nada modifica essa concepção básica sobre a essência do psiquismo. Os comentários sobre o cômico, apenas tomam isto como um fato inegável, ponto de partida que não está em discussão.

Em 1911, comentando as duas partes fundamentais do delírio de Schereber, Freud lembra uma imagem utilizada por Kant, procurando dar uma regra epistemológica, especificando em que direção se poderia tentar entender esse delírio sem que nós mesmos estivéssemos delirando. Diz Freud:

> "As duas partes capitais do delírio scherebiano, a transformação em mulher e a relação privilegiada com Deus, são conectadas no seu sistema por meio de sua posição feminina em relação a Deus. Será inevitável para nós a tarefa de colocar em evidência uma relação genética essencial entre estas duas partes, sem o que nós cairíamos, com nossos comentários sobre o delírio de Schereber, no papel ridículo que descreve Kant na sua célebre comparação na *Crítica da Razão Pura*, onde um homem segura uma peneira sob a barba de um bode enquanto um outro tenta ordenhá-lo".[77]

A passagem de Kant à qual Freud se refere é a seguinte:

> "É já grande e necessária prova de inteligência ou perspicácia saber o que se deve perguntar de modo racional. Pois que se a pergunta

[76] Kant 1793, CFJ, p. 266.

[77] Freud 1911c, p. 34.

é em si disparatada e exige respostas desnecessárias tem o inconveniente, além de envergonhar quem a formula, de por vezes ainda suscitar no incauto ouvinte respostas absurdas, apresentando assim o ridículo espetáculo de duas pessoas, das quais (como os antigos diziam) uma ordenha o bode enquanto a outra apara com uma peneira".[78]

Aqui Freud mostra-se ciente, da necessidade de colocar os conceitos e as análises em relação direta com seus referentes, estes, por sua vez, advindos da experiência, caso contrário todo o esforço do entendimento perderia seu objeto, apresentando formulações vazias.

Em Kant, tal fundamento se exprime tanto como uma condição para o conhecimento, a experiência, quanto como uma *ética da terminologia*.[79] Se aquele que formula uma pergunta ou uma hipótese não dá a ela seu substrato experiencial, não referindo suas formulações ao problema empírico que se quer resolver (no caso das práticas científicas), então, ele está falando sobre um *nada*, portanto um indecidível. Aquele que responde a esse *nada*, como se estivesse entendendo do que se trata, estaria apenas comentando os atributos da "roupa do rei que está nú".

Neste mesmo sentido convém reconhecer em Freud, a constante presença dessa referência à experiência e aos dados intuitivos (sensíveis). Até no seu conceito mais especulativo, a pulsão de morte, é importante lembrar que ela está referida aos problemas da hipocondria e da "reação terapêutica negativa". Freud tem, então, em mente o quão perigoso é perder estas referências, e o quão ridículo é a cena, comumente observável, já para sua época, do desperdício das considerações inteligentes sobre palavras vazias.

Em *Totem e Tabu*, de 1912-13, Freud retoma a questão das proibições morais, enunciadas pelo tabu, identificando-a ao *Imperativo*

---

[78] Kant 1787, CRP, B82.

[79] O termo aqui não é de Kant, mas do neo-kantiano Charles Sanders Peirce 1997, pp. 40-43 (cf. Kant 1787, CRP, pp. 368-377).

Categórico. Este último, conhecido em si mesmo na sua forma positiva (seja!, faça!, etc.), seria expresso pela proibição tabu enquanto esse mesmo *imperativo* colocado na sua forma negativa (não faça!):

> "O tabu, para dizer a verdade, continua a existir entre nós; ainda que formulado negativamente e referido a outros objetos, ele não é outra coisa, na sua natureza psicológica, que o "imperativo categórico" de Kant que pretende ter um efeito compulsivo e recusa toda motivação consciente".[80]

Será por meio de uma análise do que é o tabu que Freud acredita poder explicar a própria lei moral do homem:

> "A elucidação do tabu poderia mesmo jogar uma luz sobre a origem obscura de nosso próprio 'imperativo categórico'".[81]

Parece, pois, evidente a Freud que a lei moral, ou noutros termos, o *imperativo categórico kantiano* – "Age de tal modo que a máxima da tua vontade possa valer sempre ao mesmo tempo como princípio de uma legislação universal"[82] – encontraria sua origem no próprio triângulo edípico. Como ele mesmo dirá em 1924:

> "O Imperativo Categórico de Kant é, assim, o herdeiro direto do Complexo de Édipo".[83]

No entanto, ao ver como Freud compreende a noção do Imperativo Categórico, seria possível objetar que ele comete um erro de entendimento. Em primeiro lugar, lembremos que a lei moral é uma lei universal dada pela razão: "A razão pura é prática por si mesma apenas e dá (ao homem) uma lei universal, que chamamos *lei moral*";[84] ela é uma lei dada *a priori*, sem antecedência da experiência sensível, mas como um fruto exclusivo de uma razão legisladora: "importa observar, a fim de considerar, sem falsa interpretação, esta lei como *dada*, que

---

80 Kant 1793, CFJ, p. 266.
81 Freud 1912x, p. 23.
82 Kant 1793, CFJ, p. 266.
83 Freud 1924c, p. 167.
84 Kant 1788, CRP, p. 43.

não é um fato empírico mas o fato único da razão pura, que assim se proclama como originariamente legisladora.[85]

O que temos aqui a ressaltar é a frase "não é um fato empírico", pois isto implica retirar da experiência a constituição da lei moral em nós. Kant conclui, após mostrar que a lei moral não pode advir da vida prática do homem – enquanto esta é comandada pelo desejo de felicidade (seja de si mesmo ou de outrem) e da relação com o prazer e a dor[86] –, ou seja, não pode ser dependente de "princípios materiais", mas que só o "*princípio prático formal* da razão pura" – ou seja, por meio de um princípio que não advém de nenhuma experiência sensível – pode estabelecer uma lei moral universal para o homem. Diz Kant:

> "Em virtude de os princípios materiais serem totalmente inadequados para fornecer a suprema lei moral (como se provou), o *princípio prático formal* da razão pura, segundo o qual a simples forma de uma legislação universal possível pelas nossas máximas deve constituir o princípio determinante supremo e imediato da vontade, é o *único possível* que é adequado para imperativos categóricos, isto é, leis práticas (que fazem das ações um dever) e, em geral, para o princípio da moralidade, tanto no juízo como na aplicação à vontade humana, na determinação da mesma".[87]

Assim, a lei da racionalidade não pode ser herdeira de um fato sensível (empírico), seja direta ou indiretamente, enquanto memória (fantasmática) de algum agente (no caso, o pai do triângulo edípico sob a égide do complexo de castração etc.):

> "A razão pura pode ser prática, isto é, determinar a vontade por si mesma, independentemente de todo elemento empírico".[88]

Se Freud edifica uma moralidade empírica, advinda do complexo de Édipo, trata-se de algo diferente do que Kant apresenta por meio

---

[85] Kant 1788, CRP, p. 43.
[86] Kant 1788, CRP, pp. 42-69.
[87] Kant 1788, CRP, p. 54.
[88] Kant 1788, CRP, p. 54.

do Imperativo Categórico. É um erro considerar a lei moral como fruto ou herdeira de uma lei paterna. Freud parece ter reconhecido este problema, pois retomará a questão da lei moral, nos mesmos termos que Kant, em 1933, quando comenta a necessidade, para o futuro do homem, de uma *ditadura da razão.*[89]

******

No texto sobre o *Inconsciente*, de 1915, Freud recoloca a questão da natureza do inconsciente, mostrando que a psicanálise pode fornecer uma advertência sobre a realidade do psiquismo, da mesma maneira que Kant fizera em relação à nossa percepção externa:

> "Da mesma maneira que Kant nos advertiu sobre o condicionamento subjetivo de nossa percepção e de não tomar nossa percepção como idêntica ao percebido incognoscível, a psicanálise exorta a não colocar a percepção consciente no lugar do processo psíquico inconsciente, a qual é seu objeto. Tal como o físico, o psíquico não tem mais necessidade de ser na realidade como nos aparece".[90]

O reconhecimento de que o objeto do cientista são os fenômenos, e não a realidade ela mesma (esta incognoscível), também coloca Freud como ciente de que suas construções teóricas não devem ser tomadas como a realidade das coisas nelas mesmas. Ele mesmo reconhece, por exemplo, que a própria subdivisão do inconsciente – que possibilita pensar no psiquismo como composto por instâncias dependentes dinamicamente entre si, mas que não correspondem a uma anatomia real do cérebro – faz parte de uma "superestrutura especulativa da psicanálise".[91] Isto implica, necessariamente, a reconhecer que suas teorias, apesar de úteis, não correspondem a um ponto de vista realista, contrário também ao modo de pensar de Kant.

---

[89] Freud 1933a, p. 171.
[90] Freud 1915e, p. 171.
[91] Freud 1925d, p. 32.

No *Além do Princípio do Prazer*, de 1920, Freud evoca o nome de Kant de uma maneira que deixa tanto filósofos como psicanalistas insatisfeitos, já que a importância do nome de Kant não corresponde, em seu texto, ao desenvolvimento que ele dá ao problema enunciado. Freud retoma a questão das formas *a priori* da sensibilidade, o tempo e o espaço, para colocá-las em discussão a partir das aquisições da psicanálise:

> "Eu me permito, chegando a este ponto, de tocar de passagem num tema que mereceria um tratamento mais aprofundado. A tese kantiana segundo a qual o tempo e o espaço são formas necessárias de nosso pensamento pode hoje ser submetida à discussão, sobre as bases de certos conhecimentos adquiridos pela psicanálise. Nós apreendemos pela experiência que os processos anímicos inconscientes são, em si, 'a-temporais'. Isto significa primeiramente que eles não são ordenados temporalmente, que o tempo não os modifica em nada e que não é possível aplicar-lhes a representação do tempo. Temos aqui caracteres negativos dos quais só se pode ter uma ideia clara por comparação com os processos anímicos conscientes [...] Eu sei que estas asserções parecem muito obscuras, mas eu devo me limitar a tais sugestões".[92]

A crítica de Freud recai sobre a questão da universalidade do espaço e do tempo como formas necessárias do nosso pensamento. Pode-se objetar a Freud que suas considerações são um tanto quanto superficiais, e até mesmo equivocadas, para uma discussão no campo da filosofia, como também um tanto quanto exageradas para o psicanalista, que não pode entender porque Freud evoca o nome de Kant para uma questão que, quando vista do ponto de vista da psicanálise, não é filosófica.

Vejamos os equívocos de Freud nesta referência: primeiro supor que o tempo e o espaço são formas necessárias do *pensamento*, quando, para Kant, elas são formas *a priori* da *intuição*; depois, supor que haja apenas uma noção de tempo e espaço em Kant, quando na verdade deve-se diferenciar entre duas noções (uma absoluta e outra empírico);

---

[92] Freud 1920g, pp. 27s.

e em terceiro lugar, deve-se lembrar que Kant defendeu que o tempo e espaço são aplicáveis às esferas da consciência, e jamais além dela, o que torna, assim, totalmente compreensível que na intuição (sensação), e portanto na consciência, o tempo e o espaço sejam *a priori* e que, em nenhum momento Kant afirme que o espaço e o tempo sejam *a priori* do pensamento e muito menos que o espaço e o tempo estivessem presentes noutras esferas além da consciência.

Uma vez compreendido que Kant foca sua *Crítica* na esfera da consciência, e desfeitos os enganos em relação aos *a priori* do tempo e do espaço, podemos retomar a posição de Freud que parece partir da compreensão kantiana sobre o que é a consciência, e dela retirar o que deveria ser uma lógica inconsciente. Evidentemente, neste percurso, temos a ação convergente da observação clínica, mas isto não desfaz, por exemplo, a concepção fundamental que o mundo psíquico é representacional, tal qual se concebe a natureza da consciência, ainda que sejam acrescentadas algumas dinâmicas próprias (p. ex. a lei dos processos primários). O inconsciente, tal qual a consciência, é, mais uma vez, representação: que outra coisa válida ela poderia ser dentro deste sistema?

Mas, por outro lado, não obstante o erro de Freud, há nesta reflexão uma contribuição indireta feita pela psicanálise à filosofia, pois o reconhecimento de que o tempo e o espaço, no inconsciente, têm características diferentes da que eles têm no mundo ordinário, obriga a filosofia a levar estes novos dados em consideração, o que pode resultar num novo problema para a filosofia em geral, e a kantiana em particular; o mesmo poderia ser dito no que diz respeito à hipótese do inconsciente tal qual Freud enuncia.

Nas *Novas Conferências de Introdução à Psicanálise*, de 1933, Freud retoma a questão da consciência moral, falando da formação do superego. Mais uma vez trata-se de reconhecer em Kant a questão da constituição da lei moral no homem. A referência mais direta de Freud à lei moral kantiana é:

"Eu os lembro da célebre sentença de Kant que nomeia de uma só vez o céu estrelado e a lei moral em nosso coração".[93]

Se vamos até a *Crítica da Razão Prática* encontramos, no primeiro parágrafo da sua conclusão:

"Duas coisas enchem o ânimo de admiração e veneração sempre novas e crescentes, quanto mais frequentemente e com maior assiduidade delas se ocupa a reflexão: *O céu estrelado sobre mim e a lei moral em mim*. Não as hei-de procurar e simplesmente presumir a ambas como envoltas em obscuridades ou no transcendente, fora do meu horizonte; vejo-as perante mim e religo-as imediatamente com a consciência da minha existência. A primeira começa no lugar que eu ocupo no mundo exterior dos sentidos e estende a conexão em que me encontro até o imensamente grande, com mundos sobre mundos e sistemas de sistemas, nos tempos ilimitados do seu periódico movimento, do seu começo e da sua duração. A segunda começa no meu invisível eu, na minha personalidade, e expõe-se num mundo que tem a verdadeira infinidade, mas que só se revela ao entendimento, e com o qual (e assim também com todos esses mundos visíveis) me reconheço numa conexão, não simplesmente contingente, como além, mas universal e necessária. O primeiro espetáculo de uma inumerável multidão de mundos aniquila, por assim dizer, a minha importância como *criatura animal*, que deve restituir ao planeta (um simples ponto no universo) a matéria de que era feita, depois de, por um breve tempo (não se sabe como) ter sido provida de força vital. O segundo, pelo contrário, eleva infinitamente o meu valor como inteligência por meio da minha personalidade, na qual a lei moral me descobre uma vida independente da animalidade e mesmo de todo o mundo sensível, pelo menos, tanto quanto se pode inferir da destinação conforme a um fim da minha existência por essa lei, que não se restringe a condições e limites desta vida, mas estende até ao infinito".[94]

A lei moral kantiana para a conduta do homem, é uma lei da racionalidade, ela não advém de nenhum elemento do mundo sensível,

---

93 Freud 1933a, p. 163 (tb. p. 61).

94 Kant 1788, CRP, pp. 183-184.

e portanto, não poderia advir do complexo de Édipo, como afirmara Freud anteriormente. A máxima kantiana sobre a ação moral (agir como se cada ação fosse um exemplo para a humanidade) encontra só na razão a sua justificativa, e não em algum pai, nem mesmo num pai mítico – que seria, aliás, inconcebível para Kant.

Freud parece reaproximar-se desta concepção quando afirma que a conduta humana deveria ser guiada pela razão, reconhecendo nela o motor da lei moral no homem, ao menos em termos ideais:

> "A situação ideal seria naturalmente uma comunidade de homens tendo submetidas sua vida pulsional a uma ditadura da razão".[95]

Esta mesma defesa da lei moral racional, que difere, portanto, de uma lei moral resultante da experiência edípica, é expressa nas das *Novas Lições de Introdução à Psicanálise*, "Lição XXXV: Sobre uma visão do mundo", onde Freud declara seu desejo:

> "Nossa melhor esperança, para o futuro, é que o intelecto – o espírito científico, a razão – alcance numa luta intensa, com o passar do tempo, a ditadura na vida da alma humana. A essência da razão é uma garantia de que ela não deixará de dar às moções pulsionais e aos sentimentos humanos, e ao que é determinado por elas, o lugar que lhes convém. A obrigação comum de um tal domínio da razão mostrará ser o mais forte elo unificador e abrirá a via para novas unificações. O que, como lhe proíbe de pensar a religião, se opõe a um tal desenvolvimento é um perigo para o futuro da humanidade".[96]

Podemos, assim, dizer que, em Freud, temos dois tipos de moral: uma associada à lei paterna, herdeira do Complexo de Édipo, e outra, esta sim de acordo com o imperativo categórico kantiano, como uma lei da racionalidade das condutas. Ainda que as afirmações iniciais de Freud sobre lei moral no homem, associada ao tabu e ao Complexo de Édipo, não estejam de acordo com o sistema kantiano, ele não se

---

[95] Freud 1933b, p. 213.

[96] Freud 1933a, p. 171.

afasta de Kant, pelo contrário, ele tenta se apoiar no filósofo; e suas afirmações de 1933, lançando votos à uma *ditadura da razão*, são inegavelmente kantianas.

6. Mas Freud não é filósofo e a psicanálise não é filosofia

Num artigo, escrito em 1911, "O interesse científico da psicanálise", e publicado só em 1913 em Scientia,[97] revista italiana que tem como público alvo a comunidade internacional de intelectuais, Freud se ocupa em comentar as bases modelares da psicologia psicanalítica (atos falhos, sonhos, patologias psíquicas enquanto atos psíquicos com sentido, que por sua vez implicam conceitos tais como a ideia de Ics, conflito psíquico, repressão, deslocamento, censura, etc.) e a indicar qual o interesse que outras disciplinas do saber teriam no reconhecimento das teses da psicanálise. É aqui que, ainda que Kant não seja citado diretamente, reconhecemos um tipo de contribuição indireta que a psicanálise teria a fazer à filosofia. Freud defende, neste texto de 1913, que a filosofia é fundada sobre a psicologia, dizendo:

> "As doutrinas e sistemas filosóficos são obra de um número reduzido de pessoas de notável dotes individuais; em nenhuma outra ciência a personalidade do trabalhador científico alcança, nem mesmo aproximadamente, um papel tão importante quanto na filosofia".[98]

Freud chega mesmo a dizer, numa carta a Max Eitingon em 22/04/1928 que "Os filósofos crêem sem dúvida que eles contribuem com seus estudos ao desenvolvimento do pensamento humano, mas há um problema psicológico ou até mesmo psicopatológico atrás de cada

---

[97] *Scientia* ("Rivista di Scienza"), *Organo internazionale di sintesi scientica* (Revista internacional de síntese científica), volume 14, ano 7, (Bolonha, Nicola Zanichelli; Londres, Williams and Norgate; Paris, Félix Alcan; Leipzig, Wilhelm Engelmann) 1913. O artigo de Freud é editado em duas partes: a primeira no número 31 deste volume, pp. 240-50; e a segunda no número 32 do mesmo volume, pp. 369-84. Em cada parte consta a seguinte assinatura: "Wien, Universität. Sigm. Freud." (Cf. uma análise detalhada deste texto, parágrafo a parágrafo, em Assoun 1980).

[98] Freud 1931j, p. 179.

um deles".[99] Para Freud a psicanálise estaria em condições de fornecer uma compreensão dos complexos afetivos (dependentes dos jogos pulsionais) que deve-se postular agindo em cada indivíduo, dando-nos a possibilidade de pesquisar as relações que existem entre as disposições constitucionais e a personalidade que impulsiona uma determinada produção intelectual: "Assim a psicanálise pode desvelar a motivação subjetiva e individual de doutrinas filosóficas vindas de um trabalho lógico imparcial e designar para a crítica os pontos fracos do sistema".[100] Mas esta crítica ela mesma não constituirá uma parte do trabalho do psicanalista e sim da filosofia ela mesma; Freud lembra neste ponto que "a determinação psicológica de uma doutrina não exclui a sua justeza científica".[101]

Na lição 35 das *Novas Conferências*, Freud também faz questão de diferenciar a psicanálise de uma filosofia enquanto expressão de uma "visão de mundo", ou seja, ela não é "uma construção intelectual que resolve de maneira unitária todos os problemas de nossa existência a partir de uma hipótese subsumida, na qual, por consequência, nenhuma questão resta aberta, e tudo o que retém nosso interesse encontra seu lugar determinado".[102]

Se lembramos do texto de 1923, onde Freud apresenta a diferença de direções em que trabalha o cientista (psicanalista) e o filósofo, podemos compreender com mais precisão esta diferença de métodos entre a filosofia e psicanálise enquanto uma ciência empírica. A filosofia partiria de conceitos fundamentais rigorosamente definidos, e com eles tentaria apreender todo o universo, enquanto que a ciência procura resolver problemas imediatos da observação, teorizando na medida da necessidade da resolução desses problemas, aceitando que "seus (da psicanálise) seus conceitos supremos sejam sem clareza, seus pressupostos

---

[99] Jones 1969, pp. 159-160.
[100] Freud 1931j, p. 180.
[101] Freud 1931j, p. 180.
[102] Freud 1933a, p. 158.

provisórios, e ela espera de seu trabalho futuro uma determinação mais rigorosa destes".[103] O objetivo da prática analítica, bem como sua forma de teorização, não é o mesmo que o da prática filosófica.

Freud, no entanto, nunca deixou de buscar na filosofia um certo aval para suas formulações. Em momentos importantes de sua obra, ao avançar ou indicar uma nova hipótese, ele parece se apoiar na formulação de algum filósofo. É assim que ele cita Theodor Lipps quando fala de sua noção de inconsciente,[104] Diderot quando indica o Complexo de Édipo[105] como fundamento da natureza humana, Aristóteles[106] e Platão[107] quando comenta sua teoria dos sonhos como realização de desejos, Schopenhauer quando fala de impulsos inconscientes[108] e da pulsão de morte,[109] e como vimos, Kant e o imperativo categórico quando comenta a hipótese do super-eu e da lei moral em nós.

Freud está, certamente, ciente de que fazer filosofia não é o mesmo que fazer ciência, e ele jamais considerou que a psicanálise pudesse ser outra coisa que não uma ciência da natureza.[110] Aqui, uma afirmação de Ernest Mach, que tem para Freud uma importância epistemológica fundamental,[111] serve como um indicador explicativo das direções de trabalho opostas que guiam o filósofo e o cientista (psicanalista):

> "O que o filósofo toma como ponto de partida possível só aparece ao cientista como o fim bem distante em direção ao qual tendem seus esforços".[112]

---

[103] Freud 1923a, p. 254.
[104] Freud 1900a, p. 612; 1905c, p. 193; 1940a, p. 158; 1940b, p. 286.
[105] Freud 1916x, p. 338;1931d, p. 251; 1940a, p. 198.
[106] Freud 1900a, p. 2, v. 5, p. 550; 1916x, p. 87; 1917d, p. 235; 1930e, p. 209; 1933a, p. 16.
[107] Freud 1900a, p. 67; 1916x, p. 146.
[108] Freud 1917a, p. 144.
[109] Freud 1920g, p. 49.
[110] Freud 1940b, p. 282.
[111] Assoun 1981, pp. 73-89.
[112] Mach 1905, p. 5.

Essa diferença de pontos de vista gerais que dirige a prática do filósofo e a do cientista parece ter, para Freud, um valor que vai além do reconhecimento das singularidades de cada um destes ramos do saber, a ponto de Freud comentar, numa carta a Eitingon de 01/04/1928:

> "Você não imagina quanto me são estrangeiras todas estas cogitações filosóficas. A única satisfação que tenho é a de saber que eu não participo deste lamentável desperdício de poder intelectual".[113]

A ambiguidade de Freud quanto à filosofia já foi ressaltada,[114] e basta lembrar aqui o que escreve Freud a Fliess, em 02/04/1896, para vermos o quanto a filosofia o atraía:

> "Quando jovem, eu não conhecia nenhum outro anseio senão o de conhecimentos filosóficos, e agora estou prestes a realizá-lo, à medida que vou passando da medicina para a psicologia. Tornei-me terapeuta contra minha vontade; estou convencido de que, dadas certas condições relativas à pessoa e ao caso, posso definitivamente curar a histeria e a neurose obsessiva".[115]

No entanto, essa ambiguidade quanto ao valor da filosofia não se expressa enquanto tal no que diz respeito à prática de Freud, pois este sempre se colocou como cientista, tendo à sua frente problemas empíricos a resolver, que exigiram dele certa especulação, mas cujo objetivo final era a resolução desses problemas e não a formulação de uma "visão de mundo", nem de verdades últimas sobre o mundo e a natureza humana.

---

[113] Jones 1969, p. 159.

[114] Assoun 1981.

[115] Masson 1986, p. 181.

ENSAIO 4

O lugar da psicologia empírica no sistema de Kant

Pode-se considerar um fato a psicologia ainda não ter se estabelecido como uma ciência com a mesma maturidade e unidade que a física moderna. Em nossa época, ela ainda vive (segundo a opinião de Thomas Kuhn, que se diz um pós-kantiano[1]) num período pré-paradigmático,[2] com indícios de um amadurecimento.[3] A questão sobre a possibilidade ou a impossibilidade da constituição da psicologia como uma ciência permanece um problema não resolvido. Parece, pois, que a análise das posições de Kant – que estabeleceu um programa de pesquisa *a priori* para as ciências da natureza[4] – sobre o lugar epistemológico a ser ocupado pela psicologia pode contribuir para o desenvolvimento desse problema.

---

[1] "Agora pode estar claro que a posição que eu estou desenvolvendo é um tipo de kantismo pós-darwiniano. Como as categorias kantianas, o léxico fornece precondições da experiência possível. Mas as categorias lexicais, ao contrário de seus antecessores kantianos, podem e de fato mudam, tanto com a passagem do tempo como com a passagem de uma comunidade a outra" (Kuhn 1990, p. 104).

[2] Considero o leitor familiarizado com as propostas de Kuhn apresentadas em *A estrutura das revoluções científicas* (Kuhn 1975 [1970]).

[3] No que se refere à possibilidade de a psicologia vir a ter um paradigma, estabelecendo-se como uma ciência, Kuhn afirma "estou ciente de que nenhum princípio barra a possibilidade de uma ou parte de uma ciência humana de encontrar um paradigma capaz de suportar [a pesquisa] normal, como a pesquisa de solução para quebra-cabeças. E a probabilidade da ocorrência dessa transição é, para mim, incrementada de forte sentimento de *déjà-vu*. Muito do que é normalmente dito para defender a impossibilidade de 'pesquisa para solução de quebra-cabeças' nas ciências humanas foi dito há dois séculos atrás para barrar a possibilidade da química [de ser uma ciência] e repetido um século mais tarde para mostrar a impossibilidade de uma ciência sobre as coisas vivas. Muito provavelmente a transição que estou sugerindo está já a caminho em algumas especialidades atuais dentro das ciências humanas. Minha impressão é que, em partes da economia e da psicologia, o caso já pode ter ocorrido" (Kuhn 1989, p. 222).

[4] Conforme explicitado por Loparic em *A semântica transcendental de Kant* (Loparic 2000).

Para Kant, a física de sua época, instituída com as obras de Kepler e Newton, podia ser considerada uma ciência, com os fundamentos filosóficos explicitados numa física racional ou transcendental.[5] No entanto, a situação da psicologia era muito diferente. Sobre ela, Kant afirmou tanto a impossibilidade de constituir-se como uma ciência genuína[6] quanto que a psicologia empírica deveria ocupar um lugar análogo ao da física empírica.[7]

Trata-se, aqui, de explicitar o significado dessas afirmações de Kant para entender o lugar reservado para a psicologia empírica no seu sistema. Para isso, proponho o seguinte desenvolvimento: primeiro, esclarecer o que significa o programa kantiano de pesquisa *a priori* para as ciências da natureza, no que se refere à metafísica da natureza presente e necessária a essas ciências e no que diz respeito a alguns aspectos metodológicos desse programa, que ofereceriam guias para a pesquisa empírica; depois, no quadro desse programa, indicar a opinião de Kant sobre o lugar a ser dado à psicologia empírica, considerando a distinção que ele faz entre uma ciência natural no seu sentido genuíno (uma ciência racional ou transcendental) e uma ciência natural no sentido não-genuíno (que é melhor caracterizável como uma teoria empírica da natureza ou história natural); e, por fim, tendo especificado um quadro transcendental e heurístico deixado por Kant para a construção da psicologia como uma ciência empírica, fazer algumas referências às propostas de construção de psicologias científicas pós-Kant quanto à pertença ou não delas a esse quadro.

1. Características gerais do programa kantiano *a priori* para as ciências da natureza

Antes de fazer um esboço do que é o sistema de Kant para a compreensão do seu programa de pesquisa *a priori* para as ciências da

[5] Exposto no livro *Princípios metafísicos da ciência da natureza* (Kant 1786, PMCN).

[6] Cf. Kant 1786, PMCN, pp. 16-17; A 10.

[7] Cf. Kant 1787, CRP, B 877.

natureza, convém retomar qual é o sentido específico do termo "metafísica" na sua filosofia. Até Kant, a metafísica dogmática era a parte do conhecimento filosófico que se ocupava de conhecer os primeiros princípios e as primeiras causas. Esse tipo de conhecimento estava dividido em duas partes: a metafísica geral ou ontologia e a metafísica especial; esta última, por sua vez, seria subdividida em três partes, tratando, respectivamente, da alma, do mundo e de Deus. Com a *Crítica da razão pura*, a metafísica dogmática é substituída por uma metafísica crítica que visa conhecer não mais o ser ou os seres neles mesmos, mas estabelecer princípios racionais de exposição dos fenômenos para a formulação de suas leis. Com Kant, a metafísica tradicional acaba sendo substituída por um outro tipo de metafísica, a da natureza, ou seja, pelo conjunto de conhecimentos racionais que explicitam como é possível pensar como os fenômenos se apresentam, com o objetivo de explicar as suas determinações recíprocas.

O sistema de Kant redefine, pois, o sentido e o papel do que se entende por metafísica, explicitando, para cada ramo específico do conhecimento possível (o homem e a natureza), um conjunto de princípios *a priori* que servirão como guias de exposição dos fenômenos naturais e como programas de pesquisa *a priori*. É nesse sentido que poderíamos considerar que há em Kant duas metafísicas: uma fornecendo os princípios *a priori* necessários para conhecer a natureza, a *metafísica da natureza*, e outra os princípios *a priori* para conhecer a ação do homem, a *metafísica dos costumes*.[8]

1.1. Ciência da natureza e metafísica da natureza[9]

Por *natureza*, Kant entende não o sentido formal do termo (a natureza disso ou daquilo, como algo que é inerente à existência de uma

[8] Cf. Loparic 2003a.

[9] Todo o desenvolvimento desse item corresponde à retomada das posições expressas em Kant 1786, PMCN, pp. 13-15; A 3-8.

coisa), mas seu sentido material, como o complexo de todas as coisas que podem ser dadas como objetos dos nossos sentidos: "entendendo, pois, por essa palavra a totalidade de todos os fenômenos, ou seja, o mundo dos sentidos, com exclusão de todos os objetos não sensíveis".[10] Ainda que, para ele, exista uma única natureza, enquanto totalidade dos fenômenos, esta pode ter dois tipos de objetos, segundo a diferença fundamental dos nossos sentidos: os objetos dados aos sentidos exteriores e os objetos dados ao sentido interno. Assim, teríamos uma dupla teoria da natureza, uma que se ocuparia da natureza extensa, a doutrina dos corpos, e outra que considera a natureza pensante, a doutrina da alma.

Por ciência, Kant considera toda doutrina que pode formar um sistema ordenado segundo princípios. Esses princípios devem, necessariamente, ser de dois tipos: os que se referem ao enlace racional, que tratam de seu objeto de acordo com princípios *a priori*, e os que se referem ao encadeamento empírico, que tratam de seu objeto conforme as leis da experiência. A esse respeito, diz Kant:

> "Uma teoria racional da natureza só merece, pois, o nome de ciência natural se as leis da natureza, que lhe subjazem, forem conhecidas *a priori* e não forem simples leis da experiência".[11]

Através dessas distinções, Kant diferencia uma *ciência da natureza no seu sentido genuíno* de uma *ciência da natureza num sentido não-genuíno*. A ciência da natureza no seu sentido genuíno é aquela que fornece certezas racionais ou apodícticas, dadas *a priori*; a ciência da natureza num sentido não-genuíno é aquela que fornece apenas certezas empíricas, dadas pela observação dos fenômenos e a descrição destes em diversos tempos e lugares, com a formulação de leis empíricas obtidas pela generalização da observação. Para ele, a totalidade do conhecimento que merece *propriamente o nome de ciência*, deveria, pois, ter tanto a sua parte racional com a empírica; um conhecimento que

---

[10] Kant 1786, PMCN, p. 13.

[11] Kant 1786, PMCN, p. 14; A 6.

fosse apenas uma sistematização ordenada dos fatos sem as certezas *apodícticas* não deveria se chamar ciência, mas uma arte sistemática ou uma teoria empírica.

Seria tarefa da filosofia a elaboração dessa ciência genuína da natureza, ou seja, a elaboração de um conhecimento *a priori* que fornece os princípios que são um fundamento transcendental para as ciências empíricas da natureza. Noutros termos, considerando que o puro conhecimento racional (*a priori*) elaborado por meio de conceitos chama-se filosofia pura ou metafísica, então, a ciência no seu sentido pleno necessita de uma *metafísica da natureza*:

> "A ciência da natureza *propriamente* assim chamada pressupõe uma metafísica da natureza; com efeito, leis, isto é, princípios da necessidade do que é inerente à *existência* de uma coisa, referem-se a um conceito que não se pode construir, porque a existência não pode representar-se em nenhuma intuição *a priori*. Por conseguinte, a genuína ciência natural pressupõe uma metafísica da natureza. Esta deve, pois, conter sempre puros princípios, que não são empíricos (é por isso que leva o nome de metafísica) [...]".[12]

Na procura do entendimento da opinião de Kant sobre o lugar da psicologia, é preciso explicitar, portanto, o que é essa metafísica da natureza no quadro do seu sistema filosófico.

1.2. Aspectos gerais da estrutura do sistema kantiano da filosofia pura para a compreensão do lugar dado à metafísica da natureza e à fisiologia transcendental[13]

A filosofia pura é aquela parte do conhecimento que analisa, *a priori*, a arquitetura, o funcionamento e os limites da razão; ela também determina o conjunto de conceitos e princípios *a priori* aplicáveis aos

---

[12] Kant 1786 PMCN, p. 15; A 7-8.

[13] Nesse item retomo diretamente a apresentação do sistema kantiano da filosofia pura tal como fez Loparic no livro *A semântica transcendental de Kant* (2000) e no artigo "As duas metafísicas de Kant" (2003a).

objetos passíveis de serem conhecido, ela é aquela parte do conhecimento puro que pode ser adquirida a partir de conceitos, pela *razão*, ou seja, pela faculdade superior do conhecimento em seu todo.[14]

O conhecimento, em termos gerais, pode referir-se a dois grandes campos: o dos objetos dáveis ou dados às sensações (tanto externas como internas) e o dos atos de arbítrio. Para o primeiro caso, Kant desenvolveu sua filosofia pura *teórica*, que trata do conhecimento da natureza, e para o segundo, sua filosofia *prática*, que trata do problema da ação e da liberdade. Interessa aqui, para a compreensão da psicologia como ciência, a sua filosofia pura teórica. Esta se ocupa tanto da avaliação crítica do que é possível conhecer quanto da aplicação das leis *a priori* do conhecimento da natureza aos objetivos empíricos efetivamente dados, o que pode ser interpretado como uma metodologia *a priori* para a apreensão, formulação e resolução de problemas empíricos, mostrando-se como filosofia aplicada no campo das ciências empíricas propriamente ditas.

Retomarei o esquema geral da organização da primeira *Crítica*, especificando a tarefa que Kant estabeleceu para cada uma de suas partes para poder localizar o lugar dado à *doutrina* ou *metafísica da natureza* enquanto um programa *a priori* de pesquisa. A filosofia pura teórica é dividida em duas partes, a Crítica e a Metafísica. A Crítica corresponde à parte propedêutica, que estuda "a capacidade da razão com respeito a todos os conhecimentos puros";[15] ela pode ser considerada "uma ciência transcendental que não visa a ampliação de nosso conhecimento *a priori* e sim a avaliação da nossa capacidade cognitiva como tal".[16] Nessa parte, Kant analisou a arquitetura e as possibilidades de nosso aparelho cognitivo. A parte Metafísica, por sua vez, "se ocupa de leis do entendimento e da razão, mas unicamente na medida em

---

[14] Kant 1787 CRP, B 741, 863.
[15] Kant 1787, CRP, B 869.
[16] Loparic 2000, p. 10.

que estas se referem *a priori* a objetos",[17] fazendo uma apresentação do sistema completo de conhecimentos puros *a priori*.[18]

A metafísica da natureza pode tratar apenas das leis que tornam possível o conceito de uma natureza em geral, sem nenhuma relação com qualquer objeto determinado da experiência, ou, por outro lado, referir-se aos objetos dados na experiência e, nesse sentido, "ocupar-se de uma natureza particular desta ou daquela espécie de coisas, de que se forneceu um conceito empírico, mas, no entanto, de maneira que, afora o que reside neste conceito, nenhum outro princípio empírico se empregue para o conhecimento das mesmas".[19] Temos, pois, uma metafísica kantiana da natureza que compreende duas disciplinas: a primeira denominada *filosofia transcendental* e a segunda *fisiologia transcendental*. Diz Kant:

> "A chamada metafísica [da natureza], em sentido estrito, compõe-se da filosofia transcendental e da fisiologia da razão pura. A primeira considera apenas o *entendimento* e a própria razão como sistema de todos os conceitos e princípios *a priori* que se referem a objetos em geral, sem admitir objetos que *sejam dados* (ontologia); a segunda considera a *natureza*, isto é, o conjunto dos objetos dados (seja aos sentidos, seja, se quisermos, a outra espécie de intuição), e é, portanto, *fisiologia* (embora apenas *rationalis*)".[20]

A filosofia transcendental corresponde a uma "teoria da referência e do significado dos conceitos *a priori* no domínio da experiência possível, bem como da possibilidade (verdade ou falsidade) e da

---

17 Kant 1787, CRP, B 81-2.

18 Lembrando a distinção entre uma filosofia pura e uma filosofia prática, teríamos, no "sistema da razão pura", uma parte teórica, denominada "metafísica da natureza", e uma parte prática, denominada "metafísica dos costumes". Esta última se ocuparia dos "princípios que determinam *a priori* e tornam necessários o *fazer e o deixar fazer*" (Kant 1787, CRP, B 869). Ela será deixada ao lado nesta análise, dado que o que importa, na caracterização do lugar da psicologia como ciência, é a parte desse sistema que se ocupa da metafísica da natureza.

19 Kant 1786, PMCN, p. 16; A 9.

20 Kant 1787, CRP, B 873.

decidibilidade dos juízos sintéticos *a priori* que empregam esses conceitos";[21] ela trata da relação entre as estruturas discursivas e a experiência possível, enquanto a fisiologia racional ou transcendental seria a parte da metafísica da natureza que utiliza os juízos sintéticos (analisados na filosofia transcendental) para "legislar *a priori* sobre a natureza efetivamente dada na experiência possível".[22]

Kant comenta, então, que haveria apenas duas espécies de objetos: os dos sentidos externos e os do sentido interno:

> "Há, pois, somente duas espécies de objetos dos sentidos: 1. Os dos sentidos externos, portanto o conjunto desses objetos, a *natureza corpórea*. 2. O objeto do sentido interno, a alma e, segundo os conceitos fundamentais da alma em geral, a *natureza pensante*".[23]

Sendo assim, só haveria dois tipos de objetos para as ciências da natureza e, por isso, apenas duas ciências: a *física*, que se ocuparia da natureza corpórea (dos objetos das sensações externas), e a *psicologia*, que se ocuparia da natureza pensante (dos objetos das sensações internas).

A tarefa da filosofia pura seria, pois, poder estabelecer, no quadro da fisiologia transcendental, o conjunto de conceitos e princípios *a priori* que serviriam de fundamento e guia para o conhecimento dos objetos dados aos sentidos, seja para o conhecimento dos objetos dos sentidos externos – apresentando uma *física pura* – seja para o conhecimento dos objetos do sentido interno – com a elaboração de uma *psicologia pura*. Diz Kant:

> "A metafísica da natureza corpórea chama-se *física*, mas porque deve conter os princípios do seu conhecimento *a priori*, *física racional*. A metafísica da natureza pensante chama-se *psicologia* e, pela razão acabada de apontar, trata-se aqui apenas do *conhecimento racional* da alma".[24]

---

[21] Loparic 2003a, p. 1.
[22] Loparic 2003a, p. 1.
[23] Kant 1787, CRP, B 874.
[24] Kant 1787, CRP, B 874.

Em 1786, Kant apresentou uma análise dessa *física racional ou transcendental*, analisando seus conceitos e princípios *a priori*, bem como indicou de que maneira estes poderiam ser usados no domínio de objetos dados na experiência, ou seja, na física empírica. No entanto, o mesmo não foi feito por Kant em relação à psicologia:

> "Kant não chegou jamais a elaborar uma psicologia racional crítica, deixando, portanto, a psicologia empírica sem princípios metafísicos necessários para o desenvolvimento da pesquisa".[25]

1.3. O programa kantiano de pesquisa a priori *para as ciências da natureza*

Nessa perspectiva de análise que estou aqui desenvolvendo pode-se considerar que a *metafísica da natureza*, na obra de Kant, pode ser considerada um programa *a priori* para a pesquisa científica no campo da natureza: "o propósito perseguido por Kant na sua metafísica da natureza, tanto geral como especial, era elaborar um programa *a priori* para a pesquisa empírica especificando: 1) a origem, a estrutura interna (dados, incógnitas, condições sobre as incógnitas) dos problemas relativos aos aparecimentos pertencentes aos domínios físico e psíquico; 2) os métodos de solução desses problemas e 3) as condições gerais para a aceitação das soluções encontradas".[26]

Essa metafísica da natureza poderá, por conseguinte, fornecer guias *a priori* da pesquisa empírica no domínio de objetos dados na experiência, oferecendo tanto *princípios para a exposição dos aparecimentos*[27] quanto regras para procurar resoluções de problemas empíricos. Diz Loparic:

> "O resultado da aplicação dos princípios *a priori* da filosofia transcendental no campo da natureza material são os princípios da física racional

---

[25] Loparic 2003a, p. 5.
[26] Loparic 2000, p. 32.
[27] Kant 1787, CRP, B 303.

> (os da foronomia, mecânica, dinâmica e fenomenologia) [analisados por Kant nos *Princípios metafísicos da ciência da natureza*]. A função básica desses princípios é *heurística*: eles são usados como guias da pesquisa empírica no domínio de objetos materiais sensíveis, ou seja, como princípios *a priori* de resolução de problemas, desenvolvida pela ciência empírica. O objetivo principal da metafísica da natureza não é o de simplesmente expor a estrutura *a priori* da natureza, mas o de permitir a elaboração de regras de resolução de problemas empíricos da ciência da natureza à luz de enunciados que caracterizam a estrutura desse objeto de estudo".[28]

Não é o caso de analisar todos os aspectos desse programa, mas tão-somente mostrar como este está estabelecido, salientando algumas de suas características metodológicas, significativas na realização das pesquisas empíricas propriamente ditas. Ao compreender como Kant apresentou esse programa, teremos algum material para analisar o lugar da psicologia no seu sistema. Antes disso, no entanto, é necessário diferenciar mais claramente o que ele caracterizou como metafísica da natureza e metafísica dos costumes.

1.4. A distinção entre metafísica da natureza e metafísica dos costumes

Kant estabelece uma distinção entre o conhecimento do homem enquanto objeto da natureza (determinado pelos mesmos princípios *a priori* que governam os objetos naturais) e o conhecimento do homem enquanto *cidadão do mundo* (no qual está presente a sua liberdade de ação), opondo, assim, dois tipos de antropologia: a antropologia *fisiológica*, do ponto de vista da *physis*, e a antropologia *pragmática*, do ponto de vista da conduta. No início de *Antropologia do ponto de vista pragmático*, Kant faz a distinção entre esses dois tipos de antropologia:

> "Uma doutrina do conhecimento do homem, sistematicamente tratada (Antropologia), podia sê-la do ponto de vista fisiológico ou do ponto de vista pragmático. O conhecimento fisiológico do homem tende à exploração do que a *natureza* fez do homem; o conhecimento

[28] Loparic 2003a, pp. 5-6.

pragmático do que o homem, enquanto ser de livre atividade, faz ou pode e deve fazer dele mesmo".[29]

Enquanto um elemento da natureza, o homem pode ser tomado tanto como um objeto dado aos sentidos externos quanto como um objeto dado ao sentido interno. Tanto num como noutro desses casos, diz Kant, é necessário admitir que o homem seria "somente um espectador de suas representações"[30]. Assim, a antropologia do ponto de vista fisiológico ocupar-se-ia do homem enquanto um objeto da natureza. Essa antropologia fisiológica, isto é, naturalista, pode ser desenvolvida tanto em termos físicos (o que implicaria o estudo das suas determinações biológicas) quanto em termos psicológicos (o que implicaria tomar as suas representações como mutuamente determinadas).[31] No último caso, a antropologia do ponto de vista fisiológico considera o homem um mero efeito do jogo de suas representações, para o qual a liberdade de agir não é considerada.

No entanto, se considerarmos o homem um ser livre de ação, não como uma pura receptividade (*facultas sensitive percipiendi*), mas na sua capacidade de causar movimento (*facultas locomotiva*),[32] então, esse homem não poderá ser pensado como um objeto natural e o seu estudo, nessa perspectiva, deverá, obrigatoriamente, desenvolver outro tipo de antropologia, que seja referida à sua ação livre na relação consigo e com os outros homens. A esse respeito, afirma Kant:

> "Uma tal Antropologia, como *conhecimento do mundo*, conhecimento que precisa adicionar-se ao da escola, deverá receber precisamente o nome de pragmática, não porque comporte um conhecimento extenso das coisas que se encontram no mundo – por exemplo, animais, plantas e minerais, nos diferentes países e climas –, mas porque ele comporta um conhecimento do homem como *cidadão do mundo*".[33]

---

[29] Kant 1798, ANT, p. 11.
[30] Kant 1798, ANT, p. 11.
[31] Trata-se, pois, de um erro considerar a antropologia do ponto de vista fisiológico de Kant apenas referida ao estudo das determinações corporais (biológicas) do ser humano.
[32] Kant 1796, p. 224.
[33] Kant 1798, ANT, p. 11.

A antropologia elaborada do ponto de vista pragmático pensa o homem não mais regido pelas leis da natureza, mas a partir de outro tipo de causalidade, a saber, um usuário livre para agir no mundo no qual ele habita: "duas expressões, *conhecer* o mundo e *ter* o mundo, são, na sua significação, muito afastadas uma da outra: pois, num caso, nada mais se faz do que *compreender* o mundo do qual se foi o espectador, enquanto, noutro caso, *entrou-se no jogo*".[34]

Para Kant, onde há liberdade de agir não poderá haver ciência natural. É assim que a antropologia do ponto de vista pragmático não fornece leis naturais para a conduta, mas tão-somente regras e princípios para a ação livre do homem; no entanto, a antropologia do ponto vista fisiológico pode tomar o homem enquanto objeto dado aos sentidos, para explicá-lo segundo as leis da natureza, no que se refere a seu corpo ou no que se relaciona com sua alma – esta considerada apenas no que concerne à sua receptividade sensitiva (*facultas sensitive percipiendi*) e não no que diz respeito à sua capacidade de causar movimento (*facultas locomotiva*).

Note que, para Kant, todo conhecimento depende de conceitos e princípios *a priori*, o que implica dizer que tanto a antropologia do ponto de vista fisiológico quanto a antropologia do ponto de vista pragmático pressupõem metafísicas que as fundamentam: respectivamente, uma *metafísica da natureza* e uma *metafísica dos costumes*.

2. Alguns aspectos metodológicos do programa kantiano de pesquisa *a priori* para as ciências da natureza

O conhecimento, para Kant, é um amálgama entre o que vem da experiência e o que vem de nossa faculdade de conhecer,[35] podendo apresentar-se tanto na forma de intuições como de conceitos. Convém distinguir entre uma e outra maneira de conhecer. A intuição corresponde a uma representação dada de um objeto e é sempre singular,

---

[34] Kant 1798, ANT, pp. 11-12.

[35] Cf. Kant 1787, CRP, B 1.

enquanto o conceito corresponde a uma abstração, uma representação que é uma nota para subsumir uma classe de objetos. Kant diz:

> "Todos os conhecimentos, isto é, todas as representações conscientes referidas a um objeto são intuições ou conceitos. A intuição é uma representação singular; o conceito uma representação universal ou representação refletida".[36]

Para ele, há mesmo uma oposição entre eles:

> "O conceito opõe-se à intuição, por ser uma representação universal ou representação do que é comum a vários objetos e, assim, uma representação na medida em que pode estar contida em várias".[37]

Para que um conceito possa ter um significado objetivo (validade, sentido ou realidade objetiva), é necessário que seja aplicável ao domínio dos fenômenos ou, dizendo noutros termos, para que um conceito possa ter validade objetiva ele precisa ter um conteúdo intuitivo:

> "Para cada conceito exige-se primeiro a forma lógica de um conceito (pensante) em geral e, em segundo lugar, a possibilidade de lhe dar um objeto a que se refira. Sem este último, não possui sentido, é completamente vazio de conteúdo [...] sem isso [os conceitos] não possuem qualquer validade objetiva, são um mero jogo, quer da imaginação, quer do entendimento, com suas respectivas representações".[38]

Nesse sentido, só os conceitos que podem receber um conteúdo intuitivo (sensível) podem ser considerados objetivamente válidos. Afirma Kant:

> "Para que um conhecimento possua realidade objetiva, isto é, se refira a um objeto e nele encontre sentido e significado, deverá o objeto poder, de qualquer maneira, ser dado. Sem isto os conceitos são vazios e, se é certo que por seu intermédio se pensou, nada realmente

---

[36] Kant 1923, p. 159; AK 91. Podemos considerar que, para Kant, a diferença entre uma intuição e um conceito é formulada é que a "refere-se imediatamente ao objeto e é singular", enquanto que um conceito "refere-se ao objeto mediatamente, através de uma nota que diversas coisas podem ter em comum" (Kant 1787, B 377).

[37] Kant 1923, p. 159; AK 91.

[38] Kant 1787, CRP, B 298.

se conheceu mediante estes pensamentos, apenas se jogou com representações. Dar um objeto, se isto, por sua vez, não deve ser entendido apenas de maneira imediata [enquanto meras representações], mas também ser apresentado imediatamente na intuição, não é mais do que referir a sua representação à experiência (real ou possível)".[39]

Ao caracterizar o próprio pensar como o conhecimento que se faz por meio de conceitos (*cognitio discursiva*), Kant[40] comenta que o conhecimento depende da conjugação necessária entre intuições e conceitos. As intuições, referentes ao múltiplo sensível dado por nossa faculdade sensível, só fornecem um conhecimento singularizado, sem nenhuma universalidade, enquanto os conceitos, que não puderem encontrar na realidade fenomênica um objeto que lhes correspondam adequadamente, são meras ilusões. Kant diz ainda que todos os conceitos objetivamente válidos deverão poder obter um objeto na intuição:

> "Pensamentos sem conteúdo são vazios; intuições sem conceitos são cegas. Pelo que é tão necessário tornar sensíveis os conceitos (isto é, acrescentar-lhes o objeto na intuição) como tornar compreensíveis as intuições (isto é, submetê-las aos conceitos)".[41]

Os conceitos que não puderem responder a essa exigência devem ser tomados como metafísicos, tendo como referentes algo que não poderá jamais ser conhecido objetivamente.

Mas intuições e conceitos são constituídos diferentemente. As intuições têm um conteúdo dado direta e imediatamente por um objeto singular, enquanto o conceito é sempre uma abstração, algo construído pelo entendimento ou pela razão. Note que nenhum conceito possui um conteúdo sensível que o transforma num fenômeno: o conceito de cão não morde, o de triângulo não é fidedignamente representável graficamente etc. A questão que se coloca é: como é possível fornecer um conteúdo intuitivo a um conceito? Assim, para

---

39 Kant 1787, CRP, B 194-95.

40 Kant 1923, p. 159; AK 91.

41 Kant 1787, CRP, B 75.

que tenham validade objetiva, os conceitos deverão articular duas coisas de natureza diferentes: aquilo que é produzido pelo intelecto (entendimento) ou pela razão com o que é dado pelo nosso aparelho sensível. Kant mostra que essa articulação é possível por meio de uma representação mediadora, um terceiro termo homogêneo tanto ao pensamento quanto à intuição, ao mesmo tempo intelectual e sensível.[42] Observe que, para cada tipo de conceito (empírico, matemático, transcendental), deverá corresponder um tipo específico de *representação mediadora*. Kant denomina *esquema* a esse termo mediado e *esquematismo*[43] ao processo pelo qual se opera com esses esquemas, realizando a conexão entre o pensamento e a sensibilidade.

O esquema é, em si mesmo, um produto da imaginação, mas que não tem como objeto nenhuma intuição singular, ou seja, ele não é a imagem de alguma coisa. O esquema é um modo de representar um determinado conjunto (um conceito) sem que seja necessário produzir a imagem empírica desse conjunto nele mesmo. Kant exemplifica isso discutindo como poderíamos representar o conjunto de cinco pontos (cuja imagem seria "…..") e o conjunto de mil pontos (cuja imaginação teria dificuldade em constituir uma imagem clara):

> "Quando disponho cinco pontos um após outro ….. tenho a imagem do número cinco. Em contrapartida, quando apenas penso um número em geral, que pode ser cinco ou cem, este pensamento é antes uma representação de um método para representar um conjunto, de acordo com um certo conceito, por exemplo mil, numa imagem, do que essa própria imagem, que eu, no último caso, dificilmente poderia abranger com a vista e comparar com o conceito".[44]

Não sendo uma imagem, o esquema é, na verdade, um modo pelo qual é possível dar a um conceito um conteúdo intuitivo sem que ele seja, no entanto, um conteúdo sensível singular que reduziria o conceito

[42] Kant 1787, CRP, B 177.
[43] Kant 1787, CRP, B 179.
[44] Kant 1787, CRP, B 179.

enquanto um termo genérico. É justamente a isso, a essa representação de um processo geral da imaginação para dar a um conceito uma imagem (intuitiva, mas não singular), que Kant denominará esquema desse conceito.[45]

Podemos apreender claramente como isso acontece no que tange, por exemplo, ao conceito de cão e seu esquema empírico correspondente. Kant diz:

> "O conceito de cão significa uma regra segundo a qual a minha imaginação pode traçar de maneira geral a figura de um certo animal quadrúpede, sem ficar restringida a uma única figura particular, que a experiência me oferece ou também a qualquer imagem possível que posso representar *in* concreto".[46]

Kant, quando se refere aos diversos tipos de conceitos válidos para o conhecimento, tomando-os no que diz respeito à sua matéria, faz uma distinção entre aqueles que são *dados* e os que são *feitos*.[47] Os *dados* podem ser *a posteriori* (conceitos empíricos) ou *a priori* (as categorias do entendimento), enquanto os *feitos* são sempre construções *a priori*.[48] Dentre os conceitos do segundo tipo, temos os matemáticos e os puros da razão. Para Kant, os conceitos matemáticos (como também todos os conceitos *dados*) podem receber um conteúdo intuitivo que lhes é adequado, mas os conceitos puros da razão – por exemplo, o conceito de natureza como um todo organizado – não poderá jamais receber esse conteúdo de forma adequada.

Isso faz com que seja necessário explicar, ao menos, duas coisas: primeiro, qual é a natureza e função dos conceitos puros da razão na produção do conhecimento; e, segundo, já que todo conceito precisa receber um conteúdo intuitivo, como isso é possível para esse tipo de conceito.

---

[45] Kant 1787, CRP, B 180.

[46] Kant 1787, CRP, B 180.

[47] Para uma análise detalhada sobre os temas "referência e significado" em Kant, cf. Loparic 2000, pp. 171-202.

[48] Ainda que, no que diga respeito à sua forma, todo conceito seja sempre *feito*.

2.1. *Os conceitos puros da razão como ficções heurísticas para a condução da pesquisa empírica*

Kant diz que os conceitos puros da razão[49] – que ele denomina ideias[50] ou meras ideias[51] – são conceitos sem referente adequado na experiência sensível, mas necessários à produção do conhecimento. Ao distinguir o que cabe a cada uma das faculdades de conhecer (intuição, entendimento e razão) – em termos dos conceitos e princípios *a priori* que fundamentam e orientam o próprio conhecimento –, ele dirá que caberá à razão fornecer "princípios reguladores do uso sistemático da experiência no campo da experiência".[52] Esses princípios da razão contêm apenas conceitos puros, cuja função é auxiliar na pesquisa empírica propriamente dita, ainda que, eles mesmos, sejam indeterminados na sua validade objetiva. Diz Kant:

> "O que é digno de nota nestes princípios, e também unicamente o que nos ocupa, é que parecem ser transcendentais e, embora contenham apenas simples ideias para a observância do uso empírico da razão, ideias que este uso, aliás, só pode seguir assimptoticamente, ou seja, aproximadamente, sem nunca as atingir, possuem, todavia, como princípios sintéticos *a priori*, validade objetiva, mas indeterminada, e servem de regra para a experiência possível, sendo mesmo realmente utilizados com êxito como princípios heurísticos na elaboração da experiência, sem que todavia se possa levar a cabo uma dedução transcendental, porque esta, como anteriormente demonstramos, é sempre impossível em relação às ideias".[53]

Os conceitos puros da razão, ou *ideias*, não terão, jamais, um referente empírico que lhes correspondam adequadamente; eles são princípios reguladores da pesquisa empírica e, enquanto tais, referem-se

---

[49] Cf. Kant 1787, CRP, B 377-89, para a explicação sobre a natureza e a função das ideias transcendentais.

[50] Cf. Kant 1787, CRP, B 367-96.

[51] Cf. Kant 1787, CRP, B 799.

[52] Kant 1787, CRP, B 799.

[53] Kant 1787, CRP, B 691-92. Kant refere-se aos conceitos puros da razão como ideias da razão, ideias transcendentais, ou ainda, como apenas ideias.

apenas a entes da razão, e nunca a realidades empíricas (nem mesmo em hipótese). A função e a validade dessas *ideias*, na produção do conhecimento, é apenas heurística. Afirma Kant:

> "Os conceitos da razão [...] são meras ideias e não têm, evidentemente, objeto algum em qualquer experiência, mas não designam por isso objetos imaginados e ao mesmo tempo admitidos como possíveis. São pensados de modo meramente problemático, para fundar em relação a eles (como ficções heurísticas) princípios reguladores do uso sistemático do entendimento no campo da experiência. Se sairmos deste campo, são meros seres da razão, cuja possibilidade não é demonstrável e que não podem também, por hipótese, ser postos como fundamento da explicação dos fenômenos reais".[54]

Ao analisar a função dos conceitos puros da razão teórica, as *ideias* transcendentais,[55] Kant diz que eles são conceitos especulativos *a priori* que tornam possível *pensar as totalidades* absolutas. Elas são redutíveis a três: a do sujeito pensante, a da série das condições do fenômeno e, por fim, a da condição de todos os objetos pensantes. A esse respeito, afirma Kant:

> "A primeira delas contém a unidade absoluta do sujeito pensante [que é o objeto da psicologia], a *segunda*, a *unidade* absoluta da *série das condições do fenômeno* [o conjunto de todos os fenômenos que é objeto da *cosmologia*] e a *terceira*, a *unidade* absoluta da *condição de todos os objetos do pensamento* em geral [que contém a condição suprema da possibilidade de tudo o que pode ser pensado (o ente de todos os entes) é objeto da teologia]".[56]

Essas *ideias* fornecem guias para a procura do conhecimento científico teórico ou prático que possa ser formulado em termos objetivamente válidos, referidos ao domínio da natureza (Kant diz: "fisiológicos")

---

[54] Kant 1787, CRP, B 799. Um estudo detalhado da função heurística dos conceitos em Kant também deveria referir-se ao que ele chama de "heautononomia": regra usada pelo juízo reflexivo para viabilizar suas investigações da natureza como sistema. Cf. Kant 1793, CFJ, § V da Introdução, AK XXIX-XXXVIII; trad. pp. 25-30.

[55] Cf. Kant 1787, CRP, B 366-96.

[56] Kant 1787, CRP, B 391.

ou às condutas (práticos ou pragmáticos). Mesmos sem serem dotados de referentes empíricos objetivamente dados, eles garantem que tanto as leis da natureza como as dos costumes possam ser reunidas em sistemas – o da natureza e o da liberdade. Dados esses dois sistemas, o cientista natural pode dedicar-se à sua tarefa de explicar os fenômenos e suas relações – ou melhor, de resolver problemas empíricos – e o estudioso da práxis humana pode determinar regras de conduta racional.

Os conceitos puros da razão funcionam, pois, como ficções heurísticas que podem auxiliar a pesquisa dos fenômenos e suas relações de determinação recíproca, levando à formulação de leis empíricas.

2.2. O conceito de força e o ponto de vista dinâmico como ficções heurísticas

É necessário exemplificar aqui como os conceitos puros da razão, sendo ficções heurísticas, podem ser utilizados na condução das pesquisas empíricas propriamente ditas. O caso do conceito de causa incondicionada pode servir para esse objetivo.

Para explicar um determinado fenômeno ou movimento na natureza, é preciso fornecer a série completa de determinações causais que o produziu. Nessa procura, acaba-se por encontrar um problema que torna impossível completar essa série, pois, não havendo efeito sem causa, sempre será possível remeter uma causa à outra causa anterior. Isso estabelece uma série infinita de causas, jamais completa empiricamente. Kant nos diz, então, que a razão, visando interromper essa busca infinita das causas, estabelece um limite, postulando uma causa originária, anterior à qual nenhuma outra deve ser procurada; uma causa incondicionada que, ela mesma, não precisa ser explicada e a partir da qual todas as relações causais devem ser estabelecidas. Essa causa originária é um ente da razão e não advém, portanto, da experiência sensível: o que seria impossível, já que não corresponde a uma entidade fenomênica. Diz Kant:

> "Como, porém, só o *incondicionado* possibilita a totalidade das condições e, reciprocamente, a totalidade das condições é sempre em si mesma incondicionada, um conceito puro da razão pode ser definido, em geral, como o conceito de incondicionado, na medida em que contém um fundamento da síntese do condicionado".[57]

A causa incondicionada, como uma ideia transcendental, é, para Kant, uma ideia *necessária* da razão, sem a qual a produção do conhecimento não poderia ser feita de forma adequada:

> "Os conceitos puros da razão, incidindo sobre a totalidade na síntese das condições, são necessários, pelo menos na medida em que nos prescrevem a tarefa de fazer progredir, tanto quanto possível, a unidade do entendimento até o incondicionado e estão fundados na natureza humana, ainda que, de resto, falte a estes conceitos transcendentais um uso adequado in concreto e, assim, não tenham outra utilidade que não seja a de conduzir o entendimento numa direção em que o seu uso, ampliando-se o mais possível, se mantenha, ao mesmo tempo, sempre perfeitamente de acordo consigo".[58]

Em *Princípios metafísicos a toda ciência da natureza*, Kant diz, ainda, que existem apenas duas alternativas para conceber essa causa incondicionada, ou seja, apenas dois pontos de vista que são guias para explicar a matéria e suas relações: o mecânico e o dinâmico. Segundo o ponto de vista mecânico ou atomista, o movimento, na natureza, deveria ser explicado em função de partículas indivisíveis, os *átomos*. Estes seriam responsáveis pela transmissão do movimento entre os corpos. Por outro lado, o ponto de vista dinâmico suporia, com o mesmo fim, que o movimento deve ser explicado em função de *forças* motrizes agindo na matéria e no encontro entre os corpos. Segundo Kant, não se trata de supor infinitas forças, o que apenas obscureceria o entendimento, mas sim de considerar somente duas forças básicas: as de atração e as de repulsão. Afirma Kant:

---

[57] Kant 1787, CRP, B 379.
[58] Kant 1787, CRP, B 380.

> "Todas as leis mecânicas supõem leis dinâmicas e uma matéria, enquanto em movimento, não pode ter nenhuma força motriz a não ser em virtude da sua repulsão ou atração, sobre as quais e com as quais age imediatamente no seu movimento e comunica assim o seu próprio movimento a uma outra matéria".[59]

Tanto os átomos como as forças são conceitos puros elaborados pela razão; portanto, não podem ser confundidos com os dados empíricos: não há apreensão sensível possível nem dos *átomos* nem das *forças*. O que é que decide, então, pela escolha de um ou de outro ponto de vista como uma orientação para a pesquisa empírica? Segundo Kant, trata-se de uma escolha que não pode estar baseada em fatos, mas tão-somente nos frutos que um ou outro pode trazer para a pesquisa empírica. O ponto de vista dinâmico, diz Kant, é *muito mais adequado e favorável*[60] para atingir uma explicação sistêmica mais extensa e mais conforme à razão, permitindo encontrar leis determinadas num encadeamento racional, sem que seja necessário supor alguma *qualidade oculta*, tal como é necessário quando se supõem *átomos* como transmissores de movimento. O critério de escolha, entre um ou outro ponto de vista, é apenas heurístico:

> "Tudo o que ele [Kant] disse é que a teoria dinâmica, se julgada por alguns critérios metodológicos razoáveis, é um melhor guia de pesquisa empírica do que a teoria atomista. Essa é uma avaliação do ponto de vista heurístico de ambas as teorias tal como existiam na sua época, que de modo algum pode ser interpretada como uma tentativa de uma dedução *a priori* da teoria dinâmica".[61]

Em resumo, o *ponto de vista dinâmico* e as *forças* são conceitos puros da razão, ideias que não têm referente possível no mundo sensível; são ideias que têm entes da razão como referentes e que servem como guias de pesquisa factual. Para Kant, o uso de ficções heurísticas na

---

[59] Kant 1786, PMCN, p. 88; A 107.
[60] Kant 1786, PMCN, p. 83; A 102.
[61] Loparic 2000, p. 315.

prática de pesquisa empírica visa auxiliar o cientista na busca das leis e explicações dos fatos empíricos; elas mesmas não são explicação de coisa alguma, mas servem como guias para saber que tipo de relações pesquisar na organização e sistematização de um determinado campo de fenômenos.

Surge aqui um aspecto da teoria kantiana que necessita ser explicado. A questão é: como é possível fazer a ligação entre aquilo que é dado somente à intuição (representações intuitivas) e aquilo que corresponde a representações dadas como conceitos (ou representações discursivas), dado que essas duas representações são de tipos diferentes? A resposta a essa pergunta é dada pela noção kantiana de *esquema*. Isso e importância para o desenvolvimento deste texto, pois pode esclarecer um aspecto metodológico do programa kantiano que se refere ao *uso de ficções heurísticas na pesquisa empírica*, uma vez que a noção de *esquematismo analógico* diz respeito ao uso de conceitos desse tipo.

2.3. O esquematismo analógico e o uso de ficções heurísticas na pesquisa empírica

No programa de pesquisa kantiano, é necessário distinguir entre os conceitos que podem receber um conteúdo intuitivo (sensível) adequado e os que não têm a possibilidade de receberem esse conteúdo adequadamente. Os primeiros podem ser ditos preenchíveis e são de diversos tipos:

> "Os conceitos preenchíveis são divididos em empíricos e puros. Kant subdivide os empíricos em conceitos de percepção e conceitos de experiência, e os puros, em matemáticos e do entendimento".[62]

Os segundos, conceitos não preenchíveis, podem ser totalmente impróprios e sem sentido para o conhecimento – tal como o conceito de Deus, de imortalidade da alma etc. – ou terem uma validade apenas

---

[62] Loparic 2000, p. 181.

heurística. Os conceitos heurísticos são aqueles que, mesmo não podendo receber um conteúdo intuitivo adequado, podem auxiliar no processo de pesquisa dos problemas empíricos que o cientista procura resolver. Mas, como todo conceito precisará receber um conteúdo intuitivo, estes o receberão de forma indireta, por meio de aproximações analógicas, ainda que de uma maneira apenas esquemática e não objetivável empiricamente. Dentre os conceitos preenchíveis, devemos incluir todos os conceitos dados *a priori* (as categorias do entendimento) e *a posteriori* (os conceitos da experiência), bem como os conceitos matemáticos. Como conceitos não preenchíveis, podemos considerar os conceitos puros da razão ou conceitos cuja construção depende destes últimos.

Cada tipo de conceito deverá corresponder a um tipo específico de representação mediadora ou esquema, a qual torna possível dar-lhe um conteúdo intuitivo. É assim que Kant fala em diversos tipos de esquemas: *empíricos*, *matemáticos*, transcendentais (que se referem aos conceitos transcendentais dados *a priori* pelo entendimento) e os simbólicos ou analógicos (que correspondem aos esquemas necessários aos conceitos puros da razão). No que diz respeito aos conceitos que podem ser preenchíveis – tal como exemplifiquei ao referir-me ao conceito de cão –, é possível ter uma ideia sobre como estes recebem conteúdos intuitivos que lhe são adequados.[63] Mas, no caso dos conceitos não preenchíveis, é ainda necessário explicar como são seus esquemas. Ao falar dos conceitos transcendentais, tanto os que podem quanto os que não podem receber um conteúdo empírico adequado, Kant diz:

> "Todas as intuições que submetemos a conceitos *a priori* são ou esquemas [transcendentais ou matemáticos] ou *símbolos* [esquematismos simbólicos], dos quais os primeiros contêm apresentações diretas, e os segundos, apresentações indiretas do conceito. Os primeiros fazem isto demonstrativamente e os segundos mediante uma analogia (para a

[63] Ainda que fosse necessário, não será desenvolvido aqui como isso ocorre com as categorias do entendimento e com os conceitos matemáticos. Para isso, cf. Loparic 2000, pp. 185-187.

qual nos servimos também de intuições empíricas), na qual a faculdade do juízo cumpre uma dupla função: primeiro de aplicar o conceito ao objeto de uma intuição sensível e então, segundo, aplicar a simples regra de reflexão sobre aquela intuição a um objeto totalmente diverso, do qual o primeiro é somente um símbolo".[64]

Na caracterização dos conceitos puros da razão como ficções heurísticas, podemos, ainda, dizer que esses conceitos fornecem regras para procurar relações entre os fenômenos. O esquema que se refere a esse tipo de conceito pode ser dito simbólico, porque corresponde a algo irrepresentável em si mesmo. Assim, a tarefa de fornecer um conteúdo intuitivo a essas ficções heurísticas (a interpretação intuitiva de uma ideia ou conceito puro da razão) é uma operação que visa tornar esse tipo de conceito aplicável ao mundo fenomênico, por meio de uma analogia.

Para Kant, o uso das analogias na filosofia difere do seu uso nas ciências empíricas e na matemática. Na matemática, a analogia é uma regra de proporção, a partir da qual se pode constituir um termo que falta numa relação, mas, na filosofia e na ciência, ela tem apenas um papel *regulativo*, jamais um papel *constitutivo* daquilo que se procura,[65] sendo apenas uma regra para procurar. Temos um exemplo de Kant, sobre o uso das analogias ou esquemas desse tipo, quando ele comenta de que maneira seria possível compreender o Estado Monárquico por meio de uma analogia:

> "Um estado monárquico é representado por um corpo animado, se ele é governado segundo leis populares internas, mas por uma simples máquina (como porventura um moinho), se ele é governado por uma única vontade absoluta, em ambos os casos, porém, só simbolicamente. Pois entre um Estado Despótico e um moinho movido à mão há na verdade nenhuma semelhança, mas há certamente entre a regra de refletir sobre ambos e sua casualidade".[66]

---

[64] Kant 1793, CFJ, p. 196; § 59, A 256.
[65] Kant 1787, CRP, B 222.
[66] Kant 1793, CFJ, p. 197; § 59, A 256.

Os esquemas analógicos que se referem às ficções heurísticas dizem respeito tanto à necessária operação de fornecer um conteúdo intuitivo, ainda que impróprio, para esses conceitos, quanto para procurar[67] regras de orientação específica para o desenvolvimento da pesquisa empírica. Esse tipo de aplicabilidade de ficções heurísticas à pesquisa, referida ao uso de esquemas simbólicos ou analógicos, é um procedimento não só comum como necessário nas ciências empíricas:

> "Existe ainda a interpretação analógica [os esquemas simbólicos ou analógicos necessários para dar um conteúdo intuitivo, sensível, a um conceito puro da razão ou uma ideia], amplamente usada em várias ciências naturais, por exemplo, a física matemática, onde objetos ideais tais como infinitesimais, espaço absoluto, tempo absoluto, forças fundamentais etc. recebem uma representação intuitiva analógica".[68]

Segundo Kant, não se trata apenas das pesquisas dos objetos naturais, mas também, como exemplifiquei no caso do Estado Despótico, das pesquisas no campo da ação humana. Esses esquemas simbólicos ou analógicos funcionam como construções auxiliares para que seja possível desenvolver a pesquisa empírica, sem que esses símbolos ou analogias signifiquem a representação intuitiva adequada, objetivamente válida, do conceito aplicado ao domínio dos fenômenos:

> "De fato, recorremos à interpretação analógica sempre que lidamos com conceitos que não podem facilmente, ou de modo algum, serem interpretados de maneira direta por meio de esquemas adequados e 'diretos'. É claro que esse procedimento *não* gera uma forma de *conhecimento*, mas equivale apenas a um mero *modo de representação* dos referentes de ideias, introduzidos por pressuposição relativa. Apesar disso, seu uso nem sempre é sinal de uma razão indolente, pois se trata

---

[67] O mesmo diz Kant sobre o uso da analogia, afirmando que, no caso das analogias qualitativas (ou seja, que não envolvem comparação proporcional de quantidades, tal como ocorre na matemática), estas servem, ao comparar algo conhecido empiricamente com algo não conhecido, como uma *regra para procurar* e, caso trate-se de uma comparação proporcional envolvendo termos, na qual estaria faltando um deles, como uma *regra para o encontrar* (cf. Kant 1787, CRP, B 222).

[68] Loparic 2000, p. 280.

de uma ferramenta 'de determinação prática de que a ideia de um objeto pode ser para nós e para seu emprego final' (*Crítica da faculdade do juízo*; no original, p. 257), isto é, de um instrumento indispensável de pesquisa empírica".[69]

2.4. Uma ficção para compreender a sede da alma

Um outro exemplo significativo do uso de ficções teóricas como modelo heurístico para a resolução de problemas factuais é apresentado por Kant, quando consultado sobre o problema metafísico da "sede da alma". O médico Samuel Sömmering publicara, em 1796, o livro *Sobre o Órgão da Alma* e remeteu-o a Kant, como filósofo, um pedido de apreciação. Kant responde explicitando que o problema lhe causa embaraço e precisa ser mais bem colocado. Em primeiro lugar, ele considera necessário distinguir o problema metafísico da sede da alma do problema factual da sede da alma. Para ele, a não distinção entre esses dois tipos de problemas e a tentativa de coalizão entre as respostas geram um conflito *insanável* entre as faculdades, opondo "aqueles que querem fundamentar tudo sobre princípios empíricos e aqueles que exigem fundamentação suprema *a priori*".[70] Kant procurará, então, fazer essa distinção e especificar em que sentido e de que maneira o problema factual da sede da alma poderia ser tratado.

Em primeiro lugar, ele argumenta que dar um lugar espacial, uma presença local, para aquilo que só pode ser dado ao sentido interno é uma contradição, o que constituiria um problema sem solução, devendo, portanto, ser excluído completamente da discussão. O argumento de Kant pode ser assim resumido:

> "Tanto a alma quanto o corpo são objetos dados pelos sentidos; a primeira, apenas pelo interno e o segundo, apenas pelo externo. Sendo assim, parece que a pergunta "psicológico-metafísica" da relação

---

[69] Loparic 2000, p. 280.
[70] Kant 1796, p. 224.

espacial entre esses dois objetos deveria poder ser respondida *a priori* pela razão. Isso não é possível, sustenta Kant, visto que um objeto dado tão-somente no sentido interno (intuição interna) não tem propriedades espaciais. Em outras palavras, o conceito de sede da alma é autocontraditório, razão pela qual permanece vazio, sem nenhum referente que possa ser dado".[71]

Uma solução para tal situação seria supor que a alma poderia ser pensada como uma "presença virtual – que pertence somente ao entendimento e, por isso, justamente, não é local – introduz[indo, assim,] um conceito que torna possível tratar a questão apresentada (a do *sensorium comune*) como um problema meramente fisiológico".[72]

Note que o problema, assim recolocado por Kant, tomando a alma como uma presença virtual, diz respeito apenas à alma no que concerne à sua receptividade sensitiva (*facultas sensitive percipiendi*) e não no que corresponderia à alma em termos da sua capacidade de causar movimento (*facultas locomotiva*). O problema passível de ser tratado pela medicina, por métodos empíricos, é tão-somente o da "matéria que torna possível a união de todas as representações sensíveis no ânimo",[73] a qual possibilitaria pensar a alma como uma presença virtual num corpo. Loparic comenta a delimitação do problema feita por Kant:

> "Na interpretação de Kant, a pergunta sobre o 'órgão dos sentidos' busca pelas condições fisiológicas da percepção e sobre o 'lugar comum das sensações', pelas condições também fisiológicas da união de todas as percepções (representações dos sentidos, distintas de representações produzidas *a priori* pelo entendimento ou pela razão) na consciência empírica. Ambas tratam, portanto, tão-somente das *condições corpóreas* que tornam possíveis a recepção e a organização (unificação) de percepções, não da entidade (substância, comumente chamada 'alma')

---

[71] Loparic 2003b, p. 236.
[72] Kant 1796, p. 225.
[73] Kant 1796, p. 225.

que supostamente executaria essas *operações mentais*. Por outro lado, o problema da sede da alma indaga sobre o lugar físico da entidade que executa as operações mentais em geral. Essa pergunta foi formulada, de maneira paradigmática, por Descartes, sua resposta sendo: a sede da alma é a glândula pineal, pequeno lugar no cérebro em que a alma se junta ao corpo (cf. *Traité des passions*, art. 31)".[74]

Analisando a proposta de Sömmering, que considera que a única matéria que poderia tornar possível a unidade coletiva de todas as representações é a água presente na cavidade cerebral, Kant dedica-se a mostrar que há dois pontos de vista teóricos, constitutivos de seu programa *a priori* de pesquisa para as ciências naturais, que poderiam ser usados para pensar como essa matéria está organizada: o ponto de vista mecânico e o dinâmico. Para o primeiro, essa água seria tal como uma máquina, tendo uma configuração rígida concebida em termos matemáticos; mas esse ponto de vista está em contradição com a propriedade da água de ser um fluído. Para o segundo, no entanto, a água tem uma organização dinâmica, sendo, pois, continuamente organizada sem jamais ficar organizada (segundo uma teoria física das forças químicas). Kant comenta, no entanto, que essas são hipóteses "muito arbitrárias" e têm valor apenas heurístico. Analisei, anteriormente, a natureza especulativa e a função heurística dos pontos de vista mecânico e dinâmico, tomados como conceitos da razão pura, salientando que esses conceitos têm apenas valor heurístico na busca das leis e explicações dos fatos empiricamente dados.

Podemos reconhecer, no exemplo da análise kantiana da proposta de Sömmering, um exemplo claro sobre o uso de um método especulativo de pesquisa, presente no programa *a priori* de pesquisa kantiano para as ciências da natureza:

> "As duas alternativas para a fisiologia especulativa do cérebro, consideradas por Kant em seus comentários sobre a descoberta de

[74] Kant 1796, p. 224.

Sömmering, foram construídas de acordo com a metodologia *a priori* de pesquisa empírica, explicitada em *Princípios metafísicos da ciência da natureza* (1786). Seria permitido admitir hipóteses especulativas na ciência da natureza? Sim, responde Kant nesta obra, desde que elas sejam úteis na busca da formulação e da solução dos problemas empíricos (científicos). Ele advoga o uso, nas ciências empíricas, do *método especulativo*, pelo qual são criados, com a ajuda das ideias da razão, modelos arbitrários de processos naturais unicamente para facilitar a busca de leis e explicações, estas, sim, empiricamente controláveis. Além de observar e conectar fatos, a ciência precisa poder *especular* sobre eles".[75]

Esse tipo de especulação foi usado para pensar a matéria que torna possível a reunião de todas as representações no ânimo, mas Kant nada disse, nesse momento, sobre usar esse mesmo método especulativo para pensar a alma enquanto um conjunto de representações determinando-se reciprocamente, segundo um ponto de vista mecânico ou dinâmico, na construção de uma psicologia empírica.

3. Opiniões de Kant sobre os problemas para a constituição da psicologia como uma ciência empírica

Vimos que, para Kant, as ciências da natureza podem ocupar-se dos objetos dados aos sentidos externos – função da física – ou do sentido interno – função da psicologia. Uma ciência plenamente constituída deve ter duas partes: uma racional, que trataria de seus objetos totalmente, segundo princípios *a priori*, fornecendo certezas apodícticas, denominada por Kant *ciência da natureza genuína*; e uma empírica, que trataria de seus objetos segundo as leis da experiência, denominada por ele *ciência da natureza não-genuína*. No caso da física, que trata dos objetos dados aos sentidos externos, ele mostrou como deveria ser essa ciência genuína, uma física pura ou transcendental que subjaz a física empírica. No entanto, no caso da psicologia, Kant não

[75] Loparic 2003b, p. 240.

elaborou essa psicologia transcendental e indicou certas dificuldades ou limites para a sua elaboração.[76]

Ao distinguir a ciência nesses dois sentidos, ele diz que uma é *racional* e a outra *histórica*, caracterizando, então, esta última como a que fornece uma teoria da natureza (uma doutrina dos corpos ou uma doutrina da alma) enquanto uma história da natureza, ou seja, numa doutrina "que nada contém a não ser fatos sistematicamente ordenados",[77] esses fatos seriam agrupados tanto em termos de uma *descrição da natureza*, "enquanto sistema classificador dos mesmos segundo analogias",[78] quanto em termos de uma *história da natureza*, "enquanto exposição sistemática desses fatos em diferentes tempos e lugares".[79]

Para Kant, a ciência empírica da natureza é, no seu sentido restrito, essa *doutrina histórica da natureza*; ela fornece apenas certezas empíricas, ou seja, ela proporciona uma organização e sistematização dos objetos dados aos sentidos, em termos de leis empíricas obtidas por meio da observação e da experiência e da generalização destas. No entanto, como mostrei no que se refere ao uso de ficções heurísticas na pesquisa empíricas no quadro do programa kantiano, a formulação de leis empíricas é auxiliada pelo uso de certos conceitos auxiliares de natureza especulativa (isto é, não-empíricos) que torna possível procurar relações empíricas objetivamente dadas ou dáveis, sem que eles mesmos possam ser objetiváveis da mesma maneira que os conceitos empíricos propriamente ditos. Na produção do conhecimento, tal como

---

[76] Kitcher (1990) dedicou-se à análise desse tema, defendendo a existência de uma psicologia transcendental em Kant. Não me ocuparei aqui em analisar se essa hipótese de Kitcher é correta ou não, o que não é tema desse artigo, cujo objeto é a psicologia empírica e não a racional. A seguir, retomarei as posições de Kant que me parecem apontar para a impossibilidade de constituição de uma psicologia *a priori*, bem como caracterizar que tipo de conhecimento poderia ser, para ele, uma psicologia empírica.

[77] Kant 1786, PMCN, p. 14; A 5.

[78] Kant 1786, PMCN, p. 14; A 5.

[79] Kant 1786, PMCN, p. 14; A 5-6.

Kant a analisa, também é necessário considerar, além das generalizações empíricas e as ideias da razão, as categorias e os princípios do entendimento, os quais fornecem um quadro *a priori*, fundamental para o conhecimento da natureza.

A análise do lugar da psicologia no sistema de Kant deveria, pois, ser dividido ao menos em duas questões: o lugar da psicologia racional e o lugar da psicologia empírica. No seu livro *Princípios metafísicos da ciência da natureza*, Kant comenta a dificuldade na qual se encontra a psicologia, seja comparando-a com a química, que viveria um tipo de dificuldade análoga, seja apresentando algumas dificuldades adicionais relativas aos problemas de descrição dos fenômenos dados ao sentido interno. Retomarei esses comentários de Kant, distinguindo suas críticas relativas à dificuldade de constituição de uma psicologia racional e de uma psicologia empírica enquanto uma descrição sistemática dos fatos (psíquicos) em diferentes tempos e lugares.

Para Kant, uma ciência genuína da natureza corresponde a um conhecimento *a priori* da natureza, o que significa conhecer a natureza segundo a sua simples possibilidade.[80] Esse conhecer *a priori* subjaz o conhecimento empírico, isto é, o conhecimento das coisas naturais determinadas. Kant especifica uma diferença entre conhecer as coisas por sua possibilidade e conhecer as coisas naturais determinadas, dizendo que o primeiro tipo de conhecimento pode dar-se apenas no pensamento, enquanto o segundo depende de que seja dado algo que existe também fora dele:

> "A possibilidade de coisas naturais determinadas não pode conhecer-se a partir dos seus simples conceitos; a partir destes pode, certamente, conhecer-se a possibilidade do pensamento (isto é, que ele não se contradiz a si mesmo), mas não do objeto enquanto coisa natural, a qual pode ser dada (como existente) fora do pensamento".[81]

[80] Kant 1786, PMCN, p. 16; A 9.
[81] Kant 1786, PMCN, p. 16; A 9.

Mas uma coisa é conhecer as coisas dadas fora do pensamento e outra é conhecer a *possibilidade* das coisas que podem ser dadas fora do pensamento. O último é um conhecer *a priori*, cujos conceitos também precisam receber um conteúdo intuitivo, ou seja, também precisam ser dados *a priori* na intuição:

> "Conhecer a possibilidade de coisas naturais determinadas, por conseguinte, conhecer estas *a priori*, exige ainda que se dê *a priori* a intuição correspondente ao conceito, isto é, que o conceito seja construído".[82]

Esse conhecimento da possibilidade das coisas determinadas dadas fora do pensamento também é caracterizável como o mesmo tipo de conhecimento que a matemática fornece:

> "[o puro conhecimento racional] que funda o seu conhecimento unicamente na construção dos conceitos, mediante a apresentação do objeto numa intuição *a priori*, chama-se matemática".[83]

Assim, Kant afirma que a possibilidade de conhecer matematicamente a possibilidade dos objetos naturais determinados é uma necessidade:

> "Uma pura filosofia da natureza em geral, isto é, aquela que unicamente investiga o que constitui o conceito de natureza em geral, pode ser possível mesmo sem a matemática, mas uma doutrina acerca das coisas naturais determinadas (doutrina dos corpos e doutrina da alma) só é possível por meio da matemática".[84]

Noutros termos, ele está afirmando que uma ciência da natureza no seu sentido pleno dependerá do quanto matematizável poderá ser esse objeto:

> "Em toda a teoria particular da natureza se pode apenas encontrar tanta ciência genuína quanta matemática com que aí se depare".[85]

---

[82] Kant 1786, PMCN, p. 16; A 10.
[83] Kant 1786, PMCN, p. 15; A 7.
[84] Kant 1786, PMCN, p. 16; A 9.
[85] Kant 1786, PMCN, p. 16; A 8.

Referindo-se à química, ele diz que esta ainda não conseguiu construir conceitos que possam receber conteúdos intuitivos adequados – seja *a priori* seja *a posteriori* – e que isso faz com que ela não possa ser considerada uma genuína ciência da natureza, mas tão-somente uma teoria experimental:

> "Enquanto para as ações químicas das matérias entre si se não encontrar algum conceito que construir se possa, isto é, enquanto não se fornecer uma lei da aproximação ou do afastamento das partes segundo a qual, por exemplo, em proporção das suas densidades e coisas semelhantes, os seus movimentos, juntamente com as suas consequências, se possam tornar intuíveis e representar *a priori* no espaço (exigência que dificilmente alguma vez se realizará), a química só poderá tornar-se uma arte sistemática, ou uma teoria experimental, mas jamais uma ciência genuína, porque os seus princípios são puramente empíricos e não permitem nenhuma exibição *a priori* na intuição [...]".[86]

A química caracterizada, então, como uma teoria empírica forneceria princípios e relações puramente empíricos, proporcionando, nesse sentido, uma exposição sistemática dos fatos descritos pela observação em diferentes tempos e lugares. A química pode, assim, corresponder a uma doutrina histórica da natureza, a uma ciência da natureza não-genuína ou, também, mas noutros termos (e é isto que me interessa ressaltar), a uma ciência apenas empírica da natureza.

Ainda se referindo à química, Kant dirá que, por falta desses conceitos à priori, ela também não pode matematizar seus objetos e, portanto, não pode ser denominada uma genuína ciência da natureza. O que não significa dizer que ela não pode ser uma ciência empírica da natureza, no sentido aqui especificado. O fato de a química ter se estabelecido, pós-Kant, como uma ciência empírica, inclusive passível de aplicar uma matemática a seus objetos, mostra apenas que, no que diz respeito aos objetos estudados pela química,

[86] Kant 1786, PMCN, pp. 16-17; A 10.

foi elaborada uma possibilidade de matematização destes – os objetos empiricamente dados (enquanto coisas naturais determinadas) –, mas não significa que essa possibilidade de matematização também seja aplicável a conceitos dados *a priori* como expressão de uma parte transcendental que faria da química uma ciência no seu sentido genuíno.[87] Essa distinção é importante porque separa a argumentação: de um lado às questões relativas à possibilidade de construção ou elaboração de ciência racional ou transcendental e de outro a discussão de uma ciência empírica da natureza.

Tendo caracterizado a situação na qual se encontra a química, Kant passa a comentar o que ocorre com a psicologia. Tal como a química, ele considera que a psicologia também estaria muito distante da possibilidade de constituir uma ciência genuína, alegando uma série de argumentos que dizem respeito tanto à impossibilidade de elaboração de uma psicologia racional quanto às dificuldades que a psicologia empírica encontra no que se refere à descrição de seus objetos dados empiricamente. O primeiro argumento de Kant, corresponde à impossibilidade de a psicologia matematizar seus objetos:

> "Mais afastada ainda do que a própria química da posição de uma ciência natural propriamente dita deve permanecer a doutrina empírica da alma, primeiro, porque a matemática não é aplicável aos fenômenos do sentido interno e às suas leis, pois se deveria então ter em conta apenas a lei da continuidade na corrente das suas modificações internas – o que seria, porém, um alargamento do conhecimento, que se comportaria em relação ao que a matemática proporciona à doutrina dos corpos pouco mais ou menos como a teoria das propriedades da linha reta relativamente a toda geometria".[88]

A matemática é aqui tomada como sinônimo de geometria e, enquanto tal, os referentes dos conceitos matemáticos precisam ter, no

---

[87] Não faz deste estudo um desenvolvimento ou a análise da possibilidade de a química ser considerada uma ciência genuína, levando essa possibilidade de matematização dos objetos dados empiricamente para os conceitos desses dados *a priori*.

[88] Kant 1786, PMCN, p. 17; A 10.

mínimo, duas dimensões. No entanto, da psicologia como uma ciência natural tem como objetos aqueles dados ao sentido interno, mas estes têm apenas uma única dimensão, tornando impossível matematizá-los:

> "Com efeito, a pura intuição interior em que se devem construir os fenômenos da alma é o tempo, que tem apenas uma dimensão".[89]

Essa impossibilidade deve ser referida tanto ao objeto de uma psicologia transcendental quanto ao de uma psicologia empírica.

Ao continuar argumentando que a psicologia encontra-se numa situação mais difícil do que a da química no que se refere a estabelecer-se como uma ciência empírica, ele discute as dificuldades que a psicologia encontra para descrever seus fatos. Na química, é possível considerar elementos dados separadamente que se combinariam e recombinariam, mantendo-se como tais, entretanto, na psicologia, esse múltiplo dos objetos dados ao sentido interno não têm essa mesma possibilidade:

> "Nem sequer da química a psicologia pode aproximar-se, enquanto arte sistemática de análise ou teoria experimental, porque nela o diverso da observação interna só é mutuamente separável mediante uma simples divisão do pensamento, mas não pode conservar-se separado e combinar-se de novo à vontade [...]".[90]

Além disso, continua Kant, não só há dificuldades na construção de experiências adequadas ao propósito da pesquisa empírica, dado que um sujeito pensante pode intervir voluntária ou involuntariamente no resultado da experiência, como também é necessário considerar que a própria observação pode transformar o estado do objeto observado. Isso implica dizer que não seria possível estabelecer experimentos confiáveis e numa extensão tal que pudesse fornecer uma doutrina experimental da alma. Esse conjunto de argumentos faz com que Kant considere impossível à psicologia constituir uma ciência natural no seu sentido genuíno:

---

88 Kant 1786, PMCN, p. 17; A 10.
89 Kant 1786, PMCN, p. 17; A 11.
90 Kant 1786, PMCN, p. 17; A 11.

> "[A psicologia] nunca pode ser outra coisa exceto uma teoria natural histórica do sentido interno e, como tal, tão sistemática quanto possível, isto é, uma descrição natural da alma, mas não uma ciência da alma, nem sequer uma doutrina experimental psicológica".[91]

No entanto, seria possível que a psicologia fosse constituída como uma ciência natural não-genuína, não como uma doutrina transcendental da alma, mas (ainda que haja dificuldades no que se refere à possibilidade de descrever seus objetos e certas impossibilidades para fazer experimentos) como uma teoria empírica que descreve uma história natural da alma no seu sentido empírico, relatando os acontecimentos uns após os outros, ordenado-os e sistematizando-os, chegando, nesse sentido, a formular leis empíricas obtidas pela generalização dos fenômenos assim observados e descritos.

Creio ser necessário fazer, ainda, uma distinção entre a alma pensada em termos transcendentais, referindo-se ao eu transcendental, e a alma pensada em termos empíricos, correspondendo ao eu empírico. Só no segundo caso o eu poderia ser objeto da psicologia enquanto uma ciência empírica, jamais no primeiro.

4. Esclarecimento acerca do objeto do qual deve ocupar-se a psicologia empírica

No parágrafo 7 de *Antropologia do ponto de vista pragmático*, Kant diz explicitamente que caberia à psicologia ocupar-se de "todas as percepções internas sob as leis da natureza",[92] ou seja, das representações em relação às quais "o espírito se comporta passivamente e pelas quais o sujeito é, então, afetado (este pode afetar a simesmo ou ser afetado por um objeto)" (ibid.).[93] A psicologia como uma teoria empírica dos

[91] Kant 1786, PMCN, p. 17; A 11.

[92] Kant 1798, ANT, p. 27.

[93] Observe que, no § 5 desse mesmo livro, Kant já aponta para a existência de representações conscientes (claras) e representações obscuras (não dadas à consciência, logo, inconscientes, nesse sentido descritivo).

objetos dados ao sentido interno corresponde, pois, a um dos aspectos dessa antropologia fisiológica, na qual o homem seria considerado apenas um espectador das suas representações. Kant afirma qual o objeto que caberia à psicologia empírica tratar: as representações em relação às quais o espírito se comporta passivamente. A esse respeito, ele diz:

> "Em relação ao estado de suas representações, meu espírito é ativo e manifesta uma *faculdade* (*facultas*) ou é passivo e consiste numa *receptividade* (*receptivitas*). Um conhecimento comporta sua associação; e sua possibilidade deve seu nome como faculdade de conhecer a seu elemento mais eminente: a atividade do espírito ligando as representações e as separando umas das outras. / As representações em relação às quais o espírito se comporta passivamente e pelas quais o sujeito é, então, *afetado* (este pode afetar a simesmo ou ser afetado por um objeto) pertence à faculdade *sensível* de conhecer; as que comportam uma pura ação (o pensamento) pertencem à faculdade *intelectual* de conhecer. A primeira é igualmente chamada faculdade inferior de conhecer; a outra, faculdade *superior*. A primeira tem o caráter de passividade do sentido interno das sensações; a segunda, a espontaneidade da apercepção, quer dizer, da pura consciência da ação que constitui o pensamento e releva da *lógica* (um sistema de regras do entendimento), da mesma maneira que a primeira releva da psicologia (o conceito que envolve todas as percepções internas sob as leis da natureza) e funda a experiência interna".[94]

Ainda nesse mesmo trecho de *Antropologia*, Kant distingue entre a consciência de si como um problema a ser tratado pela filosofia – problema racional dado em termos transcendentais (o eu transcendental, jamais dável no campo da intuição) – e a consciência de si como fenômeno empírico, dado na intuição, tomando esse último como objeto de uma antropologia do ponto de vista fisiológico – ou, noutros termos, objeto de uma psicologia como uma ciência empírica. Diz Kant, colocando o problema:

---

[94] Kant 1798, ANT, pp. 26-27.

> "Como ultrapassar esta grave dificuldade que consiste em que a consciência de si representa somente o fenômeno de simesmo e não o homem em si, e que não há um eu duplo, mas uma dupla consciência deste eu, a do pensamento puro, mas também a da *percepção* interior (uma consciência racional e uma consciência empírica, quer dizer, uma apercepção discursiva e outra intuitiva), a primeira pertence à Lógica, a segunda, à Antropologia (enquanto fisiológica), aquela sem conteúdo (matéria do conhecimento) e esta recebendo do sentido interno um conteúdo?".[95]

É necessário entender, portanto, em que sentido específico Kant propõe que a alma seja tomada como um objeto de uma psicologia empírica. Para ele, a alma, enquanto uma substância simples, é objeto de uma *ideia transcendental*, que é um conceito puro da razão que permite pensar um tipo de totalidade (a do sujeito pensante) como uma condição para o conhecimento. Segundo Kant, essa totalidade absoluta do sujeito pensante é uma ficção heurística;[96] contudo, apesar de ser uma especulação, é pensada de forma análoga aos conceitos empíricos, mesmo que a alma (como uma ideia da razão) jamais possa vir a ser objeto de uma experiência. Afirma Kant:

> "Tomando as ideias como princípios, vamos *primeiramente* ligar, ao fio condutor da experiência interna, todos os fenômenos, todos os atos e toda a receptividade de nosso espírito *como se* este fosse uma substância simples, que existe com identidade pessoal (pelo menos em vida), enquanto mudam continuamente os seus estados, entre os quais se encontram os do corpo, mas como condições externas".[97]

Para Kant, o assunto estudado pela psicologia empírica não é a alma, o sujeito transcendental ou a consciência transcendental, mas os objetos dados no sentido interno (a consciência empírica), a saber, o eu empírico

---

[95] Kant 1798, ANT, variante da "Observação" feita no parágrafo 7, p. 172.

[96] Talvez fosse necessário retomar a análise mais detalhada que Kant faz do "eu penso", enquanto uma apercepção originária que é vazia de conteúdo e não permite a aplicação de qualquer categoria, como a de substância, para entender melhor o que é esse eu empírico, suposto heuristicamente como uma substância simples. No entanto, essa discussão não será feita aqui, pois sobrecarregaria ainda mais o texto.

[97] Kant 1787, CRP, B 700.

e todos os nossos estados mentais, submetidos às leis da natureza. Ao dizer que a alma pode ser objeto de uma psicologia como uma ciência empírica, deve-se ter em mente que Kant está se referindo não à alma no seu sentido transcendental, mas a esse sentido empírico acima indicado.

Noutro momento de *Antropologia*, Kant indica qual o campo de problemas deveria caber à psicologia tratar, tomando-a como a ciência que se ocuparia das determinações internas que conduziriam o homem a uma mera passividade, na qual está afastada a sua faculdade de agir livremente. Ao tratar do tema do suicídio, ele distingue o entendimento desse ato no que se refere à possibilidade de o homem agir livremente – problema que deveria ser tratado pela antropologia do ponto de vista pragmático, problema moral – do suicídio causado por doença, isto é, o suicídio não como uma ação livre, mas como um ato ao qual o homem seria levado por suas próprias determinações interiores – problema que deveria ser tratado pela antropologia do ponto de vista fisiológico ou pela psicologia empírica. Sobre a coragem ou covardia do suicida, Kant especifica um aspecto do problema que caberia à psicologia resolver:

> "O suicídio pressupõe coragem ou sempre covardia? Questão não moral, mas puramente psicológica?"[98]

Ao separar o problema moral do problema psicológico, Kant reitera a diferença entre o estudo do homem como ser livre de ação e enquanto "espectador de suas representações", ou seja, como um objeto natural do qual deve se ocupar a psicologia enquanto uma ciência natural não-genuína, como uma ciência empírica.

5. A opinião de Kant sobre o lugar a ser ocupado pela psicologia empírica

No final da primeira *Crítica*, Kant diz claramente qual lugar deve ocupar a psicologia empírica:

---

[98] Kant 1798, ANT, p. 114, § 77.

> "Qual será a posição da psicologia empírica que sempre reclamou seu lugar na metafísica, e da qual se esperavam na nossa época tão grandes coisas para o esclarecimento desta ciência, depois de ter perdido a esperança de estabelecer *a priori* qualquer coisa de concludente? Respondo: o seu lugar é aquele onde deve ser colocada a física propriamente dita (empírica), isto é, do lado da filosofia aplicada, para a qual a filosofia pura contém os princípios *a priori* e com a qual, portanto, deve estar unida, mas não confundida".[99]

Como mostrei, Kant está ciente das dificuldades para a construção dessa psicologia; enquanto ele defende a impossibilidade de construção de uma psicologia transcendental, também afirma que a essa psicologia deverá ser reservado um pequeno lugar, considerando que ela deveria "estabelecer morada própria numa antropologia pormenorizada (que seria o análogo da física empírica)".[100] Essa psicologia empírica seria uma antropologia pormenorizada tal como Kant a especificou em 1798, a antropologia do ponto de vista fisiológico, referida ao jogo de representações que determinam o homem, conforme explicitada anteriormente. Kant considera que há representações em relação às quais o homem está consciente (denominadas representações claras) e outras às quais este não está consciente (denominadas representações obscuras):

> "Ter representações, mas não estar consciente delas, constitui, ao que parece, uma contradição. Com efeito, como poderíamos saber que nós a temos se não estamos conscientes delas? Esta objeção já foi feita por Locke, que por isso recusava também a existência de um tal tipo de representação. Todavia nós podemos ser imediatamente conscientes de ter uma representação ainda que nós não sejamos imediatamente conscientes dela. – Representações como essa são ditas *obscuras*, as outras são *claras* [...]".[101]

---

[99] Kant 1787, CRP, B 876.

[100] Kant 1787, CRP, B 877.

[101] Kant 1798, ANT, § 5, pp. 22-23. Kant afirma, ainda, que as representações obscuras constituem a maior parte das representações: "no homem, o campo das representações obscuras é o mais extenso" (Kant 1798, ANT, § 5, p. 23).

O lugar da psicologia empírica no sistema de Kant e a analogia proposta com a física empírica podem ser, agora, mais bem explicitados. Separando, também na física, a sua parte racional da empírica, pode-se dizer que Kant considera que a psicologia empírica deverá se estabelecer num quadro análogo ao da física empírica. Esse quadro pode ser entendido em termos de certos aspectos transcendentais, supondo que os objetos a serem tratados pela psicologia deverão ser considerados a partir das mesmas categorias do entendimento que os objetos da física, o que implica, ao menos, considerar que o psiquismo pode ser objetivável, tal como são todos os objetos da natureza, e, enquanto objeto empírico, deve ser possível atribuir-lhe relações de causalidade do mesmo tipo que as dadas pelos princípios da experiência em geral, tal como analisadas e apresentadas por Kant nas categorias do entendimento teórico.[102] Mas também é possível entender esse quadro em termos metodológicos, isto é, considerando que o programa kantiano de pesquisa *a priori* fornece um modelo heurístico de pesquisa tanto no que se refere à consideração da alma (no que diz respeito apenas a seus aspectos empíricos, como se fosse uma substância simples) quanto no uso de ficções heurísticas (tais como as que caracterizam o ponto de vista dinâmico como adequadas para a pesquisa empírica do homem enquanto um mero efeito do jogo de suas representações).[103]

6. Indicações sobre a influência do programa kantiano para a proposta de constituição da psicologia moderna

Toda proposta de constituição de uma psicologia como uma ciência empírica que aceite esse quadro kantiano, tanto por seus aspectos

---

[102] Ou seja, não se trata aqui de considerar o entendimento referido aos costumes, o que nos levaria a especificar o entendimento no seu sentido prático.

[103] Essa perspectiva de análise se opõe àquela que considera que, para Kant, seria impossível para a psicologia se constituir como uma ciência empírica (tal como defendem Leahey 1987, pp. 118-21; e Gabbi Jr. 2004).

transcendentais como heurísticos, acaba por naturalizar e objetificar o homem. Caberia, pois, analisar como foram efetivamente elaboradas as psicologias como ciências empíricas pós-Kant, identificando tanto aquelas propostas que teriam seguido esse fio condutor por ele indicado quanto as elaboradas fora desse quadro.

Creio que seria possível reconhecer nas propostas de Johann Herbart e Freud – dentre outros, tais como Gustav Fechner, Henri Helmholtz, Wilhem Wundt, Ernst Mach, Wilhiam James, John Watson, Burrhus Skinner etc. – uma forte influência do programa kantiano e afirmar que suas propostas para a fundação da psicologia como uma ciência empírica podem ser reconhecidas ocupando o lugar previsto por Kant.

Para exemplificar essa hipótese, retomarei alguns aspectos das psicologias de Herbart e de Freud. Em Herbart (1776-1841), que substituiu Kant na Universidade de Konisberg após a morte deste último, encontramos a proposta de uma psicologia empírica numa perspectiva e linguagem bem kantiana. Para ele, o psiquismo é composto por um conjunto de unidades, as representações, cuja determinação recíproca e os efeitos dessas determinações deveriam ser explicados em termos de uma "mecânica das representações" (*Vorstellungsmechanik*) numa interação dinâmica de ideias.[104] Em Freud (1856-1939), é possível reconhecer um dos exemplos mais significativamente claros da influência do programa kantiano. Na sua obra podemos encontrar tanto a tentativa de construção de uma psicologia científica formulada com o auxílio de um modelo especulativo descrito em termos neurofisiológicos, com a formulação de uma metapsicologia descrita em termos biológicos (proposta em 1895 no seu *Projeto de uma psicologia científica*, rapidamente abandonado e só publicado após sua morte

---

[104] Cf. em Andersson (1997, pp. 33 e s.) alguns comentários sobre a psicologia proposta por Herbart, bem como a influência desta em Freud.

como documento inédito),[105] quanto a formulação de um modelo mais propriamente psicológico, no qual o psiquismo é concebido como um conjunto de representações (conscientes e inconscientes), determinadas tal como qualquer outro objeto externo ao homem (objeto natural). Nessas duas tentativas encontramos explicações apoiadas em modelos teóricos fictícios. Freud abandonou a primeira metapsicologia e desenvolveu a segunda, esta que utiliza termos mais propriamente psicológicos, chegando mesmo a caracterizar esse tipo de construção teórica como sendo a superestrutura especulativa da psicanálise. Nesta metapsicologia estão presentes, de forma central e mesmo definidora, a opção pelo ponto de vista dinâmico e pelas forças psíquicas (as pulsões), enquanto um princípio metodológico.

Basta aqui lembrar o que ficou conhecido na história como o *juramento epistemológico* de Ernst Brücke e Emile du Bois-Reymond[106] para reconhecer a orientação seguida por Freud ao propor que o psiquismo é movido por forças psíquicas (as pulsões) equivalentes em dignidade às forças físico-químicas. Não é, portanto, por acaso que Freud caracterizará, logo no primeiro parágrafo do seu texto sobre a metapsicologia, as pulsões como ideias abstratas, conceitos puramente convencionais, que, ao lado da ficção teórica do aparelho psíquico e da libido (como energia apenas suposta) são utilizados como uma superestrutura especulativa que visa a apreensão, organização e sistematização dos dados empíricos, em que há apenas passividade, ou seja, o psiquismo pensado por sua determinação natural.

---

[105] No mesmo sentido do comentário que Kant fez sobre o livro de Sömmering (na formulação de um modelo fictício que toma os neurônios como a matéria que torna possível reunir todas as representações.

[106] Como afirmam Brücke e Bois-Reymond: "nos comprometeremos a impor esta verdade, a saber, que somente as forças físicas e químicas, com exclusão de qualquer outra, agem no organismo. Nos casos que não podem ser explicados, no momento, por essas forças, devemos nos empenhar em descobrir o modo específico ou a fonte de sua ação, utilizando o método físico-matemático, ou então postular a existência de outras forças, equivalentes em dignidade, às forças físico-químicas inerentes à matéria, redutíveis à força de atração e repulsão" (apud Shakow & Rapaport 1964, p. 34).

Por outro lado, cabe, ainda, indicar ao menos uma proposta de constituição da psicologia como uma ciência empírica que teria sido estabelecida fora do quadro kantiano. Alguns autores atuais, tanto no campo da filosofia como no da psicanálise, têm reconhecido na obra de Donald Winnicott a formulação de uma psicologia empírica que não objetifica nem naturaliza o homem. Como exemplo dessa perspectiva traçada por Winnicott, quero salientar a recusa que ele faz da teoria metapsicologia freudiana e sua consideração de que as relações inter-humanas, ao menos no início da vida, quando o bebê se relaciona com o seio, não podem ser descritas em termos de relações de objeto que se determinam tal como objetos naturais; mais ainda, ele considera que a própria relação de uma pessoa com o ambiente acaba estabelecer um lugar para a existência que não é passível de ser descrito ou objetificado por objetos dados ao sentido interno. Isso implica dizer, ainda que não se trate aqui de demonstrar essa afirmação, que Winnicott não seguiu o fio condutor deixado por Kant no que se refere ao quadro transcendental ou heurístico.

Ensaio 5

Resenha de Ola Andersson, 2000: *Freud precursor de Freud: estudos sobre a pré-história da psicanálise.*

São Paulo, Casa do Psicólogo. Tradução: Luis Carlos Uchôa Junqueira Fo. ISBN: 85-7396-101-5

O psicanalista sueco Ola Andersson (1919-1990) pode ser considerado um dos precursores dos estudos acadêmicos sobre a história da psicanálise. Este livro contém: sua tese de doutorado, *Studies in the Prehistory of Psychoanalysis: The Etiology of Psychoneuroses and Some Related Themes in Sigmund Freud's Scientific Writings and Letter* (Stockholm, Scandinavian University Books, 1962), publicada em vida; uma conferência sobre a história de Fanny Moser (1848-1925) – nome verdadeiro de Emmy v. N., caso clínico apresentado por Sigmund Freud (1856-1939) no seu *Estudos sobre a histeria* –, proferida em 1965 e só publicada em 1979; e sua correspondência com Henri Frédéric Ellenberger (1905-1993), entre 1963 e 1976.

A maneira como Andersson aborda a história da psicanálise difere da dos que se dedicaram ao tema via análise dos aspectos psicobiográficos de Freud. Seu objetivo era analisar criticamente a evolução das ideias de Freud sobre a etiologia das neuroses baseando-se, exclusivamente, nos textos e correspondências disponíveis. Ao responder a Ellenberger, que lhe escrevera pedindo informações sobre seu trabalho, ele diz que seu livro situa-se na confluência de três disciplinas – ciências políticas, psicologia e psicanálise –, nas quais teve formação, e que ele trabalhou de acordo com o método dos historiadores da política, apoiando-se, para tal, nos documentos que pudessem comprovar as hipóteses e comparações apresentadas, procurando sempre deixar claro, passo a passo, o que fez e o que deixara de fazer.

Sem idealizar ou transformar Freud num mito, reverenciando e ovacionando sua genialidade e originalidade, Andersson fez valer a inserção das descobertas do pai da psicanálise na história do desenvol-vi-mento das ideias científicas, em especial no próprio desenvolvimento da psicologia.

Andersson pretende mostrar que as teorias de Freud sobre a etiologia das neuroses se afastaram paulatinamente das explicações anatomo-fisiológicas para chegar a explicações propriamente psicológi-cas sobre esses fenômenos da psicopatologia. Nessa perspectiva, Freud propôs que a histeria fosse entendida como uma doença de gênese psíquica, fruto de um conflito entre o eu (um conjunto de representações) e outras representações irreconciliáveis com esse eu, representações que, por sua vez, seriam investidas por um *quantum* de afeto passível de transferência, deslocamento e escoamento. Ao explicar a gênese da histeria em termos psíquicos, Freud também é levado a propor um tratamento de acordo com esse mesmo tipo de etiológica, ou seja, ele propõe um tratamento psíquico por meios que são de natureza psíquica: a palavra e o relacionamento médico-paciente.

A análise de Andersson começa justamente no ano em que Freud retorna de sua viagem de estudos a Paris e termina no ano em que, pela primeira vez, ele utilizou o termo psicanálise como método de pesquisa e tratamento. O autor mostra, focado nos documentos desse período, como estavam presentes no pensamento de Freud tanto as posições teóricas da escola alemã de psiquiatria quanto as concepções próprias à psiquiatria francesa. Na escola alemã, a figura mais respeitada era Theodor Meynert (1833-1892), que chegou a orientar Freud nas suas pesquisas iniciais, para quem as explicações dos distúrbios psíquicos eram, e deveriam ser, de natureza anatomo-fisiológica, opondo-se, pois, claramente, à introdução de qualquer tipo de explicação psicológica. Os dois grandes representantes da escola francesa eram Jean Martin Charcot (1825-1893) e Hippolyte Bernheim (1840-1919), para os quais a descrição clínica prevalece sobre as descrições anatômicas, introduzindo, pois, explicações psicológicas para os fenômenos observáveis na histeria. Uma oposição entre essas duas linhas de pesquisa da psiquiátrica não só fazia parte do cenário científico da época como estava presente no espírito de Freud. Andersson retoma a importância de Charcot para o surgimento da psicanálise, fazendo jus ao comentário de Freud, dirigido a sua noiva Marta Beynards em 24 de novembro de 1885, que Charcot (referindo-se à sua estadia de estudos em Paris) estava simplesmente demolindo suas concepções e que nenhum outro homem tivera tanta influência sobre ele.

Ainda que Charcot creditasse a etiologia da histeria à hereditariedade, numa perspectiva de explicação anatomofisiológica, ele também forneceu uma explicação psicológica desses fenômenos, apoiando-se nas suas descrições clínicas. Mesmo que referidas à anatomofisiologia, as explicações clínicas de Charcot – formuladas em termos de uma cisão da consciência após ocorrência de um trauma psíquico, estados hipnóides, auto-sugestão e representações inconscientes – representavam uma proposta de entendimento que se distanciava das que eram formuladas em termos das localizações cerebrais (de lesões e/ou inflamações) ou das alterações dinâmicas da funcionamento do cérebro.

Passo a passo, Andersson analisa o desenvolvimento do pensamento de Freud sobre a etiologia da histeria. Ele comenta, assim, que em 1888 Freud escreve um verbete para a enciclopédia de Villaret, no qual ainda mantém-se no campo dos fisiólogos e suas formulações aparentemente psicológicas – tal como a afirmação de que a causa da histeria deveria ser procurada na vida representativa inconsciente – têm apenas um significado metafórico vinculado à capacidade potencial de tais ideias tornarem-se conscientes. Entre 1888 e 1889, tal como seus contemporâneos, Freud considerava os fenômenos psíquicos epifenômenos dos processos fisiológicos cerebrais, eventos concomitantes aos processos fisiológicos, que poderiam, pois, ser explicados pelo funcionamento geral do cérebro.

Numa outra direção, que não a das explicações fisiológicas, estavam as descrições clínicas e as explicações de caráter psicológico dos fenômenos histéricos. Dada a ineficiência e o fracasso das explicações fisiológicas para o tratamento da histeria, Freud foi paulatinamente se aproximando desse segundo tipo de abordagem. Andersson comenta que isso não é algo propriamente freudiano, mas que fazia parte de um movimento mais amplo ao qual Freud pertenceu:

> "A tendência a abandonar, no campo psicopatológico, as especulações anatômicas e fisiológicas em favor de uma abordagem clínica e psicológica é evidente, por todos os lugares, no início de 1890. Tais são as propostas de pesquisadores tais como Janet, Freud, Binet, Strümpell etc. Mais ainda, estes são apenas os representantes mais conhecidos de um movimento de amplidão considerável" (p. 152).

O abandono, por Freud, das teorias e explicações fisiológicas não foi imediato nem definitivo, considerando-se esse período estudado por Andersson. Num certo sentido, poder-se-ia dizer que mesmo após a construção e o desenvolvimento da psicanálise, Freud ainda mantinha a ideia de que um dia o conhecimento físico-químico do cérebro poderia substituir seu método e suas explicações psicológicas, tal como se pode verificar na sua afirmação de 1939, ao supor que talvez no futuro a bioquímica nos ajude a agir diretamente nas quantidades de energia e suas distribuições no aparelho psíquico.[1]

Andersson considera que, nesse período (1886-1896), no entanto, as tentativas de Freud de explicar a etiologia da histeria em concepções fisiológicas – chegando mesmo a propor uma fisiologia cerebral de caráter especulativo, o que era uma prática comum aos neurologistas no fim do século XIX – conviveu com suas formulações teóricas de natureza psicológica. O seu texto sobre as *Afasias* (1892) corresponde, ainda, a uma tentativa de explicar o aparelho da linguagem em função do funcionamento dinâmico (fisiológico) do cérebro. Essa

---

[1] Freud 1940a, p. 182.

procura de uma fisiologia especulativa é especialmente evidente no seu *Projeto de uma psicologia para neurólogos* (1895). Ao comentar esse manuscrito – que tem uma parte dedicada à fisiologia especulativa do cérebro e outra dedicada à psicopatologia, que se aproxima das explicações psicológicas –, na perspectiva das explicações etiológicas das psiconeuroses, Andersson faz notar que, no mesmo momento em que Freud escrevera o *Projeto*, ele também proferira uma conferência sobre a histeria na Sociedade de Medicina de Viena, em outubro/novembro de 1895, na qual exprime suas opiniões apoiando-se em teses (sobre as psicopatologias) desenvolvidas no *Projeto*, mas afastadas do contexto fisiológico-especulativo (p. 238). Sabemos que a fisiologia especulativa do cérebro, formulada no *Projeto*, foi um tipo de explicação fisiológica logo abandonada por Freud, chegando a avaliá-la, numa carta a Fliess, como um tipo de aberração. Esse tipo de análise torna, pois, mais clara a oposição entre a fisiologia e a psicologia – enquanto direções-guia para as explicações procuradas no campo da psicopatologia – no pensamento de Freud nesse período de amadurecimento em direção à psicologia propriamente dita.

Andersson comenta que a psicologia elaborada por Freud não é isenta de especulações, ao contrário, foi justamente a introdução de algumas "hipóteses auxiliares□ ou □abstrações psicológicas usuais" (Freud 1894a: "As psiconeuroses de defesa") – assim mesmo caracterizadas pelo próprio Freud –, que tornaram possível reagrupar e explicar os estados psíquicos variados, encontráveis nas psiconeuroses de defesa, a saber: a suposição de que no psiquismo, investindo as representações, há uma determinada energia que pode crescer, diminuir, escoar etc., um "*quantum* de afeto□ ou □soma de excitação". Anderssson comenta que essas hipóteses auxiliares não estão referidas aos aspectos fisiológicos da vida psíquica (p. 180). Pode-se, pois, considerar que Freud, quando propôs a psicanálise como método de tratamento e como doutrina teórica, formulou sua teoria geral das neuroses abandonando as especulações fisiológicas do Projeto pelas propriamente psicológicas.

Ao analisar essa evolução do pensamento de Freud, Andersson também recupera a importância que a psicologia de Johann Friedrich Herbart (1776-1841) teve para a elaboração da psicologia psicanalítica freudiana. Para Herbart, o psiquismo é composto por um conjunto de unidades (átomos) que são, para ele, as representações. A relação entre essas representações, no que se refere à sua determinação recíproca e aos efeitos dessas determinações, deve ser explicada em termos de uma "mecânica das representações" (*Vorstellungsmechanik*) numa interação dinâmica de ideias (p. 44). A concepção de uma "mecânica das representações" e a adoção do ponto de vista dinâmico como guia para a pesquisa das explicações são elementos fundamentais da psicologia herbatiana, cuja influência kantiana não pode ser desconsiderada. Andersson mostra, assim, que a psicanálise de Freud é construída sob forte influência da psicologia de Herbart, tanto no que diz respeito ao uso de termos e explicações propriamente psicológicas como na presença de um ponto de vista dinâmico referido às representações. Meu artigo sobre as especulações em Freud, publicado no vol. 5, n. 1, de *Natureza humana*, analisa mais detalhadamente esse aspecto metodológico que guia Freud na construção da psicanálise, integrado numa linha de pesquisa na qual é possível reconhecer, além de Herbart, outros intelectuais importantes para o entendimento das concepções metodológicas de Freud, tais como G. Th. Fechner (1801-1887), H. L. F. von Helmholtz (1821-1894), E. W. von Brücke (1819-1892) e E. Mach (1838-1916).

A primeira parte do livro de Andersson analisa as heranças de Freud, mostrando suas dívidas com Herbart, Charcot, Breuer, Meynert e Bernheim para a formulação de suas teorias propriamente psicológicas, bem como sua originalidade na construção do método psicanalítico. Todas as grandes descobertas desse período – a importância da sexualidade na etiologia das neuroses, a noção de um inconsciente dinâmico movido por representações carregadas de afeto ou energia de natureza sexual que procura descarga, a noção de um "eu" que se defende de certas representações, o recalque, etc. – têm nos contemporâneos de Freud referências significativas; ainda que nenhum deles tenha, de fato, conjugado todos esses elementos em função de um método específico de tratamento psíquico.

A segunda parte corresponde ao artigo de Andersson sobre a história de Fanny Moser (Emmy v. N), a quem o folclore credita ter dito a Freud "...não me toque, deixe-me falar!" Ao tornar possível reconstruir a história dessa paciente de Freud, também obtemos uma contribuição para avaliar tanto o entendimento quanto o tipo de tratamento que Freud deu a essa paciente. Este estudo desfaz alguns mitos e reenvia o método de tratamento psicanalítico para um quadro onde pode ser avaliado em sua eficiência terapêutica, logo, sobre a correção ou não das concepções teóricas que o guiam.

Os tradutores optaram por "traduzir a versão francesa na íntegra" (p. 12) e, ao que tudo indica, consultaram tanto o original em inglês como a tradução italiana, dado que fizeram algumas opções que divergem da versão francesa: em especial no que se refere à eliminação dos dois primeiros parágrafos do prefácio, que constam apenas na versão francesa e não estão presentes nem no original nem na versão italiana; e na manutenção de termos em alemão, uma ou outra vez sem tradução, tal como no original, mas geralmente traduzidos na versão francesa. Dentre os termos mantidos em alemão, um mereceria ser comentado visando a esclarecer o leitor, dado que é um conceito central referido às opções metodológicas e conceituais de Freud: *Vorstellungsmechanik* ou "mecânica das representações". Aqui, torna-se necessário apontar um pequeno erro na versão em português, que não ocorre noutras traduções, pois leva a uma má compreensão das teses apresentadas. A frase "*What mains of Herbartian psychology, however, is the basic Idea of the book: the conception of psychic phenomena as manifestations of a`Vorstellungsmechanik', a dynamic interaction of ideas*" (no original, p. 13), foi vertida para "No entanto, aquilo que permanece da psicologia herbartiana representa a ideia fundamental de seu livro: a concepção dos fenômenos psíquicos como manifestação de uma *Vorstellungsmechanik*, ou seja, de uma interação mecânica de ideias" (pp. 43-44). Ao traduzir "*a dynamic interaction of ideas*" por "uma interação mecânica de ideias", substituindo a dinâmica pela mecânica, temos uma adulteração do sentido do texto que obscurece o entendimento das concepções de Herbart; pois ele considerava as representações enquanto "átomos" do psiquismo, cujo comportamento deveria ser concebido tal como forças em conflito, marcando, pois, sua aderência ao ponto de vista dinâmico (um dos princípios metodológicos do programa de pesquisa kantiano para as ciências naturais). Ao confundir *dinâmica* com *mecânica*, obscurecem-se não só as posições de Herbart como as de Freud, que terá no ponto de vista dinâmico um dos diferenciadores de sua psicologia,[2] inclusive se opondo a um ponto de vista mecânico como guia metodológico na procura de explicações dos fenômenos psíquicos.

O livro de Andersson corresponde a uma análise histórico-crítica de uma parte da história do desenvolvimento do pensamento de Freud, contribuindo para que se possa reconhecer com mais clareza o que foi, de fato, original nas propostas de Freud e o que constitui o uso de concepções já estabelecidas em sua época. Isso não só esclarece como aprofunda nossa compreensão da psicanálise, tanto como método de tratamento quanto como doutrina teórica.

---

[2] Freud 1913m, p. 207.

ENSAIO 6

O abandono da hipnose e a leitura metapsicológica dos sintomas

Não há processo analítico que não coloque, num ou noutro momento de sua realização, a questão da adequabilidade do uso do divã, ou da manutenção das entrevistas face-a-face. Neste artigo pretendo fazer algumas considerações sobre o gesto freudiano do abandono da hipnose e a inclusão do divã enquanto dispositivo técnico, bem como pôr em evidência algumas das consequências deste ato para a constituição do saber psicanalítico. Entre estas consequências pretendo mostrar porque Freud teve a necessidade de formular uma teoria para a compreensão dos fenômenos psíquicos diferenciando-se da prática descritivista de *mestre Charcot*.[1]

Este gesto simples e audacioso, que apresenta um novo método para o tratamento dos neuróticos, tem como fundamento mudanças epistemológicas profundas no modo de compreensão do que é o sintoma e representa a constituição de uma nova racionalidade clínica. Para compreender este aspecto da proposta freudiana, retomarei a posição de Charcot como um representante limite da racionalidade clínica do século XIX.[2] Suponho que uma maneira segura para a compreensão do tema dentro do campo psicanalítico é seguir as próprias indicações de Freud quando do obituário de Charcot em 1893. Este texto nos servirá de guia e recorte para mostrar o que fascinou Freud no mestre francês, como também o que o distanciou levando-o à fundação da metapsicologia.

---

[1] Freud 1893f, p. 12. p. 62.

[2] A análise dessa "racionalidade" pode ser encontrada em Foucault (1977).

Convém lembrar que em 1893 Freud ainda não havia formulado a psicanálise como teoria metapsicológica, o termo aparecerá, pela primeira vez, em 1896 numa carta a Fliess,[3] e sua definição mais precisa só acontecerá em 1915.[4] Neste artigo estarei interpretando o texto de 1893 em função do desenvolvimento futuro da obra de Freud. Não se trata aqui de refazer a análise dessa história, retomando mais uma vez o abandono da hipnose, mas de lembrar o significado dessa passagem, pois, a meu ver, toda experiência analítica permanece contemporânea deste gesto freudiano.

Referências a *mestre Charcot*

Charcot é, ao mesmo tempo, um clássico da neurologia do século XIX e um pesquisador que ultrapassa certos fundamentos básicos desse saber. Em primeiro lugar deve-se lembrar que toda a tradição da medicina clínica dessa época tinha na "visibilidade" seu imperativo.[5] Para que uma clínica fosse possível era necessário que os sintomas pudessem ser visualizados e agrupados em entidades patológicas. Cabia ao médico um procedimento de observação onde os signos da doença deveriam ser apreendidos e destacados de um conjunto heterogêneo de sintomas para que, então, fosse possível identificar a forma mórbida na sua especificidade, e depois procurar a sua etiologia.

Freud elogia a capacidade de Charcot de apreender formas clínicas novas nomeando aquilo que até então era desconhecido, articulando a anatomia patológica à neuropatologia. Tratava-se, em Charcot, de tornar visível os sintomas e seus agrupamentos em formas clínicas

---

[3] A referência à "metapsicologia" aparece na correspondência de Freud a Fliess (Masson 1986) nas cartas de 13/02/1896, 02/04/1896, 17/12/1896, 21/09/1897 e 10/03/1898.

[4] Freud 1915e, p. 182.

[5] Diz Foucault: "no início do século XIX, os médicos descreveram o que durante séculos, permanecera abaixo do limiar do visível e do enunciável." (1977, p. X). Neste texto o autor mostra que esse "imperativo de visibilidade" é uma condição para o nascimento da clínica.

específicas, e tentar estabelecer a "localização" de uma lesão no sistema nervoso, fosse esta última tópica ou dinâmica.

O que vai chamar a atenção de Freud é seu olho clínico associado à compreensão da histeria:

> "De tudo que eu vi com Charcot, o que fez sobre mim a maior impressão, foram suas últimas investigações sobre a histeria, que, aliás em parte, foram efetuadas ainda sob meus olhos."[6]

Lembremos que Charcot faz, no Sapêtrière, uma ação surpreendente: ele distingue os pacientes histéricos dos epilépticos, dando à histeria uma realidade clínica desprezada até então. O gesto parece ser muito simples, e os critérios de diferenciação também. A princípio os mesmos sintomas podem ser vistos tanto nos histéricos quanto nos epilépticos, mas os histéricos reagem ao que Charcot denominou "zonas histerógenas",[7] o que não ocorreria nos epilépticos. Freud compara essa atitude de Charcot em relação à histeria ao ato libertador de Pinel em relação aos doentes mentais.[8] Esse proceder pôde fornecer uma nova realidade à histeria, dando ao saber um novo campo de trabalho e pesquisa:

> "[Charcot] tratou a histeria como sendo apenas mais um tópico da neuropatologia, forneceu a descrição completa de seus fenômenos, demonstrou que estes tinham suas próprias leis e regularidades, e mostrou como reconhecer os sintomas que possibilitam a feitura de um diagnóstico de histeria."[9]

Freud também ressalta que Charcot, por meio do uso da hipnose, pode obter um avanço extremamente importante para a compreensão das neuroses:

> "Enquanto [Charcot] estava empenhado no estudo das paralisias histéricas decorrentes de traumas, teve a ideia de reproduzir

---

[6] Freud 1925d, p. 10.

[7] "As 'zonas histerógenas', [são] lugares hipersensíveis do corpo cuja estimulação leve desencadeia um ataque". Freud 1888b, p. 41.

[8] Freud 1893f, p. 19.

[9] Freud 1893f, p. 20.

artificialmente essas paralisias, que antes diferenciara das orgânicas com todo cuidado. Para esse propósito, utilizou pacientes histéricos que colocava em estado de sonambulismo, hipnotizando-os. Teve êxito em provar, por meio de uma sólida cadeia de argumentos, que essas paralisias eram o resultado de ideias que tinham dominado o cérebro do paciente em momentos de disposição especial. Desse modo, o mecanismo de um fenômeno histérico foi explicado pela primeira vez. Essa amostra incomparavelmente arguta de investigação clínica foi depois retomada por seu discípulo, Pierre Janet, assim como por Breuer e outros, que desenvolveram a partir dela uma teoria da neurose que coincidia com a visão medieval – depois deles terem substituído o "demônio" da fantasia clerical por uma fórmula psicológica."[10]

Como sabemos, não é apenas de Charcot que Freud retira sua compreensão dos neuróticos, e dos meios usados para tratá-los. A referência à hipnose e à histeria também nos leva a outras contribuições, face às quais convém especificar as paternidades. De Charcot, Freud apreende a compreensão do mecanismo de funcionamento da histeria traumática como efeito de uma divisão da consciência; de Liébault e Bernheim a compreensão do fenômeno da hipnose e seu fundamento na sugestão; de Janet a descrição e colocação em evidência dos processos mentais inconscientes; e de Breuer o desvelamento do procedimento catártico como modo de pesquisa da etiologia e da cura das neuroses.

O abandono da hipnose e do método catártico a favor da utilização do dispositivo analítico da associação livre e do divã, significa a fundação da técnica analítica. Este ato envolve uma nova compreensão da patologia histérica[11] que abandona a visão neuro e anátomo-patológica da época, mostra o que se pode atingir por meio da ampliação do campo da consciência pela hipnose, explicita o mecanismo de sugestão

---

[10] Freud 1893f, p. 22.

[11] Cabe aqui lembrar que fazia parte da prática médica psiquiátrica do final do século XIX a escolha de uma patologia específica como paradigma para as outras patologias nervosas. É o caso da "*Síndrome de incorporação motora*" de Gilles de la Tourettte, da "*Dementia Praecox*" de Kraeplin, da "*Esquizofrenia*" de Breuler; e também será a *histeria* e a *neurose* obssessiva com Freud, como comenta Mezan falando do desenvolvimento dos paradigmas na psicanálise (Mezan 1998, p. 122 e 127).

hipnótica como centrado na figura do médico, faz o desvelamento da transferência, e revela que a hipnose dissimula as resistências e interdita ao médico toda percepção do jogo de forças psíquicas,[12] pondo, assim em evidência, o verdadeiro motor do processo de cura.

Da simples descrição à explicação dinâmica

Há um aspecto fundamental a ser evidenciado nessa associação com Charcot: a ideia de que a clínica está construída sobre o imperativo da visibilidade do sintoma. Esse "olhar clínico" também é em Freud um de seus fundamentos básicos. No entanto, o passo seguinte é o que fará a grande diferença entre eles, pois a descrição dos signos da doença não será mais suficiente e Freud lhe acrescentará uma nova maneira de explicar os fenômenos patológicos.

Em Charcot trata-se de ver e descrever. Retomemos como Freud o caracteriza:

> "Não era alguém que ruminasse, nem um pensador, mas uma natureza artisticamente dotada, segundo seus próprios termos um *visuel*,[A] um homem que vê."[13]

Quando Freud propõe a Charcot um trabalho em conjunto, onde seriam comparadas as paralisias orgânicas com as histéricas, ele logo percebeu que Charcot não tinha muito interesse pela psicologia:

> "Era fácil ver que, no fundo, ele não tinha nenhuma predileção particular para entrar mais profundamente na psicologia das neuroses".[14]

O que significa que Charcot mantinha-se fiel a uma prática que visava uma certa fenomenologia clínica, e que isto era tanto necessário

---

A Em francês no texto.

12 Freud 1904a, p. 251.

13 Freud 1893f, p. 12.

14 Freud 1925d, p. 10.

quanto suficiente para o entendimento das patologias. Charcot não tinha, então, necessidade de uma teoria psicológica para ler os sintomas. Com Janet estamos numa posição muito próxima à de Charcot, um continuador do mesmo paradigma neuropatológico.

Podemos, agora, entender de forma mais clara, reapresentando o próprio texto de Freud, o afastamento desse paradigma:

> "A psicanálise começou com pesquisas sobre a histeria, mas, com o decorrer dos anos, estendeu-se muito além desse campo de trabalho. *Os Estudos Sobre a Histeria*, de autoria de Breuer e minha, publicados em 1895, foram os primórdios da psicanálise. Eles seguiram a via aberta por Charcot sobre a histeria <<traumática>>, as investigações de Liébault e Bernheim sobre os fenômenos da hipnose e os estudos de Janet sobre os processos mentais inconscientes. A psicanálise logo encontrou-se em nítida oposição com as concepções de Janet, porque a) ela recusa considerar a histeria como uma degenerescência congenital hereditária, b) *ela propõe, no lugar de uma simples descrição, uma explicação dinâmica fundada sobre a interação de forças psíquicas*, e c) ela atribui a origem da dissociação psíquica (cuja importância tinha sido igualmente reconhecida por Janet), não a um [fracasso da] síntese mental resultante da incapacidade congenital, mas a um processo psíquico particular conhecido pelo nome de <<recalcamento>>".[15]

Aqui podemos observar uma distinção entre a atividade "descritiva" própria à prática de Charcot e Janet, e a explicação freudiana. Isso será fundamental pois o caso clínico em psicanálise não poderá ser confundido com uma descrição dos sintomas, mas deve ser inserido numa interpretação dos acontecimentos clínicos por meio de um saber que lê os sintomas utilizando uma "explicação dinâmica fundada sobre a interação de forças."[16] O "imperativo de visibilidade" é, no entanto, uma regra metodológica que anima e sustenta a prática clínica, tanto numa postura puramente descritiva quanto numa explicação

---

[15] Freud 1913m, 12, pp. 07-208. Sou eu que destaco.

[16] Lembremos que Freud declara, em sua autobiografia de 1925, sua admiração e respeito por Brücke (um discípulo de Helmholtz, que por sua vez é claramente um neo-kantiano). A exigência de uma explicação dinâmica é também um fruto dessa formação científica que Freud tivera no laboratório de Brücke.

metapsicológica baseada na dinâmica de forças consideradas inerentes ao funcionamento psíquico.

Lembremos ainda que Freud também fora educado dentro do mesmo critério de visibilidade. Seus primeiros trabalhos de pesquisa científica dedicavam-se a tornar visível estruturas anátomo-neurológicas,[17] e foi de maneira vagarosa que ele abandonou a ideia da lesão localizada como base dos distúrbios neuropatológicos.[18] Só bem mais tarde é que ele dá o passo conceitual que retira da anatomia[19] a explicação causal central dos fenômenos neuróticos.

O recentramento do dispositivo clínico

Uma vez traçadas essas características, podemos ressaltar um outro aspecto presente tanto na prática médica de Charcot quanto na clínica freudiana: a relação entre o paciente e o sintoma no quadro do tratamento, ainda que essa relação seja compreendida de forma totalmente diferente em cada um destes procedimentos.

Há na passagem Charcot-Freud uma mudança no modo como se compreende o que é um sintoma e como se pode agir sobre a neurose. A introdução de uma modificação na sua técnica de tratamento representa uma mudança epistemológica e metodológia que não foi feita ao acaso numa experimentação cega, mas pensada e efetuada em decorrência da reformulação do modo de compreender os fenômenos

---

[17] Como é fácil perceber pela relação de alguns de seus trabalhos: S. Freud 1877, *Observations sur la configuration et la struture fine des organes lobés, décrits comme étant les testicules de l'anguille*; S. Freud 1878, *Des ganglios spinaux et de la moelle épinère de Petromyzo*; S. Freud 1879, *Notice sur une méthode pour la préparation anatomique du système nerveux*; S. Freud 1882, *La structure de éléments du système nerveux*; S. Freud 1884, *Un cas d'hémorragie cérébrale avec symptômes en foyer indirects de la base dans un scorbut*; S. Freud 1885, *Contribuitions à la connaissance de l'effet de la coca*; S. Freud 1886, *Névrité aiguë multiple des nerfs spinaux et cérébraux.*

[18] Freud 1891 [*Contribuitions à la conception des aphasies*, Paris, PUF 1987], onde ele opõe-se à tese da localização para defender a tese de um distúrbio dinâmico como explicação das afasias.

[19] Freud 1893c, p. 50.

patológicos, na procura do entendimento e da cura. Mesmo que Freud tenha chegado a essa descoberta por tateamento, não é por acaso que ele propõe uma nova técnica; é como uma consequência necessária de seu pensamento.

Quando Freud se decide pelo abandono da hipnose, esta não ia assim tão mal para ele enquanto instrumento clínico. Em seu texto *Um caso de cura por Hipnose* (1892b), há a evidência de que esta técnica não era tão ineficaz e inútil, tal como, por exemplo, a eletroterapia W. Erb.[20] Pelo contrário, a hipnose era, até então, o seu melhor instrumento de tratamento. A clássica indicação sobre a incompetência de Freud como hipnotisador deve ser tomada com reserva, bem como deve ser entendida como um certa ironia sua declaração:

> "Eu não suporto que me olhem durante oito horas por dia (ou mais)".[21]

Ainda que esses fatores estivessem presentes (o que também nos leva a desmitificar a imagem de Freud) exercendo pressão em direção a uma mudança nos dispositivos técnicos do tratamento.

Com Charcot encontramos uma "racionalidade clínica" que compreende o sintoma como efeito derivado de uma lesão funcional que provoca uma cisão da consciência. Quando ele demonstrava e tornava visível os sintomas histéricos nas suas apresentações no anfiteatro do Salpêtrière, revelando seus mecanismos ao produzi-los e suprimi-los, o centro das atenções e das preocupações, o que merecia cuidado e tratamento, era o sintoma e não exatamente o paciente. No mesmo momento em que Charcot faz com que o sintoma seja visível, o paciente que o porta não mais interessa, ele é como que um apêndice da entidade mórbida ali visualizada. Tudo aquilo que importa do

---

[20] Freud 1925d, pp. 15-16.

[21] Freud continua esta frase comentando seus motivos: "Como eu me deixo levar, ao longo das sessões, por meus pensamentos inconscientes, eu não quero que a expressão de meu rosto possa fornecer ao paciente certas indicações que ele pode interpretar ou que influenciem sua fala". Freud 1913c, p. 134.

paciente são os signos que caracterizam a sua doença, a histérica só interessa enquanto ela encarna a histeria. Tudo o que acontece ao doente vem apenas testemunhar sobre sua patologia, é apenas mais um índice, um signo da entidade mórbida. A voz ativa que comanda as significações dos sintomas é, neste caso, a voz de Charcot, o médico e o mestre da histeria.[22]

Para Freud a situação é completamente diferente. O sintoma é, para ele, um ato psíquico, uma formação inconsciente e não mais um conjunto de signos desconectados, frutos de uma entidade mórbida. O próprio paciente é uma unidade de relações causais, e o sintoma é um ato pleno de significado dentro de uma rede de sentidos dependentes. Neste momento de abandono da hipnose, Freud ainda não escrevera a *Traumdeutung*, mas a condição básica representada por sua posição como cientista da natureza o leva a aplicar ao universo anímico a mesma lei da determinação universal. Associado a esta tese, Freud entende que é o paciente que detém a explicação dos sentidos de seus sintomas, e que cabe ao médico o levar, dentro do possível, até a descoberta desses sentidos, mas que não é do médico que eles provêm. O pressuposto da determinação universal, como base da compreensão do sintoma enquanto uma formação inconsciente, é também a base conceitual que sustenta o abandono da hipnose e a proposta da técnica da associação livre:

> "Uma sólida confiança no rigor do determinismo no animismo tem certamente sua parte no recurso a esta técnica [da associação livre] que deveria substituir a hipnose".[23]

No novo método não cabe mais ao médico dizer a verdade do sintoma, mas trata-se de decifrar, em cada caso específico, a cadeia causal inconsciente que produz o sintoma, o que só pode ser feito por

---

[22] Nesse sentido, todo procedimento clínico que reproduzisse essa atitude, perdendo de vista o paciente e colocando em seu lugar um outro objeto – seja ele o discurso, a linguagem, a defesa, o inconsciente, etc. – estaria, nesta perspectiva, reproduzindo o mesmo tipo de descentramento clínico, tomando o paciente por uma de suas partes e deixando-o, portanto, à margem do seu tratamento.

[23] Freud 1923a, p. 238.

meio do discurso do próprio paciente. Ou seja, o paciente reaparece ocupando o primeiro plano do tratamento. A revolução freudiana na reformulação da racionalidade clínica até então vigente, faz com que o paciente passe a ocupar o centro do dispositivo clínico. Dizendo ainda de uma maneira mais direta, o paciente não está mais separado de seu sintoma, ele é o seu sintoma e não o seu objeto.

Considerações sobre o uso do divã

Estes *a prioris* (insuficiência da hipnose e do método catártico, reformulação na compreensão do sintoma e desvelamento da transferência) sustentam a introdução da técnica da associação livre. Mas neste momento Freud não se estende na explicação das consequências de manter-se fora do campo de visão de seu paciente, apesar de colocar lado a lado essa atitude e a importância dos mecanismos transferenciais no trabalho de cura. Sua reformulação do procedimento técnico visa agir sobre esta transferência, fazendo com que o paciente se volte para sua própria atividade psíquica:

> "O método catártico já havia renunciado à sugestão. Freud deu um passo a mais rejeitando igualmente a hipnose. Ele trata atualmente seus doentes da seguinte forma: sem procurar influenciá-los de outra maneira, ele os convida a estender-se comodamente sobre um divã, enquanto ele-mesmo retira-se do seu olhar, sentando-se atrás deles. Ele não pede aos pacientes que fechem os olhos, e evita tocá-los, como também [evita] empregar qualquer outro procedimento que lembre a hipnose. Este tipo de sessão se passa como uma conversa de duas pessoas em estado de vigília na qual uma se poupa todo esforço muscular, toda impressão sensorial capaz de desviar sua atenção de sua própria atividade psíquica."[24]

Nessa mudança algo do "olhar" é afastado por meio de seu gesto. Não se trata de abandoná-lo completamente mas de colocá-lo

[24] Freud 1904a, p. 250.

temporariamente à parte, visando fornecer ao paciente certas condições para que ele possa realizar o trabalho de significação e re-significação do seu funcionamento psíquico.

Podemos indicar algumas características dessa passagem. Em primeiro lugar, o contrato social se modifica recolocando-se assim, para o paciente, um vazio a ser ocupado por aquilo que pode e o que não pode ser dito quando não se está mais face-a-face com o outro. Em segundo, elimina-se ou diminui-se o prazer de ver o outro, algo que funciona na relação interpessoal sustentada nos mecanismos de sedução mas também nos de controle.

O olhar pertence necessariamente ao imaginário, e no momento do encontro face-a-face o outro é personificado pelas imagens do olhar. No entanto, ao fazer desaparecer o analista do campo de visão do paciente, essa relação não se apoia mais (ou se apoia pouco) no jogo especular. Esta atitude produz um lugar vazio a ser ocupado pelas projeções do paciente com aquilo que é o outro para ele. No entanto, deve-se marcar que esse dispositivo é sustentado pela transferência. O analista não desaparece, ele permanece como um terceiro *presente* no encontro do paciente com este "outro", "lugar vazio", e é justamente nesse "encontro" que se repete a neurose a ser tratada.

Parece-me importante destacar que, para que esse dispositivo possa ser instaurado, são necessárias certas condições. Em primeiro lugar, é preciso que o paciente tenha disponível, na sua organização psíquica, esse outro, lugar vazio, próprio a seu mundo simbólico. Ou seja, se o paciente não concebe, ou não suporta, relacionar-se com esse "lugar vacante", a saída do analista do campo de visão do paciente coincide com a exclusão real do outro enquanto pólo de relação. O paciente tenderia, então, a girar no vazio de seu mundo imaginário, sem a possibilidade de qualquer resignificação, pois não incluiria este outro sustentado pela transferência enquanto motor da cura. Neste sentido encontramos também na relação transferencial certas condições para que seja possível o uso do divã. É necessário que o paciente já tenha estabelecido um certo patamar de ligação afetiva baseada na confiança no analista, sem o que a passagem para o divã encontraria sérias dificuldades para atingir os objetivos que o dispositivo técnico pretende instaurar.

Essa mudança de dispositivo que abandona parcialmente o olhar, deveria possibilitar que o paciente se encontrasse, neste momento, sozinho consigo mesmo, com seu outro ausente-presente. Ao não ter mais alguém face a seus olhos, o paciente poderia dirigir seu pensamento à sua palavra e à sua imaginação. Isto deveria possibilitar um processo de regressão às formas básicas de relação do paciente com o mundo, base de sua neurose.

Vimos que o método psicanalítico recoloca o paciente no centro do dispositivo clínico. No entanto, o que parece contraditório com esse recentramento, na passagem do paciente para o divã, é que, não podendo ver, o paciente é lançado num jogo de ausências, produzindo nele um certo sentimento de desaparecer. Mas, é justamente por causa dessa ausência que ele é obrigado a identificar-se à sua palavra. Ao abandonar o jogo e as determinações próprias do "olhar e ser olhado", o paciente é então levado para o campo da fala, ainda que uma grande parte do que se passa numa análise não seja redutível à expressão linguística. No entanto, é preciso que existam condições psíquicas para que o paciente possa suportar esse "desaparecer".

Essa passagem do abandono do olhar não se faz sem problemas e nem pode ser tomada como um imperativo. Há certos pacientes melancólicos ou depressivos, certas patologias de tipo traumático, que nos mostram que estes pacientes não suportam se ausentar e olhar para outro lugar.[25] Seria talvez inumano pedir-lhes que abandonem o "olhar", que num certo sentido "desapareçam", justamente quando

[25] Aqui refiro-me ao campo das neuroses, objeto de base do trabalho analítico. No caso das psicoses me parece mais evidente a necessidade que estes pacientes têm de serem sustentados pelo contato direto com o analista, e da inadequabilidade, em termos gerais, do uso do divã, instrumento que pede recursos simbólicos que geralmente não estão disponíveis, ou não existem, para estes pacientes.

eles têm o sentimento permanente de desaparecer para o outro. Para estes pacientes, que são frequentemente pouco (e/ou distorcidamente) vistos, ou que se consideram como tal, caberia lembrar que eles precisam de uma sustentação *também* dada pelo "olhar". O que nos reenvia novamente para a análise das condições de possibilidade para o uso do dispositivo técnico do divã.[26]

Além disso há um universo fantasmático extremamente importante em jogo. O abandono do olhar para colocar o paciente deitado no divã também pode carregar consigo fantasmas de sedução e fantasias eróticas. Deve-se, assim, estar atento para o que pode significar, no plano fantasmático, "estar deitado e ter alguém nas suas costas", o que pode facilmente tomar conotações extremamente primitivas e violentas. Não é raro também que a passagem ao divã seja realizada como um presente transferencial ao analista: "já que você deseja...".

Evidentemente a preocupação do analista é poder, num dado momento do processo analítico, obter essa mudança de eixo, possibilitando que o paciente suporte frustar-se ao objeto do olhar para entrar na prática de resignificação pelas palavras. No entanto, não se trata de uma passagem simples, pelo contrário, ela pode representar tanto o início de uma análise como a sua destruição.

Por outro lado, é comum a crítica aos psicanalistas condenando-os como aqueles que não gostam do olhar, como aqueles que evitam o olhar para se protegerem e, por isso, o proíbem. Não é esse o motivo que anima a utilização do divã como dispositivo técnico, ainda que isto possa ocorrer com alguns analistas. Trata-se sim, de uma mudança metodológica e epistemológica, extremamente importante, que procura proporcionar ao paciente que ele se encontre só consigo mesmo na presença de um terceiro, e possa relançar o processo de resignificação de suas relações.

---

[26] Freud toca neste aspecto do problema sem se deter para uma análise mais pormenorizada em 1913c, p. 93.

A introdução da teoria metapsicológica

O método psicanalítico exige uma mudança na racionalidade clínica aqui representada pela escola de Charcot. No momento em que ocorre a passagem do olhar para a escuta do sintoma, muda-se o eixo da relação terapêutica. O paciente é, agora, impulsionado a ser o agente de sua cura, enquanto que o analista passa a ser esse outro ausente-presente que pode sustentar o processo.

Podemos, agora, marcar e entender uma diferença entre a leitura-escuta do sintoma em Freud e a prática descritivista de Charcot e Janet. Ao tomar o sintoma como uma formação inconsciente torna-se necessário decifrá-lo em termos das "forças dinâmicas que compõem o aparelho psíquico", toma-lo como algo a ser desvelado, como um texto em hieróglifo a ser lido. Impõe-se, portanto, tal qual no "modelo do sonho", uma linguagem que possibilite ler o sintoma dentro dessa perspectiva, algo que dê as coordenadas simbólicas para a leitura do inconsciente. Não basta descrever, é preciso uma teoria que possibilite ler para além da superfície do sintoma.

Com isso, pode-se entender por que Charcot não foi considerado por Freud como um "pensador": Charcot não tinha necessidade de uma teoria, ele só precisava descrever os sintomas e seus mecanismos. Mas, com Freud a realidade clínica modifica-se, o sintoma será decifrável através da descoberta de suas conexões causais com todos os elementos que compõem o psiquismo do paciente dentro de uma explicação dinâmica das forças inconscientes. O sintoma toma o lugar de uma "ação acertada" do paciente e não de um "engano" causado por alguma disfunção físico-química ou por um automatismo comportamental.

O sintoma faz parte de uma rede de determinações que inscreve no próprio paciente aquilo que ele é, a sua história. Essa inscrição, ou noutros termos, as formações inconscientes, são apresentadas pelo paciente sempre de forma parcial, truncada e deformada. Cabe à análise decifrar e reescrever a história do paciente (missão impossível de ser cumprida na sua totalidade), reformulando as relações do paciente com seu presente (ainda que não se tenha nenhuma garantia de que isto ocorra). Quando o analista escuta o paciente, ele também "lê" sua história.

Esse entendimento nos leva a tomar o conjunto de dados que o paciente nos traz como um texto inconsciente[27] a ser desvelado; no entanto, essa analogia é apenas parcialmente válida. A expressão do inconsciente tem uma natureza diferente da de um texto ou de uma escrita. É certo que Freud compara o sonho a uma escrita antiga, mas ele também toma o cuidado de marcar a profunda diferença que os separa, ressaltando, por exemplo, que a escrita visa, de uma maneira ou outra, ser compreendida, enquanto que o sonho, pelo contrário, pretende permanecer incompreendido, e está muito longe de ser tomado como um meio de comunicação.[28] Mesmo assim Freud não abandona completamente sua comparação, pois o problema da leitura daquilo que o paciente lhe traz permaneceu-lhe sempre atual e atuante na produção da sua teoria.

Surge, então, a questão: por que Freud teve necessidade de elaborar uma teoria? Podemos dizer que os mesmos critérios que o levaram a abandonar a hipnose e o método catártico, mostraram que só a descrição não bastava, que havia processos que iam para além do que a medicina e a psicologia tornavam possíveis apreender, que havia processos "meta", processos que a descrição dos signos aparentes do funcionamento psíquico jamais tornariam visíveis e compreensíveis. Freud forja, então, uma teoria como um instrumento que possibilita compreender as formações e os mecanismos inconscientes, mostrando que só a psicologia não é suficiente. Trata-se de uma nova psicologia, mas que deve ser nomeada diferentemente, já que faz ver outros

---

[27] Assoun 1997.

[28] Freud 1916x, p. 231.

elementos do funcionamento psíquico. Freud escolhe um nome face ao qual ele mesmo tem suas dúvidas, como podemos ler na sua carta a Fliess de 10/03/1898:

> "A propósito, vou perguntar-lhe a sério se posso usar o nome de metapsicologia para minha psicologia que se estende para além da consciência."[29]

Características gerais da metapsicologia e a relação particular entre a teoria e a clínica na psicanálise

Mas o que é essa metapsicologia? Para Freud, ela é a teoria que possibilita "uma explicação dinâmica fundada sobre a interação de forças psíquicas" da psicologia humana; é fruto do mesmo procedimento paciencioso da observação e tem como condição o mesmo critério da visibilidade (agora das forças dinâmicas em ação no aparelho psíquico). A metapsicologia é um saber dependente do contato constante e repetitivo com a clínica, como ele mesmo comenta em diversas passagens de sua obra.[30]

Dentro desse ponto de vista, se o sintoma pode ser considerado como uma formação inconsciente, como uma expressão a ser decifrada, a interpretação será como uma tradução, uma segunda escrita deste conjunto inicial e a metapsicologia, será, simultaneamente, o instrumento que possibilita essa tradução e o "conjunto de conhecimentos" apreendidos a partir da elaboração conceitual da experiência clínica. Aqui podemos entender uma importante transformação no que diz respeito à própria psicopatologia. Esta não será mais a descrição dos sintomas e suas formas clínicas, mas a explicação dinâmica da organização psicológica, tendo como pressuposto que o funcionamento psíquico tem em sua base as forças pulsionais e que o psiquismo humano se estabelece

---

[29] Masson 1986, p. 302.

[30] Por exemplo: Freud 1923a, p. 240; 1926f, p. 267; 1926d, p. 143.

dividido em instâncias em conflito.[31] Quando Freud formula a teoria psicanalítica ele está reformulando a própria psicopatologia. Em síntese: a metapsicologia é uma nova psicopatologia.

A diferença entre uma clínica não-analítica (incluso aqui a psicologia clínica em geral) e a clínica psicanalítica, é justamente a teoria metapsicológica. Este saber é aberto à reformulações constantes em virtude de sua dependência primeira com as formações inconscientes do paciente:

> "Cada peça pode ser sacrificada e mudada sem danos ou arrependimentos, a partir do momento em que uma insuficiência é comprovada."[32]

Percebe-se, assim, a constante tarefa do analista de "ler" o que acontece no processo analítico, tendo como instrumento de leitura a metapsicologia. Essa leitura, no entanto, deve ser fruto daquilo que o paciente traz ao analista, ela não pode ser uma aplicação ao paciente de um saber metapsicológico já estabelecido. É como se, a cada paciente se partisse do "zero", mas a metapsicologia, já produzida anteriormente, se coloca como parâmetro para a reconstrução de um saber que possibilita decifrar as formações inconscientes singulares em cada caso. Podería-se dizer que a metapsicologia tem, então, como função, tornar possível uma leitura dos acontecimentos psíquicos para além daquilo que a descrição direta da experiência clínica poderia fornecer.

A desarticulação entre a metapsicologia e o método de tratamento, às vezes apresentada como oposição entre a teoria e a clínica, desfaz um dos fundamentos epistemológicos da psicanálise, que se propõe a mantê-los necessariamente como um só corpo. Como escreve Freud em 1926 definindo a psicanálise como sendo, ao mesmo tempo, o nome

---

[31] Seja em termos de qualidade psíquicas – inconscientes, pré-consciente, conscientes –, como na primeira tópica, seja em termos de instâncias propriamente ditas – Id, Ego, Super-ego –, como na segunda tópica.

[32] Freud 1925d, p. 31.

"1) de um procedimento para a investigação de processos anímicos que são pouco acessíveis de outra maneira; 2) de um método de tratamento das perturbações neuróticas que se funda sobre esta investigação; 3) de uma série de concepções psicológicas adquiridas por essa via, que crescem progressivamente para se reunirem numa nova disciplina científica".[33]

Isso nos faz suspeitar de todo entendimento metapsicológico que se coloca sem estabelecer sua correlação com seus efeitos clínicos. Da mesma maneira deve-se ter igual precaução com todo saber clínico que não se constitua também como um saber teórico, ou em termos freudianos, como um entendimento metapsicológico. A ação clínica e o fazer metapsicológico representam dois momentos, ou duas cenas diferentes da mesma prática analítica. Na composição dessas cenas deve-se poder fecundar constantemente a metapsicologia pela clínica, uma vez que a tendência da teoria é sempre afastar-se do material vivo da experiência analítica. É neste sentido que podemos retomar uma metáfora de Freud caracterizando a teoria como cinza face a experiência eternamente verdejante,[34] fazendo alusão ao que diz Mefisto a seu aprendiz:

> "Cinza, meu amigo, é toda teoria, / E verde a árvore de ouro da vida."[35]

---

[33] Freud 1923a, p. 235.

[34] Freud 1924b, p. 149.

[35] Goethe, *Fausto*, I., v. 2038-2039.

ENSAIO 7

A teoria da libido em Freud como uma hipótese especulativa

A sexualidade não é a libido. Quando Freud se refere aos fenômenos observáveis relativos à vida sexual (seja no seu sentido estrito seja no expandido, mais adequado à psicanálise), ele está apoiado em dados passíveis de comprovação empírica. Mas, ao dizer *libido*, Freud associa esse mesmo conjunto de fatos empíricos a uma suposta energia psíquica: a energia das pulsões sexuais. Pretendo mostrar que, para Freud, a *libido* não corresponde a um conceito do qual se espera uma referência empírica objetiva, mas sim uma especulação teórica, de valor apenas heurístico, ou seja, útil para explicar determinados fatos psíquicos.[1]

Ao pressupor a existência de forças psíquicas (pulsões) em conflito – como aquilo a que se deve responsabilizar como sendo a causa psíquica originária (atrás da qual nenhuma outra deve ser considerada) dos fenômenos psíquicos – Freud considerará útil também acrescentar (no caminho de construção da sua psicologia como uma ciência natural) a existência de uma dimensão quantitativa dessas pulsões:

> "Nós a representamos [a pulsão] como um certo montante de energia que impulsiona numa direção determinada."[2]

A pulsão é, para ele, uma *ideia abstrata*, um *conceito fundamental convencional* necessário à psicologia,[3] logo, distinto de um conceito

---

[1] Nem sempre a distinção entre o que é empírico e o que é especulativo na doutrina psicanalítica foi feita pelos autores pós-Freud, o que pode não só atrapalhar a compreensão das propostas freudianas como também levar a concepções epistemológicas errôneas sobre a natureza dos conceitos e teorias da ciência psicanalítica.

[2] Freud 1933a, p. 16.

[3] Freud 1915c, p. 164.

empírico. Ela corresponde a um conceito metapsicológico, quer dizer, a um conceito que está para além dos dados descritivos, introduzido como necessário à aplicação de um ponto de vista dinâmico, que servirá a Freud como um princípio metodológico *a priori*:

> "Nós nos esforçamos para estabelecer uma concepção dinâmica dos fenômenos anímicos. Os fenômenos percebidos devem, segundo nossa concepção, ceder lugar para as tendências que nós apenas supomos."[4]

Para Freud é aí que reside a marca da diferença entre a psicanálise e as outras psicologias:

> "Ela propõe, no lugar de uma simples descrição, uma explicação dinâmica fundada na interação de forças psíquicas".[5]

Na fundação da psicanálise, portanto, está essa tomada de posição a favor da concepção dinâmica, que, por sua vez, exigirá uma dimensão econômica:

> "Eu passei da apresentação descritiva à concepção dinâmica, desta a uma concepção dita 'econômica'".[6]

Assim, há que se considerar uma dependência entre a teoria das pulsões e a teoria das energias psíquicas, este fato fica claro quando Freud indica de onde retirou o termo para usar na sua metapsicologia:

> "Libido é um termo vindo da doutrina das pulsões, já utilizado nesse sentido por A. Moll (Pesquisas sobre a *libido sexualis*, 1898) para designar a expressão dinâmica da sexualidade, introduzida na psicanálise pelo autor destas linhas".[7]

Ou seja, ela corresponde ao aspecto quantitativo que se agrega ao ponto de vista dinâmico – ainda que a libido seja uma energia impossível de ser mensurada[8] –, associando às pulsões um componente

[4] Freud 1916x, p. 67.
[5] Freud 1913m, p. 29.
[6] Freud 1916-17, p. 391.
[7] Freud 1923a, p. 204.
[8] Cf. Freud 1912c, p. 125.

que permite explicar as diversas graduações e deslocamentos de seus investimentos:

> "Foram primeiramente objeto de nosso estudo somente as pulsões sexuais cuja energia nós chamamos de *libido*."[9]

Quando Freud apresenta certos desenvolvimentos da psicanálise nas suas Novas conferências, ele toma a teoria das pulsões e a teoria da libido como teorias quase sinônimas:

> "Tenho o projeto de levá-los, a partir de hoje, ao domínio da teoria da libido ou doutrina das pulsões, na qual muitas coisas tomaram igualmente uma nova configuração".[10]

Nesse mesmo texto, ele afirma que a teoria das pulsões é sua mitologia, logo, a teoria da libido também deve ser assim considerada, ou seja, tanto as forças psíquicas (pulsões) quanto as energias psíquicas de caráter sexual (libido) devem ser consideradas como conceitos que são mitos e, portanto, conceitos que não têm um referente empírico determinável.

Não se trata nem mesmo de considerar a libido como uma energia tal como já foi proposta noutros ramos das ciências naturais, seja na física (dado que ela não corresponde a nenhuma das energias aí nomeadas) seja na biologia (onde são supostas energias bioquímicas). Rapaport já observou essa diferença:

> "A energia muscular do comportamento não é a energia psicológica da qual fala a teoria psicanalítica: as forças psicológicas que, em sua atuação utilizam a psicológica, somente libertam as forças que usam a energia bioquímica dos músculos. [...] A energia psicológica é considerada como de origem impulsiva".[11]

Isso não quer dizer que em outras ciências os conceitos de força e de energia estejam melhor situados, como se na psicanálise eles

---

[9] Freud 1933a/lição32, p. 96.
[10] Freud 1933a/lição32, p. 94.
[11] Rapaport 1982, p. 60.

correspondessem a especulações enquanto que, noutras ciências, corresponderiam a fatos empíricos observáveis diretamente (e não apenas por seus efeitos). Para Freud, os conceitos fundamentais da psicanálise são tão obscuros quanto os que estão na base de outras ciências naturais:

> "Fazemos ainda, em nossos dias, a mesma experiência na física: suas intuições fundamentais sobre a matéria, os centros de força, a atração etc., são tão menos problemáticas que as concepções correspondentes em psicanálise."[12]

Somente a filosofia ou as ciências do espírito partiriam de conceitos claros e distintos, logicamente irrepreensíveis, seguindo, então, para a construção de um edifício teórico completo sem contradições e sem lacunas. Além disso, o cientista (da natureza) está sempre limitado e delimitado por um conjunto de fatos que ele apreende representando-os, não na sua totalidade, mas segundo certos aspectos considerados relevantes, ou seja, ele reduz os fatos substituindo-os pelos fatos representados. Será operando sobre essas representações que o cientista tentará explicar os fenômenos e suas relações de determinação recíproca. O ponto de partida sela, portanto, uma incompletude: os fatos são sempre mais ricos e mais complexos do que suas representações. Isso leva o cientista a, necessariamente, reconhecer suas teorias como incompletas e cheias de lacunas, as quais ele espera cobrir com o desenvolvimento das suas pesquisas. Freud sabe que é assim que ocorre na física, e defende que o mesmo aconteça com a psicanálise, ambas ciências da natureza (*Naturwissenschaft*), diferentemente do que ocorre com a filosofia e as ciências do espírito (*Geistwissenschaft*):

> "De maneira repetida, ouvi declarar com desdém que de modo algum se poderia fazer uma ciência com os conceitos supremos tão imprecisos tais como os de libido e de pulsão em psicanálise. Mas há

[12] Freud 1914c, p. 76.

na base dessa reprovação um total desconhecimento do estado das coisas. Os conceitos fundamentais claros e as definições com contornos precisos só são possíveis numa ciência do espírito, na medida em que estas querem incluir no quadro de uma formação de sistema intelectual um domínio de fatos".[13]

Freud não vê outra alternativa senão usar o conceito de pulsão, ainda que este seja obscuro.[14] A pulsão seria, então, uma força psíquica que empurra o organismo para descarregar uma pressão dada numa determinada região ou órgão, ela é uma excitação que precisa de descarga. Logo, as excitações corporais dos mais diversos tipos, relativas às zonas erógenas, deveriam também ser pensadas compreendendo montantes de energias que procuram escoamento. Se estivéssemos num quadro em que as pulsões fossem díspares em sua natureza, também poder-se-ia supor diversos tipos de energia, uma para cada tipo de pulsão. Freud não postulou a existência de uma infinidade de energias agindo no nosso interior, tampouco defendeu a presença de apenas uma única energia animando todo o psiquismo. Ele propôs um dualismo pulsional que engloba a diversidade das pulsões parciais, agrupando-as sempre segundo dois tipos básicos diferenciados e em conflito: as de autoconservação e as sexuais, na primeira tópica, e as de vida e morte, na segunda.

Freud sempre manteve em sua teoria o dualismo pulsional, pois isso possibilitava explicar os fenômenos clínicos em função de um conflito dinâmico básico, fornecendo-lhe um guia metodológico para suas formulações. No entanto, ele precisou modificar o par de pulsões básicas que comporiam esse dualismo. O primeiro dualismo pulsional, opondo as pulsões sexuais às de autoconservação, foi apenas parcialmente eficaz na resolução dos problemas próprios à psicanálise, em especial nos que dizem respeito às neuroses ditas de transferência; mas

[13] Freud 1925d, p. 58.
[14] Freud 1915c, p. 163.

este modelo encontrava dificuldades na explicação de outros fenômenos clínicos, em particular os associados às manifestações psicopatológicas, tais como a hipocondria e as neuroses ditas narcísicas. Tendo em mente essas insuficiências, em 1914, Freud aprimorou sua explicação do funcionamento das pulsões sexuais, propondo que a energia própria à pulsão sexual podia dirigir-se tanto aos objetos externos quanto ao próprio "eu" do paciente. Assim, reconhecendo que o "eu" também poderia ser investido por uma energia sexual e ser tomado como objeto da pulsão sexual, ele passa a agregar às pulsões de autoconservação um complemento libidinal; isso não seria apenas uma característica particular dos processos mórbidos, mas sim caracterizaria, até certo ponto, a própria psicologia da pessoa normal. Diz Freud:

> "O narcisismo, nesse sentido, não seria uma perversão, mas o complemento libidinal do egoísmo inerente à pulsão de autoconservação, da qual, justificadamente, se atribui uma dose a todo ser vivo."[15]

Nesse momento, ele ainda mantém a diferenciação básica entre pulsões de autoconservação e pulsões sexuais, o que deixa em aberto a questão sobre a existência de um ou dois tipos de energia animando essas pulsões.

Se a suposição da existência de forças e energias psíquicas é uma especulação, a diferenciação dos tipos de energia também tem a mesma natureza ficcional. A questão a ser colocada é: Freud tem em mente que tanto a libido como a diferenciação de dois tipos básicos de energias psíquicas são ficções? O encadeamento de seu raciocínio no texto *Introdução ao narcisismo* mostra que ele está ciente da natureza especulativa desses conceitos. Após indicar os problemas clínicos que o obrigaram a reformular suas hipóteses sobre as pulsões, introduzindo as noções de "libido do eu" e de "libido do objeto", ele apresenta duas questões a serem explicitadas. Em primeiro lugar, ele pergunta qual relação existiria entre um narcisismo e um auto-erotismo (enquanto um estado inicial

---

[15] Freud 1914c, p. 73.

da libido), pois com essa resposta ele pode reconhecer uma diferença básica entre dois tipos de pulsões:

> "É necessário admitir que não existe desde o início, no indivíduo, uma unidade comparável ao eu; o eu tem que ser desenvolvido. Pois bem, as pulsões auto-eróticas são iniciais, primordiais; algo, portanto, deve ser agregado ao auto-erotismo, uma nova ação psíquica, para que o narcisismo se constitua".[16]

Em seguida, indaga sobre o tipo de energia seria necessário supor, ao seguir o desenvolvimento de suas hipóteses sobre esses problemas clínicos específicos:

> "Se atribuímos ao eu um investimento primário de libido, por que é necessário distinguir ainda uma libido sexual de uma energia não sexual das pulsões do eu? Supor uma única espécie de energia psíquica não nos pouparia de todas as dificuldades que residem em diferenciar uma energia pulsional do eu da libido do eu, e a libido do eu da libido do objeto?"[17]

A solução desse segundo problema leva Freud a um campo desconfortável, visto que estas hipóteses não se apresentam com o peso e a sustentação da observação, ou seja, estamos no campo obscuro das ideias apenas supostas, *como se* fossem algo real, sabendo de antemão que são apenas ideias:

> "A necessidade de fornecer uma resposta decisiva à segunda pergunta [um ou dois tipos de energia, referidas às pulsões do eu] não pode senão suscitar um mal-estar notável em todo psicanalista. É-se tomado pelo sentimento de ter abandonado a observação em troca de estéreis disputas teóricas; mas não é lícito se abster de uma tentativa de clarificação. Certamente, representações tais com as de libido do eu, energia pulsional do eu e outras semelhantes não são apreensíveis com facilidade, nem seu conteúdo é suficientemente rico".[18]

Não será o raciocínio límpido, irrepreensível na sua organização lógica, que decidirá sobre o problema da escolha entre uma ou duas

---

[16] Freud 1914c, p. 77.

[17] Freud 1914c, p. 77.

[18] Freud 1914c, p. 77.

energias fundamentais. É justamente nesse ponto que Freud marca a diferença entre uma especulação, que apresenta teoria e conceitos sem nenhuma ligação direta com os dados empíricos (muitas vezes identificada por Freud às especulações da filosofia), e a especulação científica, que propõe construções auxiliares visando a resolução de certos problemas empíricos.[19] Nem a especulação filosófica nem a científica teriam valor objetivo, ou seja, empírico, mas a científica tem um valor heurístico, ela é útil para explicar aquilo que a observação (descrição) dos fatos não pode oferecer.

O critério que Freud utiliza para julgar qual a melhor hipótese, no que diz respeito à consideração da existência de uma ou mais energias diferenciadas no psiquismo, já que isso não pode ser decidido diretamente pela observação empírica, é heurístico: trata-se de saber qual das hipóteses é mais frutífera para explicar os fenômenos aos quais ela se aplica. A hipótese escolhida tem, portanto, a marca da provisoriedade: ela é a melhor (mais eficiente) até o momento, até que algo melhor se apresente. Freud especifica o valor heurístico de suas hipóteses sobre uma "libido do eu" e uma "libido do objeto":

> "O valor dos conceitos de libido do eu e libido de objeto reside no fato de que provêm do processamento das características íntimas dos processos neuróticos e psicóticos. A separação da libido em uma que é própria ao eu e uma dirigida aos objetos é a inevitável prolongação de um primeiro pressuposto que dividiu [entre si as] pulsões sexuais e pulsões do eu. Esta separação foi-me imposta , ao menos, pela análise das neuroses de transferência puras (histeria e neurose obsessiva), e tudo o que sei é que todas as tentativas para dar conta desses fenômenos por outros meios fracassaram radicalmente".[20]

Mas Freud acredita na libido como energia psíquica? Sim e não. Se entendemos "acreditar" como sinônimo de crer na realidade empírica ou no referente empírico para o conceito de libido, então podemos dizer

---

[19] Freud 1914c, pp. 84-85.

[20] Freud 1914c, p. 85.

que Freud não acredita; mas se entendemos "acreditar" como sinônimo de crer que tudo se passa *como se* uma energia psíquica existisse, então somos levados a dizer que Freud crê nessa ou nessas energias.

Um fato curioso corrobora minha interpretação da perspectiva em que Freud se colocava, epistemológica e metodologicamente falando. Em 1910, Willem Ostwald (1853-1932) – prêmio Nobel da química em 1909, representante do ponto de vista energetista, que considera a energia o fundamento de todos os movimentos no universo – convidara Freud a colaborar com um artigo:

> "Um signo dos tempos: eu recebi uma carta dizendo que o *Geheimrat*[21] Ostwald gostaria muito de um ensaio meu nos *Annalen der Naturphilosophie*. Se eu fosse mais ambicioso, teria já aceito e saberia o que escrever. Mas eu ainda estou longe de decidir".[22]

Algumas semanas mais tarde ele se mostrou indeciso e cauteloso quanto à sua participação:

> "Como signo dos tempos eu mencionei ainda que o Sr. *Geheimrat* Ostwald e a *New Presse* de Viena me pediram ambos um artigo. Eu fiz promessas a um, disse não a outro, dado que em Viena eu devo ser particularmente reservado".[23]

Jones comenta que Freud havia aceitado o convite de Ostwald em 16 de maio de 1910, mas que jamais enviou o artigo para publicação.[24] Nessa mesma época, em 1911, Freud assinou um manifesto público, junto com Mach, para a fundação de uma "Sociedade para a Filosofia Positivista".[25] A recusa de Freud em contribuir com Ostwald não parece se justificar simplesmente porque ele queria manter-se independente em suas posições, mas pode ser também entendida em função da sua não aderência

---

[21] *Geheimart* tem aqui o sentido de identificar Ostwald como uma autoridade reconhecida publicamente, como um tipo de *conselheiro* oficial para questões relativas à ciência.

[22] Freud & Jung 1992, carta a Jung de 02/05/1910, p. 409.

[23] Freud & Jung 1992, carta a Jung de 26/05/1910, p. 416.

[24] Cf. Jones 2000, p. 82.

[25] Cf. a apresentação e comentário desse documento no cap. 2 deste livro.

às teses de Ostwald, especialmente no que diz respeito à redução do fundamento causal creditado às energias – fossem elas consideradas como tendo um valor empírico, ou como tendo um valor apenas heurístico.

No desenvolvimento de suas teorias sobre o funcionamento psíquico, Freud reiterou o ponto de vista dinâmico, com seu dualismo básico de forças em conflito, como princípio básico de intelecção, enriqueceu-o com o ponto de vista econômico, com a suposição de quantidades de energia que se deslocam, e com o tópico, com a *ficção teórica* (FREUD, 1900a, p. 513) de sistemas psíquicos diferenciados espacialmente figuráveis. E a esse conjunto de explicações teóricas ele nomeou metapsicologia:

> "Eu proponho que se fale de uma apresentação metapsicológica quando nós conseguimos descrever um processo psíquico segundo suas relações dinâmicas, tópicas e econômicas".[26]

A metapsicologia pode ser considerada, portanto, como sendo um conjunto de ficções teóricas ou, como diz Freud, como uma superestrutura especulativa (*Spekulativer Überbau*) da psicanálise,[27] sempre aberta a transformações, substituições e abandonos.

O uso de conceitos especulativos de validade apenas heurística fica particularmente evidente no momento em que Freud se refere à diferenciação entre libido do eu e do objeto, comentando que esses conceitos não são o fundamento da psicanálise e podem ser, sem prejuízo, substituídos:

> "É que estas ideias [as de libido do eu e de objeto] não são o fundamento da ciência, sobre os quais tudo repousa: este fundamento, ao contrário, é somente a observação. Não constituindo as fundações mas o cume de todo edifício, elas podem, sem prejuízo, ser substituídas e retiradas".[28]

---

26 Freud 1915e, p. 182.

27 Freud 1925d, p. 32.

28 Freud 1914c, p. 76.

As ficções heurísticas, tais como as formuladas pelos conceitos de libido, pulsão, aparelho psíquico etc., tornam possível não só organizar o próprio material das observações como propor explicações para os fenômenos psíquicos, ainda que elas mesmas jamais possam ser observadas. Dado seu caráter heurístico, em certo sentido elas estão sempre sujeitas a serem abandonadas por algo mais eficaz.

A teoria da libido será articulada com todo o processo de desenvolvimento do psiquismo, visto que este será pensado pela maneira como são estabelecidas as relações entre os desejos e seus "objetos", noutras palavras, pelos tipos de investimentos libidinais que o indivíduo realiza consigo mesmo e com o mundo (seus objetos), ainda que, em certos casos, esse mundo seja o próprio indivíduo. A teoria do desenvolvimento da libido corresponde à parte especulativa da teoria do desenvolvimento da sexualidade que, subdividida em fases (oral, anal, fálica, genital), explica uma série de comportamentos observáveis, associando-os à teoria da energia sexual (libido) que investe tais e tais objetos, de tal e tal modo, segundo as fases do desenvolvimento.

O fato de Freud ter substituído o primeiro dualismo pulsional pelo segundo não modifica em nada a natureza especulativa de suas hipóteses de fundo. Se a passagem da primeira para a segunda tópica possibilita considerar que tanto as pulsões sexuais como as de autoconservação seriam impulsionadas pelo mesmo tipo de energia (a libido), ora investida nos objetos considerados externos ao eu ora no próprio eu, a questão da existência de um ou dois tipos de energia psíquicas fundamentais fica transferida, sem solução, para o novo dualismo pulsional: a libido, como energia sexual, ficaria referida à pulsão de vida, mas que energia impulsionaria a pulsão de morte? Talvez fosse de se esperar que Freud propusesse e nomeasse energias específicas movendo cada uma de suas pulsões expressas nos conflitos pulsionais básicos – seja no primeiro dualismo seja no segundo. No entanto, só a energia sexual é nomeada. Ou ainda, por outro lado, que ele defendesse uma energia única impulsionando pulsões díspares. A opção de Freud foi nomear a energia sexual, dando ênfase à importância da sexualidade na etiologia das neuroses e na constituição do psiquismo, sem se ocupar diretamente com o problema de considerar um, dois ou mais tipos de energia. O critério que leva Freud a não se ocupar com esse problema também pode ser creditado ao valor heurístico que ele reconhece nesse tema. Não se trata, para ele, de construir um edifício logicamente irrepreensível, em que todos os conceitos se articulem harmonicamente e sem lacunas, mas sim de propor conceitos e teorias que possam ter utilidade para o método psicanalítico – método que procura a cura de certos tipos de sofrimentos psíquicos.[29] Assim, parece que Freud não via necessidade nem utilidade no desenvolvimento desse tema (uma ou mais energias dispares), tomando-o, talvez, apenas como uma questão lógica (mas vazia), sem nenhum interesse prático evidente.

Essas análises nos levam a considerar em que nível determinados conceitos são colocados, estabelecendo a diferença entre conceitos empíricos e conceitos especulativos, marcando claramente o lugar em que Freud introduz suas especulações, sem que isso implique considerar que a psicanálise tenha abandonado o campo da ciência experimental, que obriga a ter nos dados observáveis e nos problemas a resolver o critério de aplicabilidade e correção (heurística) de suas teorias.

---

[29] Cf. Freud 1913j, p. 165; 1923a, p. 235.

Ensaio 8

O método analógico em Freud

A quantidade de analogias e comparações do tipo *como se* presentes no texto de Freud não é um acidente, ao contrário, aparece na grande maioria de seus textos, a ponto de encontrarmos na edição das obras completas de Freud em espanhol, organizada por Etchevery (Amorrorttu Editores), uma longa tabela de analogias utilizadas ao longo de toda a obra.[1]

Defendo que Freud as utiliza como instrumento de pesquisa no quadro característico das ciências da natureza, cônscio do seu valor heurístico. Não se trata apenas de um traço do estilo de Freud ou, ainda, de uma especificidade do seu teorizar ou mesmo do teorizar em psicanálise, mas também, mais fundamentalmente, de uma prática comum dentre os homens de ciência, aprendida, por ele, na sua formação intelectual.

Não se trata, aqui, de fazer uma discussão crítico-comparativa, retomando as análise feitas sobre o uso de analogias na pesquisa psicanalítica,[2] mas sim fornecer uma opção para as concepções de Freud sobre o uso metodológico desse dispositivo. Considero que o método analógico em Freud (com o uso de analogias e comparações do tipo *como se*) corresponde a um dos aspectos de um método especulativo de pesquisa nas ciências empíricas; cujas referências podem ser reconhecidas no programa kantiano de pesquisa *a priori* para as ciências da natureza e nas práticas de pesquisa empírica, próprias ao século XIX e que caracterizam o ambiente no qual Freud foi educado. Noutro trabalho mostrei as características desse método especulativo e o reconhecimento deste na obra de Freud.[3]

---

[1] Echeverry 1988, pp. 299-304.

[2] Alguns estudos expressivos nessa direção já foram feitos por Fédida (1994), Porte (1994), Assoun (1995), Mezan (1995 [1989]).

[3] Cf. Fulgencio 2008.

Grosso modo, mostrei que a metapsicologia freudiana (especialmente, no que se refere aos conceitos de pulsão, libido e de aparelho psíquico) são ficções teóricas de valor apenas heurístico, utilizadas tal como Kant preconizara para o uso de ficções heurísticas nas ciências da natureza e também como era comum encontrar em diversos cientistas no século XIX, dentre eles Ernst Mach.[4] Trata-se, aqui, de desenvolver mais um dos aspectos que podemos desprender da afirmação de Heidegger sobre Freud, a saber:

> "A metapsicologia de Freud é a transposição da filosofia neokantiana [da natureza] ao ser humano. Por um lado, ele [Freud] usa as ciências naturais e, por outro, a teoria kantiana da objetividade".[5]

Nesse sentido, focando o problema no caso das analogias e comparações do tipo *como se*, vou apresentar, primeiramente, o que Kant e Mach têm a dizer sobre as analogias e comparações do tipo como se nas práticas científicas de pesquisa empírica. Segundo, retomar qual é a opinião de Freud sobre esse mesmo tema, mostrando que essa é partidária do que esses autores disseram; ou seja, adiantando o que será mais à frente detalhado, que elas servem tanto como uma maneira de fornecer conteúdos intuitivos (sensíveis) para melhor aprender um determinado processo, fenômeno, e dinâmica entre fenômenos, quanto como um esquema para descobrir relações ou elementos até então não conhecidos, um guia para procurar, ambos aspectos considerando que o homem, no que se refere à sua psicologia, deve ser tomado como um objeto tal como qualquer outro objeto da natureza.

1. As comparações do tipo como se e as analogias no programa de pesquisa kantiano

Pode-se ler a obra de Kant, especialmente a *Crítica da razão pura* e o *Princípios metafísicos a toda ciência da natureza*, como tendo proposto

---

[4] A proximidade entre Freud e Mach já foi alvo de análise mais detalhada. Cf. Fulgencio 2015.

[5] Heidegger 2001 [1987], p. 222.

um programa de pesquisa *a priori* para as ciências da natureza.[6] Este programa apresenta tanto um conjunto de regras como de princípios e conceitos, todos *a priori*, para a realização de pesquisas empíricas. No que se refere aos conceitos *a priori*, Kant analisa quais seriam os relativos à nossa faculdade de intuir ou perceber, o da nossa faculdade de julgar ou do entendimento e, terceiro, os da faculdade de argumentar ou a razão propriamente dita. Os dois primeiros tipos de conceitos (referidos à intuição e ao entendimento) são conceitos que poderão encontrar no mundo fenomênico um conteúdo empírico que lhes corresponde de forma adequada, enquanto que os conceitos puros da razão são, necessariamente, especulativos, jamais tendo a possibilidade de receberem esse conteúdo de forma adequada. Ao analisar a natureza e a função desses últimos, Kant dirá que, apesar de serem meras entidades especulativas, são utilizados como construções auxiliares para regular o uso sistemático do entendimento no campo da experiência. Diz Kant:

> "Os conceitos da razão [...] são meras ideias e não têm, evidentemente, objeto algum em qualquer experiência, mas não designam por isso objetos imaginados e ao mesmo tempo admitidos como possíveis. São pensados de modo meramente problemático, para fundar em relação a eles (como ficções heurísticas) princípios reguladores do uso sistemático do entendimento no campo da experiência. Se sairmos deste campo, são meros seres da razão, cuja possibilidade não é demonstrável e que não podem também, por hipótese, ser postos como fundamento da explicação dos fenômenos reais".[7]

A princípio, esses conceitos puros da razão ou *ideias*,[8] são conceitos que tornam possível *pensar as totalidades*. Eles são redutíveis a três classes, ou unidades: a do sujeito pensante, a da série das condições do fenômeno e, por fim, a da condição de todos os objetos pensantes. Diz Kant:

> "A *primeira* delas contém a *unidade* absoluta do sujeito pensante [que é o objeto da psicologia], a *segunda*, a *unidade* absoluta da *série das condições*

[6] Cf. Loparic 2000 [1982].
[7] Kant 1787, CRP, B 799.
[8] Kant 1787, CRP, B 366-396.

do fenômeno [o conjunto de todos os fenômenos que é objeto da *cosmologia*] e a *terceira*, a *unidade* absoluta da *condição de todos os objetos do pensamento* em geral [que contém a condição suprema da possibilidade de tudo o que pode ser pensado (o ente de todos os entes) é objeto da teologia]".[9]

Essas *ideias* fornecem as condições de possibilidade para que a procura do conhecimento do tipo científico possa ser efetuada em termos válidos. Elas mesmas não são objeto da ciência, dada sua natureza de serem apenas *ideias* sem a possibilidade de referente empírico adequadamente válido. No entanto, elas garantem que tanto a natureza como os costumes sejam conhecidos em termos de suas leis, dentro de um sistema único que pode relacionar os fenômenos segundo suas determinações recíprocas. Dados esses princípios, o cientista pode dedicar-se à sua tarefa de explicar os fenômenos e suas relações, ou melhor, de resolver problemas empíricos.

No caso da física – enquanto uma ciência empírica –, é necessário supor a natureza como se esta fosse uma totalidade, com todas as suas partes em relação umas com as outras, regidas pelos mesmos princípios de causalidade, ainda que não esteja no campo da percepção a apreensão intuitiva (empírica) dessa totalidade.

No caso da psicologia, também estamos diante do mesmo tipo de necessidade transcendental, a saber, é necessário que tudo aquilo que possa ser considerado como um objeto dado ao sentido interno esteja referido a uma única unidade, a alma como uma substância simples, mas isso não pode ser provado empiricamente.[10] Diz Kant:

---

[9] Kant 1787, CRP, B 391.

[10] Temos, como na física, dois tipos de psicologia: uma racional ou transcendental e outra empírica. Assim, a alma, enquanto unidade absoluta do sujeito pensante (o eu transcendental), não pode ser objeto de um estudo empírico, mas só de uma psicologia transcendental, não havendo possibilidade, pois, de uma psicologia empírica que se dedicasse ao estudo do eu transcendental. No entanto, a psicologia empírica não trataria do homem transcendental, mas do homem empiricamente dado e das suas determinações (do seu eu empírico, do jogo de relações causais entre as suas representações, etc.). Veja em Fulgencio 2004 uma análise do lugar da psicologia empírica no sistema de Kant e uma distinção entre uma psicologia racional (transcendental) e uma psicologia empírica, bem como a distinção entre uma antropologia do ponto de vista pragmático e uma antropologia do ponto de vista fisiológico (enquanto lógica da *physis*, o que envolve a física e a psicologia enquanto ciências naturais).

> "Vamos *primeiramente* ligar (na psicologia), ao fio condutor da experiência interna, todos os fenômenos, todos os atos e toda a receptividade de nosso espírito *como se* este fosse uma substância simples, que existe com identidade pessoal (pelo menos em vida), enquanto mudam continuamente os seus estados, entre os quais se encontram os do corpo, mas como condições apenas externas".[11]

A estrutura da comparação do tipo *como se* também pode ser dita uma comparação por analogia. Kant diz que a analogia tem um sentido diferente quando usada na matemática e quando usada na filosofia e nas ciências.[12] Primeiro ele comenta como a matemática define a estrutura básica da analogia: ela tem uma equação de quatro termos, em que é expressa *a igualdade de duas relações quantitativas* (A/B = C/D ou, por extenso, A está para B da mesma maneira que C está para D); dados três desses termos, o quarto pode ser *constituído ou construído* a partir dessa equação. Todos os quatro termos pertencem a um mesmo conjunto de dados, têm a mesma natureza, por assim dizer. É assim que procedemos normalmente quando aplicamos a regra de três em nossas contas cotidianas.

Na filosofia e nas ciências, no entanto, as coisas se passam diferentemente do que na matemática. A analogia, sendo a expressão da *igualdade de duas relações qualitativas* – por exemplo, quando se diz que as bolas de bilhar (A) movimentam-se numa mesa (B) da mesma maneira que as moléculas de um gás (C) movimentam-se num recipiente fechado (D) –, acaba por relacionar termos e fenômenos que não pertencem necessariamente a um mesmo conjunto de dados, podendo ser de domínios e naturezas diferentes. Nessa situação, dados três termos de uma equação analógica, nem sempre será possível chegar diretamente ao quarto termo, ou seja, a relação analógica indica apenas o tipo de relação que se espera seja a mesma (ou parcialmente

---

[11] Kant 1787, CRP, B 700.

[12] Cf. Kant 1787, CRP, B 222.

a mesma) quando comparamos o que ocorre entre "A e B" com o que ocorre entre "C e D".

A equação analógica pode ser uma proposta de relação de proporcionalidade entre seus elementos, mas não é esse seu único sentido. Ela também pode ser proposta em termos de comparações e projeções que associam um determinado conjunto de dados conhecidos a um outro conjunto de dados ainda desconhecido, estabelecendo, num sentido muito amplo, comparações entre dinâmicas de um e outro campo de dados, não necessariamente de mesma natureza (aliás, como é comum ocorrer).

Para Kant, no que diz respeito ao uso das analogias nas ciências, elas são, num primeiro sentido, um tipo de *regra para procurar* algo que se desconhece em determinado fenômeno ou conjunto de fenômenos, um tipo de esquema para que se possa tentar descobrir um termo ainda não conhecido ou, ainda, descobrir relações desconhecidas a partir do que já é conhecido na experiência sensível.

A analogia é, pois, um tipo de regra para a pesquisa, um esquema que torna possível procurar relações ou termos de uma relação. Na matemática, a analogia tem o poder de constituir o termo que falta, mas na filosofia e na ciência, diz Kant, ela tem apenas um papel *regulativo*, jamais um papel *constitutivo* daquilo que se procura.[13]

Um exemplo, dado pelo próprio Kant, mostrando como a analogia é útil para tentar conhecer um determinado campo de dados que não é passível de observação empírica objetiva, diz respeito ao problema de explicar como funciona e o que é o Estado Monárquico, dado que este não pode ser tomado como um objeto empírico em si mesmo. Se compararmos o Estado Monárquico a um moinho movido à mão, teremos meios não só para pesquisar como para tentar formular leis (empíricas) sobre seu funcionamento, ainda que o Estado não seja, jamais, uma mão e um moinho: essa analogia torna-se o símbolo do Estado Monárquico. Por outro lado,

[13] Cf. Kant 1787, CRP, B 222.

as relações que se pode observar num moinho movido à mão, podem ser projetadas para um Monarca governando um Estado. Diz Kant:

> "Um estado monárquico é representado por um corpo animado, se ele é governado segundo leis populares internas, mas por uma simples máquina (como porventura um moinho), se ele é governado por uma única vontade absoluta, em ambos os casos, porém, só *simbolicamente*. Pois entre um Estado despótico e um moinho não há na verdade nenhuma semelhança, mas certamente entre a regra de refletir sobre ambos e sua causalidade".[14]

Um segundo objetivo ou função das analogias, nas práticas de pesquisa empírica, diz respeito à necessidade de fornecer aos conceitos um conteúdo intuitivo. Diz Kant:

> "Pensamentos sem conteúdo são vazios; intuições sem conceitos são cegas. Pelo que é tão necessário tornar sensíveis os conceitos (isto é, acrescentar-lhes o objeto na intuição) como tornar compreensíveis as intuições (isto é, submetê-las aos conceitos)".[15]

Nesse mesmo exemplo do Estado Monárquico também nota-se que a analogia fornece um conteúdo sensível que seria impossível obter diretamente.

Assim, pode-se concluir que, para Kant, o uso das analogias nas ciências tem dois objetivos específicos: primeiro, servem como um tipo de regra a ser usada no desenvolvimento das pesquisas empíricas, e, segundo, como um tipo de esquema (analógico ou simbólico) que torna possível associar conceitos de validade apenas heurística (tal como os conceitos puros da razão, ou *ideias*) ao mundo sensível, dando-lhes um conteúdo intuitivo ainda que de forma inadequada.[16]

---

[14] Kant 1788, CRPrática, p. 197; parágrafo 59, A 256.

[15] Kant 1787, CRP, B 75.

[16] Estes não são os únicos aspectos que se referem ao tema das analogias na obra de Kant, basta lembrar dos princípios do entendimento, os quais oferecem regras gerais para organizar nossas percepções, ordenando-as no tempo (princípios denominados por Kant de "analogias da experiência"). Não se trata aqui, de seguir todos os sentidos e aspectos desse tema em Kant, mas tão somente de comentar um dos sentidos específicos que diz respeito às regras aplicáveis à pesquisa empírica da natureza.

2. O proceder analógico para Mach

Para Mach o uso de analogias é uma prática corriqueira, tanto para o homem comum quanto para o cientista.[17] Para ele, trata-se, tanto para um quanto para outro de tentar levar o conhecido para o desconhecido, por meio de uma projeção ou uma comparação. Mach refere-se à sua presença em Platão, Aristóteles, na matemática antiga e moderna,[18] na astronomia (Copérnico, Galileu, Kepler), nos escritos renascentistas, e cita alguns exemplos significativos para a ciência moderna, dentre eles, o caso da teoria da propagação do calor proposta por Fourier (1768-1830) desenvolvida por analogia com a hidrodinâmica, teoria que, por sua vez, serviu de modelo para explicar outros fenômenos tais como as correntes elétricas e as de difusão. Diversos outros exemplos poderiam ter sido citados por Mach, ainda que ele não o tenha feito naquele momento, tais como: o caso de Huyghens (1629-1695), que propôs que a propagação da luz no ar fosse compreendida de forma análoga à que ocorre quando da propagação de uma onda na superfície de um líquido e, com isso, elaborou uma teoria ondulatória para a luz; o da teoria cinética dos gases, construída a partir de um modelo que considerava os gases como se fossem compostos por partículas elásticas que respondiam a leis mecânicas;[19] o da Ley de Boyle (1627-1691), que relaciona a pressão do gás com seu volume, só formulável após conceber o ar como algo análogo a um fluído elétrico ao qual poderiam poderia ser aplicado todos os conceitos da Hidroestática.[20]

Ao definir o que são as analogias no processo de pesquisa científica, Mach diz que elas são:

---

[17] A apresentação das concepções de Mach sobre o método analógico são apresentadas aqui a partir de seu livro, *Conhecimento e erro*, de 1905, cap. XIII e XIV.

[18] Ele diz, sobre a relação entre a matemática e a física: "Todas as aplicações da matemática à física repousam sobre considerações de analogias entre os fatos e as operações matemáticas". (Mach 1905, p. 163).

[19] Cf. em Nagel (1978 [1959], pp. 109-118), uma análise sobre o tema das analogias nas ciências. Para ele o modelo analógico serviu, na história das ciências, como um guia "para estabelecer suposições fundamentais da teoria e como fonte de sugestão para estender o âmbito de sua aplicação" (p. 110).

[20] Khun 1970, p. 49.

> "Uma comparação de relações abstratas entre as características de dois objetos".[21]

Que constituem um tipo de identidade parcial, uma semelhança abstrata:

> "Se as características comparadas são diretamente observáveis, nós falamos de semelhanças; se são relações conceituais entre marcas, nós empregamos de preferência a palavra analogia".[22]

Ele considera que suas concepções sobre as analogias correspondem, grosso modo, às mesmas de Maxwell:

> "Entendo por analogia física uma semelhança parcial existindo entre duas classes de fenômenos e que faz com que cada um ilustre o outro".[23]

Ele, inclusive, credita a este último ter tornado o uso das analogias, na física, uma *método bem explicado*;[24] descrevendo, então, a maneira como Maxwell procedeu:

> "Procurando nos fenômenos eletro-estáticos, magnéticos, etc., trações comuns que lembravam o fenômeno de circulação de um fluído, Maxwell *idealizou* esse fluído para tornar a analogia completa. Ele supôs que ele era sem massa e incompressível, e que ele corria através de um meio resistente: ele recorreu assim a uma imagem fictícia feita para as necessidades da analogia, mas que não era por isso menos intuitiva. Não se toma essa imagem por alguma coisa real, e se sabe exatamente no que ela está de acordo com o ponto de vista abstrato em relação ao que se quer representar. A pressão do líquido corresponde aos diferentes potenciais, a direção da corrente do líquido a direção da corrente elétrica, a variação da pressão às forças, etc. Maxwell uniu, assim, as vantagens da hipótese à das formulas matemáticas e, segundo uma forte expressão de Hertz (um pouco modificada), as consequências físicas da imagem que ele propõe são, por sua vez, as imagens das

---

[21] Mach 1905, p. 162.
[22] Mach 1905, p. 166.
[23] Maxwell, *apud* Mach 1905, p. 162.
[24] Mach 1905, p. 168.

consequências dos fatos. Maxwell se aproxima de um método ideal de pesquisa científica: daí seus sucessos excepcionais".[25]

Nesse primeiro sentido, as analogias serviriam como modelos para apreender os fenômenos, explicar suas relações, tornando possível formular e resolver certos problemas empíricos por meio de uma ficção teórica. O seu propósito é, ao comparar algo conhecido com algo desconhecido, o de levar o cientista a descobrir relações não visíveis. Isso, diz Mach, constitui um procedimento cotidiano na pesquisa científica:

> "Esta mesma análise [na qual Mach defende que o 'fisico opera *sempre* com sensações', que são, por sua vez, as unidades da percepção e do próprio pensamento] nos mostra também que completar em pensamento os complexos de sensações, procedendo por analogia a partir de elementos inobserváveis, ou a partir de elementos tais que eles não podem, de maneira alguma, ser observados, é um exercício praticado quotidianamente pelo cientista".[26]

Assim, nesse primeiro sentido, as analogias servem como uma forma de tornar mais compreensível determinada explicação ou formulação, fornecendo imagens para o entendimento, ou então, como um guia para procurar relações entre os fenômenos na experiência.

Num segundo aspecto do uso das analogias, Mach as caracteriza como uma maneira de fornecer aos conceitos um conteúdo intuitivo, seja para sua intelecção seja para sua utilização, quando esses não têm uma referência empírica claramente reconhecível. Para ele, tal como para Kant, o conhecimento da natureza, por meio de conceitos, não pode ser um conhecimento apenas abstrato, não podem ser formas vazias, eles precisam ser representados de uma maneira viva associados com o mundo empírico.[27] No entanto, no caso de diversas hipóteses

---

[25] Mach 1905, pp. 168-169.

[26] Mach 1886, p. 43.

[27] Kant diz a mesma coisa: "Pensamentos sem conteúdo são vazios; intuições sem conceitos são cegas. Pelo que é tão necessário tornar sensíveis os conceitos (isto é, acrescentar-lhes o objeto na intuição) como tornar compreensíveis as intuições (isto é, submetê-las aos conceitos)" (Kant 1787, CRP, B 75).

formuladas pelos cientistas, nem sempre essa associação é fácil de ser realizada, o que os levam a usar das analogias como um meio para fornecer a essas hipóteses um conteúdo vivo (intuitivo), ainda que não sejam totalmente adequados:

> "A compreensão conceitual da natureza deve ser precedida pela sua compreensão mediante a fantasia, a fim de [que se possa] produzir para os conceitos um conteúdo intuitivo vivo".[28]

O uso de imagens é, para ele, um importante instrumento para auxiliar a compreensão de certos fenômenos de difícil apreensão sensível direta:

> "O emprego consciente de imagens é muito proveitoso. Há fatos que nós percebemos imediatamente pelos sentidos; há outros, entretanto, dos quais só tomamos conhecimento através de uma observação complicada e com a ajuda de um sistema de reações abstratas [...]. Nós estamos muito mais familiarizados com representações sensíveis intuitivas do que com conceitos abstratos, mas que têm por base representações intuitivas [sensíveis]".[29]

Como um terceiro sentido, que caracterizaria o uso das analogias nas ciências, Mach faz referência a certos conceitos fundamentais que, por vezes, serviram como um tipo de orientação para as pesquisas, construídos por analogia a outros fenômenos, tal como o conceito de força na física.[30] Para ele, este conceito é antropológico, construído pela projeção, na natureza, da sensação de pressão que sentimos quando de nossos movimentos:

> "As circunstâncias determinantes de movimento que nos são melhor conhecidas são nossos próprios atos voluntários, dependentes da inervação. Nos movimentos que nós mesmos provocamos, como também naqueles que as circunstâncias exteriores nos obrigam, nós

---

[28] Mach 1905, p. 77.

[29] Mach 1905, p. 182.

[30] Cf. uma série de comentários de Mach sobre a história do conceito de força em seu capítulo sobre o desenvolvimento dos princípios da dinâmica em seu livro dedicado à exposição histórico-crítica do desenvolvimento da Física (Mach 1883, Capítulo 2. Desenvolvimento dos princípios da dinâmica).

ressentimos sempre uma certa pressão. Daí nosso hábito de figurar, a nós mesmos, toda circunstância determinante de movimento como análoga a um ato de vontade, como uma *pressão*".[31]

Para Mach, o conceito de força, na física, não é, pois, uma realidade empírica, mas tão somente uma convenção – da mesma maneira que Kant analisou no seu programa de pesquisa considerando o ponto de vista dinâmico e a *ideia* de força motriz que lhe corresponde como sendo a mais útil, e não o mais verdadeiro, para servir como o tipo de princípio causal para explicar os movimentos na natureza –, um mero nome para a "circunstância que tem o movimento por consequência"[32] ou, ainda, um tipo de mitologia científica.[33]

Esses três sentidos ou funções do método analógico nas ciências estão em consonância com o valor heurístico que Mach credita a certos conceitos, que ele caracteriza como representações-fantasia (*Phantasie-Vorstellungen*),[34] úteis no processo de descobertas das relações efetivas (empíricas) entre os fenômenos, mas que têm apenas uma validade heurística, devendo, com o amadurecimento da ciência, "ser aniquiladas, pela crítica implacável, tendo em vista os fatos, antes que uma delas possa desenvolver-se e ter uma permanência mais longa".[35]

A proximidade entre Kant e Mach,[36] no que se refere ao método analógico, diz respeito à natureza e função desse instrumento de investigação, tanto para um como para outro, o método analógico serve para organizar a experiência, auxiliar na apreensão e na procura de relações para explicar os fenômenos, ele é um instrumento para a formulação e resolução de problemas empíricos.

---

[31] Mach 1883, p. 84.

[32] Mach 1883, p. 84.

[33] Mach 1905, p. 77.

[34] Mach 1905, p. 110.

[35] Mach 1905, p. 113.

[36] Sobre o kantismo de Mach, veja Loparic 1984. Um ponto específico mereceria ser discutido, no que se refere à opinião de Kant e Mach sobre a necessidade ou provisoriedade das ficções heurísticas na pesquisa científica, mas isso mudaria o foco dessa análise.

3. O proceder analógico para Freud

Não há, em Freud, um texto dedicado a explicitar como e porque ele usa, de forma tão constante, as comparações e analogias. Trata-se de um uso tácito que, em ocasiões esparsas, ele apresenta alguns comentários sobre seu proceder, identificando-o como uma prática corriqueira nas outras ciências empíricas. A utilização das analogias é intensificada quando a observação direta dos fenômenos não é possível ou não é evidente, quando a analogia torna mais claro a intelecção do que já foi ou está sendo teorizado, ou ainda, para esclarecer determinado conceito ou processo sem acesso empírico possível ou evidente. Ainda que não exista uma teoria freudiana versando sobre as analogias, podemos reunir alguns dos seus nos quais ele explicita porque ele as acha necessárias, especificando ainda qual o valor epistemológico a ser creditado a essas comparações, bem como os seus limites, deficiências e modos de uso.

Para Freud, o psiquismo corresponde a um vasto campo do qual conhecemos, por observação direta, apenas dois dos seus pólos:

> "De um lado, seu órgão somático, o lugar de sua ação, o cérebro (ou o sistema nervoso) e, de outro lado, nossas atividades conscientes das quais temos conhecimento direto e que nenhuma descrição nos faria conhecer melhor".[37]

O que se supõe existir entre esses dois pólos – tudo aquilo que Freud associou a um inconsciente do ponto de vista dinâmico, com pulsões, repressões, libido, isso-eu-supereu, etc. – corresponde a uma zona obscura. Freud chega a dizer:

> "A psicanálise supõe um postulado fundamental [o aparelho psíquico] que cabe à filosofia discutir, mas cujos resultados justificam o valor".[38]

As hipóteses sobre essa zona obscura foram elaboradas a partir dos dados da observação clínica, mas esses dados descritivos não são suficientes para explicar o que se observa, o que obriga Freud a buscar

---

[37] Freud 1940a, p. 144.

[38] Freud 1940a, p. 144.

recursos analógicos especulativos. É justamente nessa operação que surge a necessidade de aplicar analogias para entender os fenômenos psíquicos. Ao apresentar uma análise dos atos falhos, nas lições de 1916-17, exigindo que se vá além dos dados descritivos, ele comenta:

> "Será, sobretudo, necessário explorar outras zonas obscuras da vida psíquica. Somente as analogias que aí encontramos dão-nos a coragem de expandir as hipóteses que são requeridas para uma elucidação mais aprofundada dos atos falhos".[39]

As analogias projetam sobre uma *zona obscura* do conhecimento algo que já conhecemos de outro domínio, hipotetizando que, nessa *zona*, as coisas funcionam tal qual. Isso transparece de forma clara quando Freud defende a necessidade de supor que o próprio psiquismo tem uma organização análoga à de um aparelho, com suas partes diferenciadas no espaço e na sua função:

> "Admitimos que a vida psíquica é a função de um aparelho ao qual atribuímos uma extensão espacial e que supomos formado de diversas partes. Nós o figuramos como um tipo de telescópio, de microscópio, ou alguma coisa desse gênero".[40]

Mas o que é que Freud procura? A resposta é simples:

> "[A psicanálise] não quer outra coisa que descobrir correlações, levando aquilo que é patente ao que é escondido".[41]

Uma analogia faz justamente isso, ainda que não seja sempre certa ou confiável.

Nos *Estudos sobre a histeria*, Freud defende o uso desse proceder analógico ou comparativo, reconhecendo o risco a que se expõe:

> "Emprego aqui uma série de comparações que têm apenas uma vaga semelhança com o tema com o qual me ocupo e que não se acordam entre elas. Reconheço isso e, de forma alguma, arrisco

---

[39] Freud 1916x, p. 65.
[40] Freud 1940a, p. 144.
[41] Freud 1912d, p. 187.

subestimar-lhes o valor, mas, se prossigo com esses paralelos, é a fim de tornar compreensível, por diversas aproximações, as ideias extremamente complicadas e nunca antes expostas. Concedo-me assim a liberdade de continuar, nas páginas seguintes, a me servir dessas comparações, tão discutíveis quanto elas possam ser".[42]

Freud está ciente de que suas analogias e comparações têm apenas uma validade parcial, que são limitadas e que "jamais nos levam muito longe" (Freud,1937c, p. 251). Ele mesmo relativiza sua aplicação ao tentar explicar, por meio de uma analogia, quais os procedimentos disponíveis às intenções do eu. Freud propõe que pensemos num livro proibido, quando os livros ainda eram manuscritos, onde aquele que o copia usa uma série de artifícios para ocultar e deformar o proibido (cf. Freud, 1937c, pp. 251-252). Seu comentário denota já a preocupação com a delimitação da comparação:

> "Se não persistirmos numa comparação ao pé da letra [de maneira estrita], podemos dizer que a repressão [*Verdrängung*], assim como outros métodos de defesa, tem a mesma relação que a omissão tem com a deformação do texto e, nas diferentes formas dessa falsificação, pode-se encontrar as analogias com a diversidade da modificação do eu. Pode-se tentar objetar que, num ponto essencial, essa comparação derrapa, pois a deformação do texto é obra de uma censura tendenciosa para a qual o desenvolvimento do eu não tem contrapartida. Mas não é assim, pois esse caráter tendencioso é em grande parte representado pela imposição do princípio do prazer".[43]

As analogias são construções auxiliares para ajudar na descoberta de fenômenos ou relações entre os fenômenos. Elas servem apenas como um guia para pesquisar e, nesse sentido, podem ser considerados como instrumentos que são abandonados após atingido o objetivo perseguido, ou ainda como hipóteses a serem verificadas. No primeiro caso, elas são como andaimes para a construção de um edifício (teórico), e como tais devem ser mantidas, jamais como sendo, elas mesmas, a teoria que corresponde aos fatos empíricos propriamente ditos. Diz Freud:

---

[42] Freud 1895d, p. 291.
[43] Freud 1937c, p. 237.

> "Eu estimo que nós temos o direito de dar livre curso a nossas suposições [*Vermutugen*], desde que preservemos a cabeça fria e não tomar os andaimes pelo edifício. E uma vez que, em nossa primeira abordagem de algo desconhecido, tudo de que precisamos é o auxílio de representações auxiliares, daremos preferência, inicialmente, às hipóteses de caráter mais tosco e mais concreto".[44]

No segundo caso, as analogias como hipóteses a serem verificadas, trata-se de utilizá-las como um objetivo a ser atingido de forma lenta, tateante e laboriosa, tal como noutras ciências, aproximando o conhecido ao que ainda não foi dado pela observação:

> "Avança-se por suposições, faz-se construções auxiliares que são retiradas se não se confirmam, tem-se necessidade de muita paciência, de disponibilidade para todas as possibilidades, renuncia-se a convicções primeiras para não abster-se, constrangido por elas, de ver fatores novos inesperados [...]. Só existe ajuda à pesquisa via a experimentação pela qual se deve passar numa análise".[45]

Freud lembra que suas proposições têm apenas um valor aproximativo, mas isso também é assim em outros ramos da ciência, o que reitera a pertinência da teoria freudiana ao ponto de vista heurístico no que diz respeito ao valor a ser dado às suas teorias:

> "Os processos de que se ocupa [a psicanálise] são, em si mesmos, tão incognoscíveis como o de outras ciências, químicas ou físicas. Contudo, é possível estabelecer as leis a que obedecem, perseguir seus vínculos recíprocos e suas relações de dependência sem deixar lacunas por longos trechos – ou seja, o que se designa como compreensão no

---

[44] Freud 1900a, p. 536. É notável que Lacan, apoiado em Freud, mostre-se desenvolto na proposição de figurações e esquemas do tipo como se, para o desenvolvimento de suas elaborações teóricas. Depois de citar Freud – "A tentativa de adivinhar, a partir de uma tal decomposição [dos sistemas que comporiam o aparelho] a composição do instrumento anímico, pelo que sei, ainda não foi feita. Ela me parece inofensiva. Eu estimo que nós temos o direito de dar livre curso a nossas suposições, desde que, assim fazendo, mantenhamos a cabeça fria sem tomar os andaimes pela construção" (Freud 1900a, p. 536) –, Lacan comenta: "Inútil dizer-lhes que, como os conselhos são dados para não serem seguidos, não deixaremos desde então de tomar o andaime pelo prédio. Por outro lado, a autorização que Freud nos dá de utilizar relações auxiliares para nos aproximarmos de um fato desconhecido, me incitou a dar provas de uma certa desenvoltura para construir esquemas" (Lacan 1975, Seminário I, p. 92).

[45] Freud 1933a, Lição 35, p. 174.

âmbito dos fenômenos naturais em questão. Para isso, não se pode prescindir de novas suposições nem da criação de conceitos novos. Estes não devem, porém, ser menosprezados como testemunhos de nossos embaraços [apuros], mas sim estimá-los como enriquecimentos da ciência; eles possuem títulos que lhes podem ser outorgados, na qualidade de aproximações, têm o mesmo valor que as correspondentes construções intelectuais auxiliares de outras ciências naturais, e esperam ser modificados, retificados e receberem uma definição mais fina mediante uma experiência acumulada e depurada".[46]

A questão a ser colocada é a de saber o que é que justifica o uso dessas comparações imprecisas, parciais e limitadas. Para Freud, trata-se de saber que vantagem uma analogia pode fornecer para o entendimento, quando não é possível adquiri-lo por outros meios. Ao propor, por exemplo, uma interpretação psicanalítica para o tabu, ele sabe que suas hipóteses não podem ser comprovadas, mas não é isso o fundamental, o importante é que elas possibilitam um conhecimento sobre o psiquismo humano, até então não formulado, mesmo que ele seja especulativo. Diz Freud, em *Totem e tabu*:

> "Queremos agora saber qual valor pode pretender nossa assimilação do tabu à neurose obsessiva e a concepção do tabu que oferecemos fundando-nos nesta comparação. Tal valor só é evidente se nossa concepção oferece uma vantagem que não se pode obter de outra maneira, se ela permite uma melhor compreensão do tabu não poderíamos obter de outra maneira. Somos talvez inclinados a afirmar que já trouxemos, no que precede, a prova da qual se pode tirar partido; devemos, todavia, tentar reforçá-la, prosseguindo, em detalhe, na explicação dos interditos e usos do tabu".[47]

Freud afirma:

> "A analogia não teria valor se ela não se deixasse seguir mais à frente".[48]

---

[46] Freud 1940a, p. 158.

[47] Freud 1912x, p. 61.

[48] Freud 1925a, p. 231.

Ou seja, é o seu valor heurístico que justifica sua aplicação, e não o seu valor enquanto uma hipótese empírica verificável ou comprovável. Ao fazer uma analogia, afasta-se aquilo que não interessa para que ela possa "tornar visível" determinado fenômeno ou determinadas relações, que não são visíveis em si mesmas. É justamente o que faz Freud ao comparar nossa percepção e memória com um brinquedo chamado de bloco-mágico, figurando tanto uma estrutura como uma dinâmica de funcionamento. Diz Freud:

> "As pequenas imperfeições do instrumento não têm para nós realmente nenhum interesse, sendo dado que nós queremos nos ligar somente ao que o aproxima da estrutura do aparelho de percepção anímica. [...] Se imaginamos que, enquanto uma mão escreve na superfície do bloco-mágico, uma outra destaca, periodicamente, do tablete de cera a folha de cobertura, ter-se-ia aí uma forma de tornar visível a maneira como eu quis representar o funcionamento de nosso aparelho anímico".[49]

Em termos gerais, para Freud, as analogias auxiliam na visualização ou na procura de relações de determinação de um determinado fenômeno, ou conjunto de fenômenos, não observáveis diretamente ou pouco visíveis.

Num outro sentido, as analogias servem pra fornecer um conteúdo intuitivo a processos e/ou conceitos difíceis de serem apreendidos. Note-se, por exemplo, quando Freud comenta, em termos metapsicológicos, qual é o objetivo do tratamento psicanalítico:

> "*Lá onde estava o Id, eu devo advir.* Trata-se aí de um trabalho cultural, mais ou menos como a secagem do Zuyderzee".[50]

Ou seja, trata-se de aumentar ou tornar habitável um lugar para viver, no caso, um lugar no qual o eu tem mais autonomia e não é determinado, invadido, pelos impulsos do Id.

---

[49] Freud 1925a, pp. 230-232.

[50] Freud 1933a, Lição 31, p. 80.

Nessa mesma direção que caracteriza o uso das analogias como tendo a função de fornecer conteúdos empíricos a determinados conceitos, também temos um caso especial que diz respeito aos conceitos de natureza especulativa – para os quais jamais será possível obter um conteúdo empírico que lhes seja adequado –, cabendo, então, às analogias, a função de fornecerem conteúdos intuitivos a esses conceitos, por assim dizer, de forma inadequada. Para Freud, o conceito de pulsão é uma convenção necessária:

> "Um conceito fundamental convencional, provisoriamente ainda muito obscuro, mas do qual nós não podemos prescindir em psicologia, é o conceito de pulsão".[51]

Noutros momentos ele diz que as pulsões são seres míticos.[52] Ora, tomando as pulsões como *seres míticos* ou como *convenções*, não está em questão perguntar sobre seus referentes empíricos. Para Freud, as pulsões são nada mais do que instrumentos heurísticos, elas são forças de natureza psíquica, análogas às forças de atração e repulsão consideradas na física.[53] No entanto, Freud considera, seguindo a afirmação de Kant,[54] que os conceitos precisam, para ter validade, mesmo que heurística, um conteúdo sensível (intuitivo), o que o leva

---

[51] Freud 1915c, SE 14, p. 117.

[52] Freud 1933a, p. 95; 1933b, p. 211.

[53] Convém, aqui, lembrar, para caracterizar a hipótese de Freud de que há forças no psiquismo, o que ficou conhecimento como o juramento epistemológico de Ernst Brücke e Emile du Bois-Reymond, dado que Freud foi educado no Laboratório de Fisiologia de Viena, dirigido por Brücke: "Brücke e eu [Bois-Reymond] nos comprometeremos a impor esta verdade, a saber, que somente as forças físicas e químicas, com exclusão de qualquer outra, agem no organismo. Nos casos que não podem ser explicados, no momento, por essas forças, devemos nos empenhar em descobrir o modo específico ou a fonte de sua ação, utilizando o método físico-matemático, ou então postular a existência de outras forças, equivalentes em dignidade, às forças físico-químicas inerentes à matéria, redutíveis à força de atração e repulsão" (*Apud* Shakow & Rapaport 1964, p. 34).

[54] Diz Kant: "Para cada conceito exige-se primeiro a forma lógica de um conceito (pensante) em geral e, em segundo lugar, a possibilidade de lhe dar um objeto a que se refira. Sem este último, não possui sentido, é completamente vazio de conteúdo [...] sem isso [os conceitos] não possuem qualquer validade objetiva, são um mero jogo, quer da imaginação, quer do entendimento, com suas respectivas representações" (Kant 1787, CRP, B 298).

Freud, logo após ter dito o que citei acima, a procurar preencher o conteúdo dessa convenção – "Tentemos, partindo de diversos lados, preencher seu conteúdo"[55] – por meio de uma série de analogias com outros fenômenos, tais como as analogias com os processos fisiológicos, tais como os estímulos e o arco-reflexo, e com os processos biológicos, relativo às tendências e finalidades dos funcionamentos dos seres vivos. No entanto, ele sabe que isso não significa dar um referente empírico para algo que é apenas uma ficção.

Para concluir, pode-se dizer que, para Freud, as analogias exercem, num sentido, uma função pedagógica, ou intelectiva, tornando possível compreender determinada situação ou conjunto de relações; noutro, elas oferecem um guia para procurar relações, procurar termos que faltam a uma relação; e, além disso, elas tornam possível fornecer conteúdos intuitivos a certos conceitos e/ou modelos meramente especulativos, sem os quais, estes não seriam aplicáveis os problemas empíricos aos quais se referem enquanto instrumentos heurísticos, instrumentos para ajudar na descoberta das relações efetivas (empíricas) entre os fatos observáveis.

Freud considera que o psiquismo foi, com a psicanálise, tomado como um objeto passível de ser entendido como qualquer outro das ciências naturais.[56] É justamente por isso que as analogias e comparações do tipo *como se*, em Freud, são sempre referidas a sistemas naturalizados, ou seja, à "maquinas" cujos elementos podem ser figurados agindo uns sobre os outros, de maneira a ser possível visualizar a série e o tipo de causalidade, sem lacunas, que os explica. Mais ainda, as analogias e comparações mais significativas, para a construção da psicanálise como uma ciência, são as que supõem que o psiquismo é tomado *como se* fosse uma máquina, impulsionado por forças e energias análogas (mas não iguais) às que são supostas agirem na natureza, ou

[55] Freud 1915c, p. 117.

[56] Freud 1933a, Lição 35.

seja, as propostas conceituais estruturais da metapsicologia freudiana. É justamente essa operação que faz a grandeza e o ponto fraco de Freud: ao naturalizar o psiquismo, ele pretendeu levar para a psicologia para o campo da ciência, considerando o homem, no que se refere à sua psicologia, um ente que funciona regido pelo mesmo tipo de lei que regem os objetos naturais e, ao fazê-lo, criticam alguns autores,[57] ele tomou o homem pelo que ele não é, falseando seu objeto. É justamente essa perspectiva que naturaliza e objetifica o homem, numa proposta de psicologia científica, que reitera o kantismo de Freud, bem como sua pertinência a uma concepção heurística de ciência, característica da formação de Freud no século XIX.

---

[57] Dentre eles, no campo da filosofia, podemos citar dois nomes maiores da filosofia no século XX, Ludwig Wittgenstein e Martin Heidegger; e, no campo, da própria psicanálise, autores tais como Heinz Kohut, Heinz Hartmann, Roy Schafer, Georges Klein, etc. Além disso, convém também citar a própria proposta de Lacan, na sua tentativa de recolocar a teoria psicanalítica em bases ontológicas díspares das que Freud inicialmente propôs.

Ensaio 9

O *Projeto* como uma metáfora biológica dos processos psíquicos

Em 1895, aproximadamente treze anos depois de ter abandonado suas pesquisas histológicas e neurológicas, iniciadas no laboratório de fisiologia de Brücke, caminhando, cada vez mais, em direção à prática e à elaboração do tratamento das psiconeuroses, Freud se vê próximo da possibilidade de elaborar uma teoria geral sobre o funcionamento psíquico. Nesse momento, ele via aberta uma perspectiva de formulação efetiva de uma psicologia geral:

> "[a psicologia] foi sempre minha meta distante, a acenar-me, e agora, desde que me deparei com o problema das neuroses, aproximou-se muito mais".[1]

Seu objetivo era construir uma psicologia como ciência natural, que pudesse servir tanto ao entendimento das psicopatologias quanto da vida psíquica normal, ainda que isso lhe parecesse muito difícil de ser realizado:

> "Estou atormentado por dois objetivos: examinar que forma irá assumir a teoria do funcionamento mental, se introduzirmos considerações quantitativas, uma espécie de economia das forças nervosas, e, em segundo lugar, extrair da psicopatologia um ganho para a psicologia normal. Na verdade, é impossível ter uma concepção geral satisfatória dos distúrbios neuropsicóticos se não se puder vinculá-la com pressupostos claros sobre os processos mentais normais".[2]

No início do seu *Projeto de uma psicologia*, ele confirma a intenção de suas elaborações:

---

[1] Freud & Fliess 1986, 25/05/1895, p. 130.
[2] Freud & Fliess 1986, 25/05/1895, p. 130.

> "O propósito [é] fornecer uma psicologia científico-naturalista, ou seja, apresentar processos psíquicos como estados quantitativamente determinados de partes materiais capazes de serem especificadas e, com isso, torná-los intuitivos e livres de contradição".[3]

O que Freud tem em mãos, em primeiro lugar, são os dados observados no tratamento de seus pacientes neuróticos. São eles o seu campo empírico. O princípio básico que ele formula para o funcionamento psíquico, segundo o qual se supõe-se existir quantidades de excitação móveis, é pensado em função dos fenômenos clínicos observados:

> "[esta concepção quantitativa] decorreu de observação clínico-patológica, em que se tratou em especial da representação superintensa, como no caso da histeria e da compulsão, nos quais, como se mostrará, o caráter quantitativo se sobressai de forma mais pura do que em [processos] normais".[4]

Trata-se, para ele, de uma tentativa de "generalizar aquele conhecimento".[5] Quando Freud traça o esboço dessa teoria psicológica geral, descrita em termos neurobiológicos, ele parte de dois princípios especulativos, considerando-os necessários para uma psicologia enquanto ciência natural. Em primeiro lugar, o pressuposto de que o psiquismo humano deve ser tomado como um objeto natural, um aparelho, e, em segundo, de que os movimentos próprios a esse aparelho podem ser compreendidos em termos de *quanta* de excitação móveis, ou seja, as representações hiperintensas e os sintomas associados a elas nas neuroses, podem ser compreendidos em termos de quantidades de excitação (energias) que se deslocam.

Esse *quantuma* de excitação móvel já havia sido postulado por Freud, em 1894, comoenquanto uma construção auxiliar de valor apenas heurístico:

---

[3] Freud 1950a [1895], p. 295.
[4] Freud 1950a [1895], p. 295.
[5] Freud 1950a [1895], p. 295.

> "Exporei em poucas palavras a representação auxiliar da qual me servi nesta exposição das neuroses de defesa. É a seguinte: nas funções psíquicas, cabe distinguir algo (montante de afeto, soma de excitação) que tem todas as propriedades de uma quantidade – ainda que não haja meio algum de medi-la –; algo que é suscetível de aumento, diminuição, deslocamento e descarga, e que se difunde pelas marcas mnêmicas das representações, como faria uma carga elétrica pela superfície dos corpos. [...] Ela é justificável, provisoriamente, porque ela é útil para reagrupar e explicar os diversos estados psíquicos".[6]

A passagem dos dados empíricos para um modelo geral do funcionamento mental, no *Projeto*, é feita com o auxílio de representações auxiliares de natureza especulativa, tais como a noção de energia nervosa, quantum de afeto, neurônios diferenciados, caminhos facilitados, aparelho psíquico. Ele mesmo alude a esse seu fantasiar teórico numa carta a Fliess de 25/03/1895:

> "Nestas últimas semanas, tenho dedicado cada minuto livre a esse trabalho; tenho gasto horas noturnas, das onze às duas, *com fantasias, interpretações e palpites* e, invariavelmente, só me detenho quando, em algum momento, esbarro num absurdo ou sinto-me real e seriamente esgotado pelo trabalho, de modo que nenhum interesse me resta por minhas atividades médicas diárias".[7]

Quais são os problemas que Freud procura solucionar com suas teorias? Não são os da neurobiologia, mas os da psicologia clínica, ou seja, a explicação das relações que justificam e revelam os mecanismos de produção dos sintomas, nas patologias, e dos atos psíquicos, nas pessoas normais. Freud, bem formado que foiera no laboratório de Brücke, sabe que a pesquisa das estruturas neurológicas necessitam de um campo de apoio experimental diferente do que ele tem em mãos. Basta ver os seus trabalhos sobre neurologia para reconhecer o fundo experimental que ele utilizava para formular suas hipóteses (Freud, 1897b).

---

[6] Freud 1894a, pp. 60-61.

[7] Freud & Fliess 1986, 25/05/1895, p. 130. Os itálicos são meus.

Ao tentar tratar de seus pacientes neuróticos, Freud observa que, se ficamos apenas no nível da consciência, não é possível encontrar uma explicação, sem lacunas, para os sintomas psicopatológicos, sendo necessário completar essas lacunas supondo outros processos e determinantes. Numa passagem de seu texto sobre o inconsciente, de 1915, Freud diz claramente qual é a sua perspectiva de pesquisa, que considero já estarva presente em 1895:

> "Os dados da consciência são, num alto grau, lacunares; tanto nas pessoas sãs como nos doentes, produzem-se frequentemente atos psíquicos que, para sua explicação, pressupõem outros atos que, de qualquer maneira, a consciência não atesta. Tais atos não são somente os atos falhos e os sonhos nas pessoas sãs, [mas] tudo o que se chama de sintomas psíquicos e fenômenos de obrigação [obsessivos] nos doentes".[8]

Num certo sentido, poder-se-ia tentar preencher essas lacunas buscando aquilo que a fisiologia poderia fornecer ao psicólogo. Essa perspectiva de pesquisa estaria, inclusive, de acordo com uma posição expressa por Ernst Mach (1838-1916) que, ao referir-se ao nosso Eu (como expressão de nossa vida psíquica), diz não ser necessário supor, para conhecermos nosso psiquismo:

> "Alguma coisa de não conhecida e incognoscível que em nada nos ajudaria para uma compreensão melhor. Atrás do eu há sempre uma coisa quase *inexplorada*: o nosso corpo".[9]

No entanto, não é esta a opção de Freud, ele não se colocará como fisiólogo, anatomista ou neurólogo. Declarações bem posteriores a esse momento do *Projeto* mostram em que lugar ele se posicionará, seja colocando a psicanálise num campo diferente da filosofia ou da fisiologia seja marcando claramente que não há correspondência entre os modelos metapsicológicos e a anatomia cerebral.[10] Freud manter-se-á no campo

---

[8] Freud 1915e, p. 166.
[9] Mach 1905, p. XXII.
[10] Freud 1925d, p. 32.

da psicologia, evitando, no entanto, reduzir a psicologia à consciência. Ele avalia que não será noutras disciplinas que as explicações sobre os fenômenos psíquicos serão encontradas e seu objetivo alcançado, ou seja, não será na filosofia, na neurofisiologia ou, ainda, numa psicologia da consciência, mas tão-somente numa psicologia do inconsciente:

> "Estamos no direito de responder que a assimilação convencional do psiquismo ao consciente é absolutamente inadequada. Ela dilacera as continuidades psíquicas, precipita-nos nas dificuldades insolúveis do paralelismo psicofísico, fica exposta à reprovação de superestimar, sem fundamentação visível, o papel da consciência e nos compele a abandonar prematuramente o âmbito da indagação psicológica, *sem poder nos trazer ressarcimento vindo de outros domínios*".[11]

Freud diz a Fliess, referindo-se à sua procura de uma psicologia geral, que ele deseja obter explicações que vão além do que a psicologia descritiva podia oferecer, ele refere-se à sua procura de soluções *metapsíquicas* para os problemas da psicologia.[12]

Algumas das afirmações de Freud, acima citadas, são bem posteriores ao ano de redação do *Projeto*. Em 1895, Freud ainda parece sobrepor a biologia à psicologia, considerando frutífero modelar sua teoria geral das neuroses em termos do conceito de quantidade (energética) como princípio fundamental da atividade neuronal, esperançoso de que esse princípio pudesse "ser muito esclarecedor, na medida em que parecia abranger a função [psíquica] em sua totalidade".[13] A esse pressuposto de *quanta* de energia (excitação), presentes nos neurônios, Freud aplica uma formulação advinda da termodinâmica – na qual sua segunda lei diz que no interior de um sistema fechado os diferentes níveis energéticos tendem para a igualdade, de maneira tal que o estado ideal final é o equilíbrio – e da física, com sua lei da inércia, explicitando, então, qual é o princípio fundamental da atividade neuronal:

---

[11] Freud 1915e, p. 167. Os itálicos são meus.
[12] Cf. Freud & Fliess 1986, 10/03/1898, p. 302.
[13] Freud 1950a [1895], p. 296.

"[o] n[eurônio] aspira libertar-se de Q [quantidade]".[14] Assim, a primeira psicologia geral de Freud é um modelo teórico que utiliza um vocabulário relativo a termos da física e da biologia, para a qual os neurônios são uma referência mais ou menos empírica.

Como princípio-guia dessa tentativa de 1895, Freud coloca sua premissa fundamental: a consideração de que é necessário conceber um inconsciente psíquico, mas descrito em termos biológicos. Diz Freud:

> "Imediatamente esclarecemos um pressuposto que nos guiou até aqui. Temos tratado os processos psíquicos como algo que poderia prescindir desste conhecimento dado pela consciência, que existe independente de uma tal consciência. Se não nos deixarmos desconcentrar por tal fato, segue-se desse pressuposto que a consciência não proporciona nem conhecimento completo, nem seguro, dos processos neuronais; cabe considerá-los, em primeiro lugar e em toda extensão, como inconscientes e cabe inferi-los com as outras coisas naturais".[15]

Outros comentadores da obra de Freud, e especialmente do *Projeto*, também já reconheceram essa hipótese como um fator diferenciador das propostas freudianas das outras psicologias. Pribram e Gill, por exemplo, comentam que a grande originalidade do *Projeto* foi o enfoque dedicado aos mecanismos e processos psíquicos inconscientes:

> "O que há de único, então, no *Projeto*? O traço característico do desvio empreendido por Freud está em sua revelação da importância e do significado do *comportamento inconsciente determinado* como indicador de um processo cientificamente acessível, ao passo que os outros [autores que propuseram algo semelhante em sua época, por exemplo, Exner em 1894] tinham se preocupado meramente com o óbvio, isto é, a consciência".[16]

Freud tinha, no horizonte teórico de sua época, conhecimento de outros cientistas que também propunham a consideração da existência de processos psíquicos inconscientes – tais como, por exemplo,

---

[14] Freud 1950a [1895], p. 296.
[15] Freud 1950a [1895], p. 308.
[16] Pribram & Gill 1976, pp. 13-14.

Charcot, Janet, Lipps –, levando a considerar esses processos como um fato observável empiricamente. Tratava-se, no entanto, de ir além desse conhecimento meramente descritivo do inconsciente, pois taleste conhecimento não consegue fornecer a série completa das determinações causais desses fenômenos, deixando lacunas no entendimento, ou seja, era necessário ir além da teoria psicológica (descritiva), o que só parecia possível, para ele, com uma metapsicologia. Freud sai à busca de outros autores que tivessem se dedicado à elaboração de teorias desse tipo. O comentário que ele faz a Fliess não deixa dúvidas quanto a essa hipótese:

> "Ortorguei a mim mesmo a tarefa de construir uma ponte entre minha metapsicologia embrionária e a que está contida na literatura especializada e, por conseguinte, mergulhei no estudo de Lipps, que suspeito ter a mente mais lúcida entre os escritores filosóficos da atualidade".[17]

O *Projeto* é, por vezes, interpretado como a proposta de uma psicologia empírica realista, como se a teoria metapsicológica, apresentada nesse texto, devesse "ser considerada, em todas as suas facetas, uma teoria biológica do controle cognitivo, baseada numa neuropsicologia explícita".[18] Nessa perspectiva de leitura, a teoria metapsicológica edificada, posteriormente, por Freud e seus seguidores seria apenas uma cópia dessa primeira metapsicologia do *Projeto*, uma cópia obscurecida que "privada de suas raízes e definição explícita [com o abandono do *Projeto*], [via] os mecanismos [psíquicos] ficarem isolados dos desenvolvimentos científicos contemporâneos e, especialmente nas mãos dos psicanalistas pós-freudianos, tornaram-se um emaranhado especulativo de conceitos e sofismas".[19]

No entanto, se consideramos a história e a formação intelectual de Freud, talvez seja mais coerente incluí-lo numa linha de pesquisa

---

[17] Freud & Fliess 1986, 26/09/1898, p. 325.
[18] Pribram & Gill 1976, p. 7.
[19] Pribram & Gill 1976, p. 4.

de forte herança kantiana, na qual a ciência é pensada dentro de um ponto heurístico, o que nos levaria a pensar que os modelos propostos por Freud, no *Projeto*, não visam a realidade empírica de suas construções auxiliares, mas a utilidade destas na resolução de seus problemas clínicos. Trata-se aqui, para avaliar o que Freud pretende com seus modelos teóricos formulados em termos biológicos no *Projeto*, mostrar sua proximidade com um aspecto metodológico do programa kantiano para as ciências naturais, no qual o cientista pode utilizar-se de conceitos e modelos especulativos como construções auxiliares que tornam possível observar, organizar e sistematizar os fatos, contribuindo como instrumentos heurísticos para a descoberta das relações efetivas (empiricamente observáveis) entre os fenômenos que deseja explicar, sem que seja esperado que essas especulações, elas mesmas, venham a ter algum referente empírico na realidade fenomênica. Considera-se que Freud, quando usa de construções auxiliares ou *ficções teóricas*, está utilizando desses conceitos tal como Kant defende o uso de *ficções heurísticas*[20] no seu programa de pesquisa para as ciências empíricas de cunho naturalista. Assim, afirma-sedefende-sedefende-se aqui que a maneira como Freud especula no *Projeto* está já explicitada, enquanto proceder, em Kant. Um exemplo significativo da proposta de Kant, que remete ao *Projeto* de Freud, pode ser encontrado numa resposta que ele dá à consulta que Sömmering lhe faz sobre "o órgão da alma" (Kant 1796). Nesse pequeno comentário, Kant mostra que, no que se refere à procura da sede das sensações, é possível procurar uma solução sobre a sede da alma e as explicações sobre seu funcionamento, recorrendo a modelos especulativos. Ele mesmo indicamostra como isso poderia ser feito pelo fisiologista, supondo que a única matéria possível para abrigar a alma, seria a água que está na cavidade cerebral; mais ainda, essa água deveria ser pensada em termos dinâmicos, referida às forças químicas que estariam na base do seu funcionamento. Kant é explícito ao caracterizar esse modelo

[20] Kant 1787, CRP, B 799.

proposto como um conjunto de *hipóteses muito arbitrárias*,[21] ainda que úteis para a busca de explicações.

Andersson, no seu estudo sobre a pré-história da psicanálise, ressalta dois aspectos significativos para a compreensão do proceder teórico em Freud, relacionados a Kant. Primeiro, ele mostra a importância que a psicologia de Herbart (1776-1841) – para quem o psiquismo é composto por um conjunto de unidades, as representações, que se determinam entre si numa "mecânica das representações" (*Vorstellungsmechanik*), concebível tal qual um jogo de forças, uma interação dinâmica de ideias – teve para a formação e o pensamento de Freud.[22] Convém lembrar que Herbart substitui Kant, após sua morte, na Universidade de Konisberg. Segundo, ressaltando aqui um aspecto que pode esclarecer a concepção teórica de Freud que o orienta Freud na elaboração do *Projeto*, Andersson observa que esse tipo de anatomia especulativa, exemplificada acima pela resposta de Kant a Sömmering, era um traço comum a diversas pesquisas sobre o cérebro:

> "Durante a segunda metade do século XIX, uma abordagem muito comum à compreensão dos fenômenos psíquicos era obtida por uma combinação entre a psicologia associacionista e uma anatomia e fisiologia especulativa do cérebro [também denominada de 'mitologias do cérebro']".[23]

Para Andersson, o *Projeto* é, num de seus aspectos, uma tentativa de Freud de formular a sua mitologia cerebral, ainda que esse tipo de teorização já estivesse relativamente em desuso.

Loparic (2000 [1982]), na sua análise de Kant, ressalta a importância do ponto de vista heurístico no programa de pesquisa kantiano para as ciências da natureza, e avalia que há uma grande proximidade entre Kant e o projeto de Freud. Ele diz, referindo-se ao texto de Freud de 1895:

---

[21] Cf. Kant 1796, p. 225.

[22] Andersson 1962, p. 33 e *passim*.

[23] Andersson 1962, p. 91.

> "*Em Projeto de uma psicologia para neurólogos* (1895), Freud continua essa linha de pesquisa [kantiana]. Na tentativa de modelar o psiquismo, em particular a dinâmica das representações, pelos acontecimentos fisiológicos da matéria cerebral, ele recorreu a conceitos especulativos, tais como 'energia nervosa', 'soma de excitação', 'neurônios' e 'vias facilitadas'. Dessa forma, Freud produziu um modelo para o órgão da alma, misturando o ponto de vista mecânico com o energético – um ponto de vista pós-kantiano, inspirado em W. Ostwald, mas próximo do ponto de vista dinâmico de Kant".[24]

Nessa perspectiva de análise, creio que considerar Freud como um realista, ou seja, como um cientista que tomava suas representações auxiliares – que caracterizam sua metapsicologia, tanto a do *Projeto* como a que será elaborada mais tarde – como um conjunto de conceitos que teriam um hipotético referente empírico na realidade fenomênica, seja nesse texto, seja em outros momentos de sua obra, além de desconsiderar a sua formação, não é coerente com suas posições epistemológicas e metodológicas, muito mais próximas de Kant e do ponto de vista heurístico na ciência. Isso faz com que Freud possa ser considerado como um adido a esse ponto de vista, bem como do uso metodológico de especulações teóricas (no caso a metapsicologia do *Projeto*) como instrumentos para a descoberta, sem terem, elas mesmas, um valor empírico objetivamente dado. Não é desprovida de significado epistemológico a caracterização que Freud faz da pulsão – conceito fundamental de sua metapsicologia elaborada após o Projeto – como uma *ideia abstrata*, uma *convenção*.[25]

Considero que, para Freud, o modelo metapsicológico do *Projeto*, organizado a partir dos dados empíricos de sua clínica, não sejaé um conjunto de hipóteses biológicas que busqueca um referente empírico objetivo (anatômico) – o que seria uma tarefa muito mais apropriada à neurobiologia do que à psicologia –, mas sim, uma metáfora. Suas

---

[24] Loparic 2003, p. 243.

[25] Cf. Freud 1915c, pp. 117-118.

representações auxiliares especulativas apresentam-se como um conjunto de conceitos que visam a ajudar a elucidar os problemas clínicos da psicologia e não os da neurobiologia. Isso fica claro no início da segunda parte desse texto, quando Freud enuncia o que fará com sua teoria geral:

> "A parte I deste projeto continha o que, de certo modo, podia derivar-se *a priori* das sugestões fundamentais, modelado e corrigido de acordo com diversas experiências factuais. Esta parte II procura atingir [adivinhar; *erraten*], a partir da análise de processos patológicos, algumas determinações posteriores do sistema fundado sobre essas suposições fundamentais; uma terceira deverá arquitetar [construir, *aufbauen*], a partir das precedentes, os caracteres do curso psíquico normal".[26]

Freud diz, ainda, que pretende realizar uma *figuração* dos processos psíquicos tanto normais como patológicos, a partir de suas hipóteses que distinguem diversos tipos de neurônios e deslocamentos de *quanta* de excitação: o *Projeto* é claramente construído em termos de distribuições energéticas, dentro de uma perspectiva econômico-quantitativa. Ele considerou, naquele momento, que suas suposições – pouco ou quase nada intuitivas, ou seja, não apreensíveis pela observação empírica direta – eram úteis para a elaboração de uma psicologia completa, como uma teoria geral que poderia completar as lacunas até então presentes na explicação dos fenômenos psíquicos. Diz Freud:

> "Apenas através dessas suposições complicadas e pouco intituitivas foi-me possível, até agora, incluir os fenômenos da consciência na arquitetura da psicologia quantitativa".[27]

As "suposições complicadas", às quais ele se refere, são a noção de energia nervosa, de *quantum* de excitação e afeto, os diversos tipos de neurônios, as vias facilitadas para o escoamento dos estímulos e excitações, e, mesmo, a suposição, que não é nada evidente, de que o

[26] Freud 1950a [1895], p. 347.
[27] Freud 1950a [1895], p. 311.

psiquismo pudesse ser pensado tal qual um aparelho dividido em partes que se determinam entre si. Nenhuma dessas construções teóricas tem referente empírico dado pela observação, ao contrário, Freud as toma como frutos do seu *fantasiar* – ou, como ele diz, na Interpretação dos sonhos, representações desse tipo são *ficções teóricas*[28] –, cujo objetivo é "reagrupar e explicar os diversos estados psíquicos".[29]

Para Freud, tudo parecia encaixar-se perfeitamente e ele se vê tomado pela alegria de ter encontrado um modelo que pudesse levá-lo a conseguir explicar, sem lacunas, os mecanismos que regem a psicologia humana:

> "Numa noite laboriosa da semana passada, quando eu estava sofrendo daquele grau de dor que propicia as condições ótimas para minhas atividades mentais, as barreiras ergueram-se subitamente, os véus caíram e tudo se tornou transparente – desde os detalhes das neuroses até os determinantes da consciência. Tudo pareceu encaixar-se, as engrenagens se entrosaram e tive a impressão de que a coisa passara realmente a ser uma máquina que logo funcionaria sozinha. Os três sistemas de n[eurônios]; os estados livres e ligados de Qn [quantidade]; os processos primário e secundário; a tendência principal e a tendência dos compromissos do sistema nervoso; as duas regras biológicas da atenção e da defesa; as características de qualidade, realidade e pensamento; e, por fim, os fatores que determinam a consciência como função da percepção – tudo ficou e continua correto até hoje! Naturalmente, mal consigo conter minha alegria".[30]

Essa alegria não dura muito. Aproximadamente um mês após essa revelação, ele se mostra totalmente desapontado consigo mesmo e considera ter escrito um tipo de aberração:

> "Não entendo mais o estado mental em que maquinei a psicologia; não consigo conceber como posso tê-lo infligido a você. Creio que você está sendo polido demais; para mim, parece ter sido uma espécie

[28] Freud 1900a, p. 603.
[29] Freud 1894a, p. 61.
[30] Freud & Fliess 1985, 20/10/1895, p. 147.

de aberração. A solução clínica das duas neuroses provavelmente se manterá, depois de algumas modificações".[31]

Como entender essa mudança de opinião? E por que, ao longo de sua obra, são mantidas as soluções clínicas do *Projeto* e não, as soluções biológicas? Se as construções auxiliares valem por aquilo que se pode fazer com elas, e não, por sua referência empírica objetiva, então, parece lícito afirmar que Freud considera que uma metapsicologia descrita em termos biológicos é inútil para a prática clínica. Ela nada oferece para a resolução de problemas próprios ao tratamento por meios psíquicos; ela se apresenta apenas como uma coerente construção teórica, mas que não resulta em nada de prático ou efetivo para o método psicanalítico.

Quando Freud já tinha abandonado o *Projeto* e estava se dedicando ao seu livro *A Interpretação dos sonhos*, ele se refere a sua hipótese sobre os sonhos serem a realização de desejos como uma "solução psicológica, e não biológica",[32] distanciando-se, portanto, da solução biológica e indicando a necessidade de uma solução metapsicológica, que será efetivamente proposta no Cap. 7 de *A Interpretação dos Sonhos*. Essa metapsicologia, apresentada em 1900, será modelada em termos psicológicos (conflito psíquico entre conjunto de representações, atividade psíquica inconsciente, ideias reprimidas, trabalho do sonho, sintomas como realização de desejos, forças psíquicas, sistemas psíquicos etc.), sobre os quais ele sobreporá os aspectos quantitativos, energéticos; ela será, para Freud, uma solução ficcional útil, que resulta em procedimentos de pesquisa (cura) eficientes, pois ajudam o analista a compreender a sua posição e função no tratamento.

O abandono de uma metapsicologia modelada em termos fisiológicos a favor de uma construída em termos psicológicos tem em Theodor Lipps um ponto de apoio básico. Esse filósofo é apresentado por Freud – seja em "A Interpretação do sonhosSonhos"[33] e "O Chiste e

[31] Freud & Fliess 1985, 29/11/1895, p. 153.

[32] Freud & Fliess 1985, 10/03/1898, p. 302.

[33] Freud 1900a, pp. 612-613.

sua relação Relação com o inconscienteInconsciente",[34] seja em "Esboço de Psicanálise"[35] e "Algumas lições Lições elementares Elementares de psicanálisePsicanálise"[36] – como uma fonte de suas concepções sobre o psiquismo e o inconsciente. Para Freud, há em Lipps uma metapsicologia que está, justamente, de acordo com suas posições, não só no que diz respeito à concepção do inconsciente como "a base geral da vida psíquica", mas também com a necessidade metodológica de manter a psicologia separada da fisiologia. Diz Lipps declara:

> "Ou se é psicólogo por inteiro, isto é, no sentido amplo da palavra, ou se corre o risco de não o ser de modo algum".[37]

Esse autor é da opinião que é um erro confundir psicologia e fisiologia:

> "As assim chamadas explicações fisiológicas de fenômenos psíquicos são a tradução do conhecimento psicológico, efetivo ou suposto, da linguagem da psicologia para a linguagem da fisiologia do cérebro. Não há, em sentido próprio, uma psicologia fisiológica, ou seja, uma visão do encadeamento: e da conformidade a leis dos processos psíquicos, que seria alcançada, em primeiro lugar, no campo da fisiologia".[38]

Ele chega até mesmo a considerar que tal tipo de proposta, que rebate a psicologia numa fisiologia, nada mais é do que uma doença da juventude:

> "Tudo isso são doenças da juventude que a psicologia tem de vencer".[39]

Para ele, o caminho da psicologia e da psicofisiologia deve ser distinto, para o bom desenvolvimento das duas:

> "A salvação da psicologia e, com ela, também a salvação da psicofisiologia depende de que a psicologia se erga-se, cada vez mais,

[34] Freud 1905c, pp. 161-162.
[35] Freud 1940a, p. 158.
[36] Freud 1940b, p. 286.
[37] Lipps 1897, p. 354.
[38] Lipps 1897, p. 355.
[39] Lipps 1897, p. 355.

sobre seus próprios pés e, sem se deixar alterar por coisa alguma, siga seu próprio caminho em direção de suas próprias metas. Na medida em que assim fizer, a psicofisiologia poderá seguir-lhe os passos, mas tão-somente *seguir*, lenta e cautelosamente, e sempre com pleno conhecimento de assuntos psicológicos".[40]

O abandono do *Projeto* como uma metapsicologia descrita em termos fisiológicos ou neurofisiológicos, avaliada por Freud como uma "aberração",[41] é corroborada pelas posições de Lipps sobre como se deve construir uma psicologia que vai além da psicologia descritiva ou, melhor dizendo, como se deve construir uma metapsicologia propriamente psicológica.

A diferenciação dos tipos de solução propostos para a construção de uma psicologia geral que desse conta dos problemas da psicologia (seja ela normal ou patológica) – com o afastamento da psicofisiologia e com a diferenciação entre as teorias fornecidas pela psicologia (no seu sentido descritivo ou fenomenológico) e as teorias metapsicológicas (modeladas tanto em termos biológicos, como é o caso do *Projeto*, quanto em termos psicológicos, como se dará após a elaboração do Cap. VII de *A Interpretação dos sonhos*) – mostra uma opção epistemológica e metodológica de Freud.

Pode-se dizer que, enquanto a compreensão biológica dos mecanismos psíquicos ou mesmo a compreensão que uma metapsicologia descrita em termos biológicos pode ajudar a formular, não resultam em ações específicas para o tratamento psicológico, a solução psicológica e a metapsicológica, modeladas em termos psíquicos dinâmicos, enriquecem e aumentam a eficiência do tratamento psíquico. Ou seja, é o critério heurístico e não o da validade objetiva, empírica, o que decide pelo abandono de uma metapsicologia descrita em termos biológicos por uma descrita em termos psicológicos. Esse critério heurístico é

---

[40] Lipps 1897, p. 355.
[41] Freud & Fliess 1986, 29/11/1895, p. 153.

retomado por Freud em 1938, quando está escrevendo o que ele sabia ser a sua última síntese sobre a doutrina psicanalítica, dizendo que seria *infrutífero*[42] conceber o psiquismo reduzido ao consciente, justificando a noção de inconsciente. Logo, pode-se também afirmar que é igualmente infrutífero conceber o inconsciente como uma realidade biológica, ou ainda, descrito metaforicamente por termos biológicos. Para Freud, tanto a metapsicologia psicológica quanto a metapsicologia biológica são ficções heurísticas, elas não valem por corresponderem mais ou menos aos fatos, mas porque são mais ou menos úteis para organização, sistematização e busca dos fatos e suas relações. Para Freud, as representações ou conceitualizações do tipo metapsicológico são, dirá em 1925, uma "superestrutura especulativa [-] da psicanálise, em que cada parte pode ser sacrificada ou trocada sem dano nem remorso, a partir do momento em que uma insuficiência é constatada".[43]

---

[42] Freud 1940b, p. 286.
[43] Freud 1925d, p. 32.

APÊNDICE EPISTEMOLÓGICO

“A BABEL PSICANALÍTICA PÓS-FREUD E O DESENVOLVIMENTO DA PSICANÁLISE”

Ensaio 10

Incomensurabilidade entre paradigmas, revoluções e *common ground* no desenvolvimento da psicanálise

Na história e desenvolvimento da psicanálise, a proliferação de grupos e subgrupos, com uma diversidade de léxicos e de interpretações díspares para termos de uso comum, tem causado não só cisões e disparidades teórico-clínicas, como também uma dificuldade de comunicação e até mesmo um obnubilamento da definição e enquadre da psicanálise, a ponto de borrar as características definidoras do que deve ser incluído como pertencendo ao seu campo de problemas e o que deveria ser excluído deste, seja em termos teóricos seja clínicos.

Nas inúmeras tentativas de diálogos, as dificuldades de entendimento entre os membros de diferentes grupos de psicanalistas têm sido uma constante: as dissonâncias, mal-entendidos, erros de interpretação, mal-uso de termos e conceitos mais parecem a regra do que a exceção. Pode-se, pois, afirmar que a psicanálise tem vivido diversas experiências de colapso na comunicação.

Talvez a noção khuniana de *paradigma* (Khun, 1970) possa contribuir para estabelecer um método para a realização de um diálogo e interseção entre os diversos sistemas teóricos da psicanálise. Mas de que maneira? A análise das características desse conceito, bem como do seu uso no estudo da psicanálise, podem esclarecer essa questão.

Diversos são os autores que se referiram e usaram a noção khuniana de paradigma (por exemplo, Bernardi, 1989, 2002; Greenberg & Mitchell, 1983; Loparic, 2001a, 2006) para compreender a história de desenvolvimento da psicanálise e/ou a maneira pela qual poderíamos articular as contribuições de sistemas teóricos dispares de nossa disciplina. No entanto, não temos uma análise que se propõe fazer uma análise crítica desses usos, bem como propor uma solução para os problemas que estes usos colocam separadamente, tal como me proponho fazer aqui.

Antes de me dedicar à análise dos usos desse instrumento teórico, é necessário fazer um esclarecimento epistemológico-metodológico que diz respeito à maneira díspar como o *praticante* e o *teórico* lidam e administram a diversidade de contribuições que advêem dos diversos sistemas teóricos da psicanálise.

1. A posição do clínico e do teórico ante a diversidade de sistemas teóricos da psicanálise

"A teoria é algo bom, mas isto não impede que existam muitas outras coisas que não estão preconcebidas nas teorias", foi o comentário de Charcot (apud. Lubimoff, 1894) ao ser interpelado por um aluno dizendo que suas posições contariavan a teoria de Young-Helmholtz, como destacou Freud num de seus comentários elogiando a genialidade de Charcot (Freud 1893f, p. 13).

O praticante de método de tratamento psicanalítico não faz teoria quando atende seu paciente, ele não aplica mecanicamente tudo o que aprendeu sobre a teoria e a técnica psicanalítica na compreensão e interpretação do paciente, mas, tendo metabolizado tudo o que aprendeu (dos livros, da sua experiência de vida e da sua própria análise) coloca-se à disposição do paciente para compreendê-lo, comunicar-se com ele na direção do processo de cura psicanalítica, sintetizado por Freud no trinômio "recordar, repetir e elaborar".

Trata-se, como apontou Winnicott, da mesma situação do violocelista que, tendo estudado muito a técnica, quando chega na sua maturidade, toca sem pensr na técnica, tendo-a incorporado e usando a si mesmo (como pessoa, como quem entende da lógica musical, na utilização de suas afecções conscientes e inconscientes) toca amalgamado a seu instrumento.

Freud também apontou para algo do gênero, quando interpelado por Smiley Blanton sobre a técnica, respondeu:

> "Ora, quanto aos artigos de técnica, penso que são interiamente inadequados. Não acredito que seja possível dar os métodos da técnica através de artigos. Precisam ser dados por ensino pessoal. Evidentemente, os principiantes precisam de alguma coisa de onde possam partir. Sem isso, ficam sem nada. No entanto, se seguem conscenciosamente as instruções, logo estarão com problemas. Depois, precisam aprender a criar a sua técnica" (Blanton, 1971, sessão de 6 de março de 1930, p. 48).

Talvez possamos dizer que o psicanalista – formado, então, no classic tripé estudo-análise-supervisão – tem a si mesmo, como pessoa inteira, na composição de sua formação técnica e cultural, o instrumento para agir no processo analítico, colocando-se, com este arcabouço, em função do compreensão, comunicação e interpretação do paciente, guardadas todas as ressalvas que caracterizam a psicanálise como uma prática não sugestiva, uma prática psicoterápica que não usa nem dirige o paciente, mas fornece as condições para que ele encontre a si mesmo, seu caminho e seus modos de ser no mundo.

No contexto que estamos tratando nesse artigo, surge a questão: como o psicanalista clinico pode aprender com sistemas teóricos díspares? Cabe a ele fazer sínteses, estabelecer comunicações, relações e pontes entre esses sistemas? Eu responderia, paradoxalmente: sim e não.

Por um lado, a leitura do que descobriram empírica e teóricamente os outros psicanalistas, sejam com os clássicos (tais como Freud, Klein, Frenczi, Winnicott, Lacan, Bion etc.) sejam com outros mais ou menos importantes (Green, Ogdem, Fédida, Laplanche, eu e você , caro leitor psicanalista dedicado a escrever sobre a teoria e a prática psicanalítica), a leitura de outros intelectuais das ciências e mesmo do campo das artes, amalgamados às experiências pessoais, compõem aquilo que somos sem nenhuma necessidade de que o sistema seja teóricamente congruente, sem contradictões, enfim, somos uma totalidade sem que seja necessária uma lógica única para tudo o que somos e todas as situações em que agimos. Nesse sentido, o praticante faz a sua síntese, cria a sua maneira de pensar, agir, sem que isto seja uma questão. Talvez na mesma direção que Freud apontou, quando caracterizou o método de tratamento psicanalítico, como se ocupando de fazer a análise (partição dos fatos psíquicos e descobertas dos sentidos de suas partes), deixanto a síntese como uma tarefa que, naturalmente, será feita pelo paciente. Ou seja, para dizer sintéticamente: o analisa faz psicanálsie, cabe ao paciente fazer a psicosíntese pessoal.

A leitura dos diversos psicanalistas, o contato e a compreensão dos diversos sistemas teóricos, das diversas semânticas-teórico-clínicas, contribuiem para a formação dos analistas, mas não o fazem de igual maneira, no que se refere à formação de um analista. Creio que, como ponto de partida, o analista aprende um sistema teórico-semântico básico (Freud), que se desenvolve num tipo de dialeto regional (Klein, Bion, Lacan, Winnicott e todos os que possam ser considerados tendo proposto sistemas teóricos díspares no desenvolvimento da psicanálise), constituindo, assim, o que se poderia talvez caracerizar, metaforicamente, como a língua maternal do analista. A partir daí ocorre todo tipo de expansão, aprendizado e desenvolvimento, na sua comunicação e diálogo com os outros sistemas teóricos da psicanálise, fato que ocorre não necessariamente como um processo linear e cronológico. Ou seja, pode-se responder que cada analista faz a sua síntese pessoal, a sua comunicação e diálogo pessoal com todos os outros psicanalistas, sejam os mais próximos seja os pertencentes a sistemas teóricos-semânticos díspares da sua língua maternal. Não há aqui, nenhuma exigência de que essa síntese seja sem contradictões, nenhuma exigência quanto à precisão, rigor e delimitação de sua linguagem.

Por outro, quando o analista se propõe a teorizar, quando ele pretende oferecer uma descrição mais ou menos universal (que sirva a todos), ou seja, quando se dedica à *episteme*, então as exigências são outras. Por um lado, para o bem e garantia da comunicação, ele precisa respeitar uma *ética da terminologia*: os mesmos termos devem ter os mesmos referentes e, na direção contraria, os mesmos referentes deveriam ser designados pelos mesmos termos. Fica evidente que, nessa direção, estamos muito mais no campo de uma Babel psicanalítica, como já apontara Green, num diálogo com Bion (Green, 2005, p. 44).

Como, então, sair dessa Babel, dado que não parece estar no nosso horizonte a constituição de uma língua universal, tal como não parece fazer sentido a criação de uma única língua que agregue, amalgame e substitua todas as línguas existentes (o português, francês, alemão, inglês, chinês, grego etc.)? Diversas tem sido as tentativas de encontrar formas de diálogo e caminhos para que as diversas descobertas (feitas em sistemas teóricos semânticos díspares) possam se comunicar – por exemplo Bohleber *et al.* (2013), Bernardi (2015), ambos, à suas maneiras, se referindo, de uma maneira ou de outra, às contribuições clínicas que essas diferentes propostas podem oferecer. Creio que se fizermos essa distinção que estou propondo, separando aquilo que é a tarefa e o lugar do praticante, do lugar, tarefa e obrigações do teórico em psicanálise, temos um caminho onde essas coisas se articulam.

Assim, se estamos no campo da produção de teoria e na articulação entre sistemas teóricos incomensuráveis, ou seja, ao fazer teoria, seria mais interessante, que as propostas teórico-semânticas, seja na análise dos clássicos seja na introdução de novos termos e/ou conceitos, ficasse delimitada a um território semântico-conceitual de referência, no quadro do qual a *ética da terminologia* seria um imperativo. Na comunicação e diálogo entre sistemas semantico-teóricos dispares, estas são tratadas como *incitações* a serem redescritas e consideradas no campo semântico-teórico que as esta incorporando. A análise mais detalhada deste procedimento será feita na continuidade desse artigo, tomando como objeto a noção khuniana de *paradigma*.

Por outro lado, se estamos no campo da prática clínica, o analista, como pessoa que é também o instrumento de ação clínica não precisa se comportar da mesma maneira e, ainda que sua maneira de pensar e expressar-se tenha as marcas e a influência profunda da sua língua materna, ele usa aqui e ali, com maior ou menor intensidade, de outros recursos, de outras experiêncas, de outras linguas, de outros saberes, colocando-se, na sua totalidade afetiva e cultural, a serviço do encontro que torna a comunicação com o paciente possível. Aqui também, cabe lembrar a posição de Freud, julgando que cada paciente (sua vida psíquica, os sentidos e significantes de eus atos psíquicos e de sua linguagem) é tal como o sistema linguístico da escrita egípica antiga, um conjunto hieróglifos (Freud 1900a, p. 341), que precisa ser descoberta em seus significados, em sua semântica e sua gramática próprias. Não há uma metalíngua, uma língua das línguas, que seja universalmente válida para intrepretar, compreender, os pacientes; da mesma maneira que não deveríamos esperar isto das teorias.

Com este tipo de esclarecimento posso, agora, me dedicar à análise do que seria o uso da noção de paradigma como um intrumento para a produção e o conhecimento do desenvolvimento da história das idéias, dos conceitos e dos sistemas *teóricos* na psicanálise, explicitandos suas condições e apontando para um método rigoroso que torne isto possível. No que se refere à clínica somos muito mais livres, mas não totalmente livres! A análise da maneira como podemos articular as contribuições de sistemas teóricos díspares, via a compreensão dos usos da noção de paradigma para pensar a história de desenvolvimento da psicanálise, também poderá contribuir em que medida somos mais ou menos livres para articular as contribuições de semânticas díspares no exercício da prática clínica psicanalítica.

2. A concepção de Thomas Khun sobre a ciência e seu desenvolvimento: paradigmas, revoluções e incomensurabilidades

A noção de *paradigma*, apresentada por Thomas Kuhn no seu *A estrutura das revoluções científicas* (1970), inicialmente proposta como aplicável ao campo das ciências naturais, também foi considerada, por ele mesmo, como aplicável a outras áreas do conhecimento (nas artes, na filosofia, economia, psicologia etc.).

Para Kuhn, toda ciência tem uma série de características estruturais que fornecem os elementos a partir dos quais seus problemas são enunciados e as soluções encaminhadas, de modo que, dado um determinado campo de problemas, a ciência e o cientista funcionam como solucionadores de quebra-cabeças de determinado tipo. Kuhn denominou *paradigma* ou *matriz paradigmática* (1970, 1977, 2000) a esse conjunto de elementos estruturais que, compartilhados por uma determinada comunidade, enuncia e resolve problemas (empíricos e teóricos) de uma determinada maneira ou num determinado quadro. Essa matriz é composta, principalmente, pelas seguintes variáveis: problemas *exemplares*, *generalizações* simbólicas, *modelos metafísicos* e *valores* (teóricos e práticos). Para termos uma apreensão geral do que é isto, podemos descrever quais seriam os conteúdos dessas variáveis no caso da física (enquanto esta esteve caracterizada ao que poderíamos nomear do paradigma newtoniano): o problema *exemplar* é o plano inclinado, considerando que todos os outros problemas da física seriam variações mais complexas desse problema básico; a *generalização simbólica* ou teoria geral corresponde a uma formulação relativamente simples e sintética que serviria, com seus ajustes, a todos os casos, na física de Newton temos, por exemplo, "$F = m.a$"; o *modelo metafísico* corresponde a uma concepção sobre como o mundo ou o objeto em questão está estruturado, por exemplo, na física newtoniana, a definição distinta entre matéria e onda, a concepção de tempo e espaço absolutos, a condideração que são as forças que estão na origem dos movimentos etc., são modelos que servem para auxiliar a organização e sistematização dos dados empíricos; valores práticos e teóricos, que dão um certo telos às pesquisas e servem da direcionar os processos de descobertas, tais como *predições quantitativas são preferíveis às qualitativas*, deve-se procurar forças para explicar os movimentos etc.

Kuhn faz uma distinção entre as ciências maduras (ou seja as que consolidaram *um* determinado paradigma compartilhado pelos seus integrantes, as ciências em estado paradigmático) e as ciências novas e/ou imaturas (ou seja, as que convivem com diversos paradigmas disputando hegemonia sobre um determinado campo, as ciências em estado préparadigmático).

Para ele, o objetivo de uma ciência é enunciação e *resolução* de seus problemas. Quando uma ciência, mesmo madura, não consegue resolver um número significativo de seus problemas (chamados problemas anômalos, que não têm, ainda, solução, ou que permanecem ao longo do tempo sem solução) e, mais ainda, este tipo de problema parecem aumentar, diz-se que esta ciência ou este paradigma está em crise, dado que não consegue atingir seus objetivos. É comum, nessas situações que jovens cientistas entrem em conflito com os velhos defensores da tradição; com estes novos cientistas propondo modificações estruturais nos modos de enunxciar os problemas e de encaminhar suas soluções. Ou seja, eles propõem modificar o paradigma, o que pode levar, no dizer de Khun, a uma revoluçãoo, muda-se o regime, o modo de formular e resolver as coisas, mudam-se os componentes da matriz paradigmática para que os novos problemas sejam solucionáveis, obrigando-se o novo paradigma a resolver também os velhos problemas (mas, estando agora vistos, ou seja, redescritos no quadro da nova matriz).

Se uma ciência ainda não está madura a ponto de ter constituído um paradigma, em geral há uma diversidade de modos de enunciar e resolver os problemas, ou seja, há diversos paradigmas se enfrentando numa disputa de hegemonia. Em geral, a luta acaba quando uma perspectiva se mostra mais eficiente e mais ampla na resolução daquele campo de problemas, fazendo com que esta ciência, em particular, passe do seu período préparadigmático para o período paradigmático (unificada num único paradigma de referência, comungado pelos membros dessa comunidade).

Ao reconhecer que uma disciplina ou matriz disciplinar tem sempre um léxico específico, compartilhado por um grupo ou comunidade, Kuhn também está afirmando que os referentes de seus conceitos estão correlacionados a fatos e fenômenos diferentes. Ou seja, não se trata de um problema de nomenclatura, mas da formulação ou enunciação de quais são e como são os fatos e problemas empíricos a serem considerados por uma determinada disciplina do conhecimento. Ao confrontar paradigmas, ocorre, pois, o problema da possibilidade de tradução entre eles. É o que comumente acontece no diálogo entre a filosofia e as ciências, sempre fracassado se tais precauções semânticas não são respeitadas. No caso de uma mesma disciplina, na qual há paradigmas díspares, o problema pode ser ainda maior, dado que, além de termos novos, há termos comuns que têm seu sentido modificado, ainda que o significado de outros termos comuns seja mantido.

Cada paradigma e seu léxico correspondente constituem, para Kuhn, a consideração de mundos empíricos diferentes. Ou seja, não se trata de um problema terminológico, em que existem nomes diferentes para os mesmos referentes, mas diferentemente disso, muitos dos referentes mudam exigindo um novo léxico e a redefinição do léxico antigo. Noutros termos, na passagem de um paradigma para outro, mudam os problemas e as soluções de referência, fazendo com que seus praticantes vejam um novo conjunto de fenômenos.

É interessante notar que Kuhn considera que um membro individual pode ser bilíngue ou trilíngue, dominando os sentidos específicos dos paradigmas em questão, ainda que, em termos práticos, essa possibilidade não exista. Ou seja, para ele, a prática efetiva de formulação de problemas e o encaminhamento de suas soluções não podem ser realizadas como se o praticante se comportasse como uma estação de rádio, hora num mundo ora noutro; ainda segundo Kuhn principalmente no caso da psicanálise, para a qual a solução de problemas clínicos corresponde a um longo processo de comunicação entre analista e analisando.

A utilização da proposta de Kuhn, em termos metodológicos, corresponde a um tipo de exigência de uma *ética da terminologia*, mas avança um pouco mais do que apenas fornecer uma mera orientação geral, uma vez que, além de exigir a constante preocupação em relacionar os termos teóricos a seus referentes específicos, possibilita, por meio das características que delimitam e estabelecem o que é um paradigma, quais são os aspectos centrais a serem considerados para que disciplinas e propostas díspares possam ser comparadas e compreensíveis umas às outras.

3. O uso do termo paradigma sem referência a Khun, no estudo da psicanálise

Podemos nos perguntar se, tal como está estruturada a teoria e a prática psicanalítica, seria possível caracterizá-la em termos da existência de *exemplares*, *generalizações simbólicas*, *modelos metafísicos*, *valores* etc., configurando uma matriz paradigmática. Outra questão seria: no desenvolvimento da psicanálise pós-Freud, haveria novos paradigmas? Respostas a essas perguntas têm sido dadas há mais de 20 anos. Não me dedicarei aqui a um estudo exaustivo de todos os usos feitos da aplicabilidade das propostas de Kuhn para o estudo da psicanálise e de sua história, mas procurarei apresentar os usos mais significativos, comentando um ou outro caso que pode agrupar as diversas tentativas nessa direção. Nesse sentido, a ordem cronológica será sacrificada em prol da compreensão mais geral.

Cabe citar, primeiro, aqueles que usam o termo *paradigma* sem referirem-se a Kuhn, tomando-o, então, como sinônimo, *grosso modo*, de *modelo*, ou seja, os que não utilizam o termo como um conceito específico, mas apenas em seu sentido ordinário. Dentre os diversos autores que tomam um termo por outro, citarei quatro casos: Donald Spence, Adam Phillips, Jacques André e Juan Pablo Jiménez.

O primeiro, Donald Spence, publicou o livro *The Freudian Metaphor. Toward Paradigm Change in Psychoanalysis* (1987). Nesse texto, o termo paradigma aparece praticamente apenas no título e num dos subtítulos de um dos capítulos, sem que nenhuma referência ao seu sentido técnico, estabelecido por Thomas Khun, seja feito; ou seja, o termo é usado apenas como sinônimo de *modelo*. Spence defende que o sistema teórico freudiano corresponde, na verdade, um conjunto de metáforas e não, propriamente, um conjunto de proposições refutáveis. Para ele, a natureza metafórica da teoria psicanalítica corresponde, pois, a um determinado modo de conhecer que imita o da ciência, uma pseudociência, mas que deveria reafirmar-se na sua potência metafórica e não procurar ultrapassá-la. Depreende-se, pois, que para Spence o novo paradigma se caracteriza pela defesa do tipo de teorização metafórica como uma forma de conhecimento não só adequada, mas necessária para a essência e o poder de ação-transformação da psicanálise.

O segundo, Adam Phillips, refere-se à Winnicott como tendo formulado um *novo paradigma* para a psicanálise. Ao não utilizar o conceito kuhniano, mas o termo no seu sentido familiar ou cotidiano, ele reconhece que grandes mudanças ocorreram na psicanálise quando Winnicott tomou o relacionamento mãe-bebê como o modelo de referência para pensar a situação analítica (Phillips 1988, p. 5). No seu livro, ele comenta muitas transformações que a proposta de Winnicott representa quando comparadas com as de Freud e de Melanie Klein. No entanto, ao não tomar o termo paradigma no seu sentido técnico dado por Kuhn, não organiza nem sistematiza essas diferenças da maneira como ocorreria caso usássemos o conceito de Kuhn. Ao não fazê-lo, a questão da mudança de paradigma na psicanálise não fica claramente colocada, uma vez que o uso do termo nesse sentido coloquial não fornece parâmetros específicos para avaliar se outras propostas de psicanalistas pós-freudianos também correspondem a mudanças de paradigmas.

O terceiro exemplo refere-se ao título e conteúdo que Jacques André deu à coletânea de artigos publicada como livro, *Les états limites. Nouveau paradigma pour la psychanalyse?* (André *et al.*, 1999), com textos de diversos autores, tais como André Green, Pierre Fédida, Daniel Widlöcher, Catherine Chabert e Jean-Luc Donnet. O nome de Kuhn não foi citado uma única vez! Trata-se, evidentemente, de um uso que não utiliza o termo como um conceito específico, que tem uma história já estabelecida. As razões dessa opção não foram apresentadas pelos autores, talvez nem mesmo tenha sido colocado em questão qual era o sentido específico do termo paradigma, uma vez que a obra dedicava-se a outros objetivos, ainda que tratem do desenvolvimento da psicanálise. Não há problema algum em optar por tal sentido, mais corriqueiro ou familiar, para um termo que tem determinada história semântica, mas caberia explicitar os motivos dessa opção.

E, quarto caso, Juan Pablo Jiménez (2006). Este psicanalista chileno considera que a psicanálise acabou por isolar-se enquanto disciplina, o que tornou propício e é causa para a constituição de um cenário atual com uma diversidade de pensamento e uma fragmentação do conhecimento psicanalítico. Ao propor que sejam adotados princípios de correspondência ou coerência externa em conjunção com princípios de coerência hermenêutica, como modos para que seja possível validar hipóteses psicanalíticas, ele recorre, então, aos desenvolvimentos atuais das neurociências defendendo que, ao integrar esses conhecimentos das neurociências com os da psicanálise seria possível elaborar um *novo paradigma* para a construção da teoria da mente. Não caberia, aqui, analisar criticamente os detalhes de sua proposta, mas tão somente constatar que ele não usa esse termo no sentido que Kuhn estabeleceu.

Acredito que o uso do termo paradigma, nesses quatro exemplos, sem a devida crítica e referência a Khun, é impreciso e sujeito a causar ambiguidades e controvérsias, dado que o termo, no seu sentido genérico, nada acrescenta às análises feitas, apenas dão-lhe um adjetivo. Caso o termos paradigma fosse utilizado no seu sentido técnico, tal como Khun propôs, isto levaria os autores a considerar uma série de outros elementos que compõem o paradigma, bem como os levaria a considerar a questão do desenvolvimento da ciência, da comunicação entre paradigmas díspares, dos objetivos da ciência etc. Da mesma maneira que o termo *inconsciente* ou *sexualidade* têm uma história que precisa ser considerada e, numa discussão rigorosa no campo da psicanálise e mesmo na discussão com outros campos do saber, é quase inadmissível que seus sentidos e referentes não sejam associados à maneira como Freud e a psicanálise os entendem; o termo paradigma também tem a sua história, seu sentido e seus referentes específicos.

4. O uso do termo paradigma com referência a Khun na psicanálise

Circunscrevendo, agora, minha análise aos autores que procuram usar o termo paradigma com base na definição kuhniana, indicarei alguns psicanalistas, historiadores e filósofos que tentam aplicar o conceito de Kuhn aos estudos sobre a teoria e a prática psicanalítica. Tomarei como exemplos desses casos: Marco Bacciagaluppi (2012), Ricardo Bernardi (1989, 2002), Greenberg & Mitchell (1983), Joyce Mcdougall (1995), John Bowlby (1988), Zeljko Loparic (2001a, 2006, 2012, 2018), Jan Abram (2012), João Paulo Barretta (2016), bem como a minha própria interpretação deste tema.

O livro de Marco Bacciagaluppi, *Paradigms in psychoanalysis*, de 2012, nos levaria a pensar que trata-se de uma síntese, com base no uso do instrumento teórico proposto por Kuhn, dado que Bacciagaluppi, diz que está usando o termo a partir da maneira como Kuhn o forjou (2012, p. Xviii). No entanto, ao seguir o seu livro, não encontramos referências às características que Kuhn descreveu como constituindo um paradigma (exemplar, teorização geral simbólica; modelo metafísico, valores etc.), dando uma especificidade ao termo paradigma que o diferenciaria do uso do termo na sua acepção ordinária, o que significa que, mesmo referindo-se a Kuhn, Bacciagaluppi não utilizou o conceito proposto por Kuhn, mas tomou o termo paradigma na sua conotação mais genérica e vaga, como sinônimo de modelo.

O artigo de Ricardo Bernardi, "The Role of Paradigmatic Determinants in Psychoanalytic Understanding" (1989), tem sido reconhecido como uma referência na sua busca de uso da ferramenta de Khun. Bernardi percebe que há dissonância entres as diversas teorias psicanalíticas, seja no uso de termos comuns com sentidos díspares – tais como *inconsciente, complexo de Édipo, ego* –, seja na proposta de conceitos e termos intraduzíveis de uma teoria para outra – tais como *posição, significante, elemento alfa*. Ele considerou, então, que um paradigma é um conjunto de crenças compartilhadas, autoreguladas internamente, que orientam uma prática psicanalítica específica. Certamente esse é um dos sentidos do conceito, mas em seu aspecto mais geral que não diferencia aquelas outras características descritas por Kuhn (*exemplar, teoria geral guia, modelo metafísico* etc.). Permanecendo, assim, restrito a esse sentido kuhniano mais geral, Bernardi considerará que há três paradigmas na psicanálise: o de Freud, o de Klein e o de Lacan (cf. Bernardi 1989, pp. 353-354). Em trabalhos posteriores, Benardi (2002) continuará a tratar a questão da diversidade de sistemas teóricos na psicanálise e das condições de possibilidade de comensurabilidade entre eles, mas não me pareceu que tenha modificado sua maneira de usar o conceito de paradigma.

Renato Mezan (1990), ao comentar o artigo de Bernardi, procura mostrar as dificuldades argumentativas para aceitar as diferenciações propostas por Bernardi. A crítica de Mezan a Bernardi não se dirige à maneira como este último utiliza o conceito khuniano de paradigma, mas sim aos resultados de suas argumentações.

Greenberg & Mitchell, no livro *Relações objetais na teoria psicanalítica*, de 1983, reconhecendo em Khun, no campo da filosofia e epistemologia das ciências, uma proposta consistente e útil para pensar como uma ciência se desenvolvem, eles se propõem a usar a noção kuhniana de *paradigma* para desenvolverem seus estudos sobre a história da psicanálise. Eles afirmam, então, que, para Khun, há diversos modelos no desenvolvimento de uma ciência, alguns servindo simplesmente como metáforas ou artifícios heurísticos, enquanto outros ocupam um papel mais profundo e penetrante na comunidade científica fornecendo um arcabouço básico de orientação e crença, e servindo como um compromisso metafísico. Um paradigma seria, pois, nada mais, do que o nome dado a um conjunto de modelos compartilhados por cientistas de uma dada comunidade. Sem fazerem à distinção, feita por Khun, dos componentes de um paradigma ou matriz paradigmática (exemplares, generalização simbólica, modelo metafísico, valores), eles circunscrevem seu uso do conceito khuniano a apenas um desses componentes: o modelo metafísico em jogo (Greenberg & Mitchell, 1983, p. 19). Com esse tipo de escolha e uso do conceito de paradigma eles, então, afirmam sua posição:

> "Estamos sugerindo que a abordagem de Khun ao desenvolvimento de ideias científicas e sua definição de modelos como compromissos metafísicos são bastante aplicáveis à história do pensamento psicanalítico e se constituem em maneira proveitosa de abordar as diferentes estratégias de teoria" (Greenberg & Mitchell, 1983, p. 19).

Eles propõem, então, que sejam considerados dois paradigmas para a compreensão da psicanálise e sua história, o modelo *estrutural--pulsional* (fundado por Freud e que toma como seu ponto de partida as pulsões instintivas) e o modelo *estrutural-relacional* (iniciado pelos trabalhos de Fairbairn e Sullivan e que focam sua atenção nas relações do indivíduo com outras pessoas), denomináveis dessa maneira com o objetivo de colocar em evidência os compromissos metafísicos estabelecidos como fundamentos para a compreensão da mente e de seu funcionamento.

Em primeiro lugar, é necessário perguntar por que eles optaram por reduzir a noção de paradigma a apenas uma de suas características – *o modelo metafísico* –, deixando de lado as outras, as quais são, para Kuhn, de suma importância para a determinação de uma matriz disciplinar. Tal atitude corresponderia, por exemplo, a analisar um rio apenas em função das pedras que dão sustentação a seu leito. Não se pode dizer, nesse caso, que há erro, mas que é uma perspectiva parcial. Por outro lado, pode-se, ainda, colocar em discussão se a distinção entre a perspectiva das pulsões e a do objeto constituem mesmo paradigmas específicos ou, ainda, se elas dizem respeito, com rigor, aos aspectos metafísicos da psicanálise. Certamente, há aspectos metafísicos associados a essas perspectivas, mas Greenberg & Mitchell acabam por misturar aspectos empíricos e puramente teóricos, ou propriamente metafísicos, quando propõem que essas duas posições sejam tomadas como paradigmas. Tudo isso faz com que seja possível afirmar que eles usaram apenas parcialmente o conceito kuhniano de paradigma, deixando, pois, lacunas significativas no que se refere à caracterização dos paradigmas na compreensão epistemológica e metodológica da psicanálise.

Joyce McDougall (1995) notou que a noção de paradigma poderia ser útil para a compreensão da psicanálise e de sua diversidade teórico-clínica. Mesmo não estando segura de poder avaliar se há uma mudança de paradigma no desenvolvimento da psicanálise, ela afirme:

> "Me parece que não houve uma verdadeira mudança paradigmática (tal como a define Khun) na teoria psicanalítica depois da publicação da obra de Freud" (McDougall 1995, p. 293).

Ela não chega, no entanto, a usar o conceito de paradigma nas suas características específicas, apenas aludindo ao fato de que a ideia geral pareceu-lhe de interesse heurístico.

John Bowlby, ao desenvolver sua teoria do apego, reconhece estar modificando a estrutura conceitual da psicanálise, e também se apoiou em Kuhn para comentar essa mudança estrutural, considerando que este último teria substituído o termo paradigma pelo de "estrutura conceitual", apoiando no texto de Kuhn (1974, "Second Throughts on Paradigms") (Bowlby 1988, p. 38).

Acredito que a referência a Kuhn, como tendo abandonado o termo "paradigma", substituindo-o pelo termo "estrutura conceitual", corresponde a um erro de Bowlby na compreensão dos comentários de Kuhn, talvez levado pelo título do artigo de Kuhn ("Second Throughts on Paradigms") que pode sugerir uma mudança que, no entanto, não se realizou, considerando-se outros de seus escritos. Aqui, nos parece que Bowlby, antes de Greenberg & Mitchel, cometem o mesmo erro de compreensão da posição mais ampla de Khun (tal como já comentei acima), talvez, ambos, por não terem ampliado seu entendimento da obra de Khun, tal como estou procurando fazer nesse trabalho de análise crítica.

Bowlby não procurou explicitar mais detalhadamente quais seriam as características de um *paradigma* ou de uma *estrutura conceitual*, nem nas ciências em geral nem na psicanálise em particular, mas se ateve ao desenvolvimento mais específico de suas hipóteses e propostas de constituição da psicanálise como uma ciência propriamente dita. A noção de paradigma não era, para ele, um instrumento de trabalho para a análise da psicanálise como ciência.

Alguns psicanalistas considerarão, no entanto, que é inadequado o uso da noção de paradigma para o estudo da psicanálise, ou, ainda, têm sérias dúvidas de que esse seja um caminho frutífero. Renato Mezan, por exemplo, tem uma posição que oscila entre uma recusa dessa aplicabilidade e a sua aceitação. Ao analisar a proposta de Bernardi, aqui já comentada, Mezan (1990) argumenta que as distinções entre paradigmas – referindo-se a Freud, Klein e Lacan –, para a compreensão de modelos teóricos díspares na psicanálise, não são sustentáveis (1990, pp. 49-50).

Em 2002, ele explicita sua proposta para o estudo epistemológico da psicanálise, apoiando-se num artigo ocasional de Gérard Lebrun, "L´idée d´épistemologie" (1977), defendendo, então, que a melhor maneira de abordar uma epistemologia da psicanálise é pensar na ideia de *epistemologia* ou *racionalidades regionais* (Mezan 2002, p. 437).

Mezan dirá, então, que "cada ciência constitui a sua própria racionalidade" (2002, p. 438), levando-o a considerar que cada disciplina deveria ser analisada como um texto, cujo interesse epistemológico deve recair na análise de sua coerência e funcionamentos internos, como se a epistemologia devesse ser uma explicação apenas regional, solipsista, de um determinado sistema. Ele diz, por exemplo:

> "O que faz então a epistemologia da química? Trata-a como um texto, com um aparelho retórico que pode ser descrito e analisado" (2002. 438).

E, ainda, nesse mesmo sentido:

> "É esse o tipo de estudo a que convém determinar *epistemologia*: ele se interessa pelo funcionamento da cadeia de enunciados da disciplina, mas também mostra por que ela exclui a formulação de determinadas hipóteses" (2002, p. 440).

Com base nessa concepção, Mezan desenvolve o que seria uma epistemologia dedicada ao esclarecimento do que é a psicanálise. Claramente, nesse desenvolvimento, ele deixa de lado todas as outras discussões relativas à epistemologia, enquanto uma disciplina específica, a qual não se quer regional e solipsista, mas tem como objetivo a universalidade que respeita as singularidades.

A epistemologia como disciplina, no sentido clássico, pretende não só esclarecer as leis e dinâmicas internas de determinado sistema teórico de uma disciplina específica, mas também busca critérios que tornem possível a avaliação dessas disciplinas, o julgamento entre o tipo de relações que cada disciplina estabelece entre os fatos de que trata e as teorias que propõe para tratar desses fatos, a compreensão do seu desenvolvimento não só em termos de cada disciplina, mas também em função do conjunto mais amplo dos conhecimentos que a ciência, a filosofia ou a arte produzem.

Mezan opta por não abordar as discussões com outros epistemólogos que tomaram a psicanálise como objeto, tal como fez Popper, mas, reiterando sua posição, que considera como inadequado o uso do conceito kuhniano de paradigma, constrói sua argumentação apoiado neste ponto Lebrun de partida.

Nesse caminho, que coloca o tema dos paradigmas na psicanálise como questão, seria necessário desenvolver uma discussão que cotejasse Lebrun e Kuhn, no que se refere à proposta de considerar, para cada disciplina, uma "epistemologia regional". Kuhn provavelmente criticaria Lebrun por não considerar que toda ciência é uma atividade de resolução de problemas empíricos que compartilham certos princípios racionais e metodológicos. Para Kuhn, ainda que existam especificidades em cada uma das matrizes disciplinares (física, química, biologia, história, economia etc.), todas essas ciências (em estado maduro ou não) compartilham de um mesmo horizonte epistemológico que as configuram como ciências e não como filosofia ou literatura; ou seja, como práticas de resolução de problemas empíricos, desenvolvidas segundo critérios racionais de observação e sistematização dos dados empíricos, formulação de teorias, retorno aos fatos etc. Isso não significa dizer que há uma epistemologia única para todas as ciências, como também que existam epistemologias regionais. Assim, para Kuhn, não teria sentido falar em epistemologias regionais, ainda que seja possível colocar a questão de saber se haveria uma epistemologia possível para as ciências humanas.

Essa é uma questão que fica aqui em aberto, dado que não corresponde ao foco deste artigo; nesta análise, trata-se de explicitar a posição de Mezan quanto ao uso da noção de paradigma na compreensão da psicanálise. Em 2006, após os desenvolvimentos anteriormente comentados, Mezan se colocou ao lado de Greenberg & Mitchell, afirmando que a posição apresentada por estes últimos tornou possível que ele mesmo colocasse o problema de outra maneira, situando-o, na sua opinião, num nível de abstração mais elevado do que aquele proposto por Bernardi:

> Creio ser mais interessante reservar o termo "paradigma" para esse grau de abrangência e de abstração, ao invés de se falar, como sugere Bernardi, em paradigmas kleiniano, freudiano e lacaniano. A vantagem dessa terminologia consiste, a meu ver, em poder incluir no mesmo paradigma diversos autores e mesmo diversas escolas, atentando mais para o parentesco das problemáticas do que para o nome dos autores. Em minha opinião, conviria denominar o segundo paradigma *objetal*, porque o termo "relações de objeto" vem sendo empregado para

designar um grupo de teorias mais específico, o dos "independentes ingleses" (de Fairbairn a Guntrip e a Winnicott, passando por Balint e outros). (Mezan 2006, pp. 59-60)

Mezan diz, ainda, que talvez Lacan devesse ser considerado como representando mais um paradigma, além do pulsional e relacional propostos por Greenberg & Mitchell (Mezan 2006, p. 61). Não cabe aqui analisar se essa hipótese de Mezan é ou não sustentável, mas tão somente colocar em evidência a avaliação crítica da pergunta sobre a existência ou não de paradigmas na psicanálise, bem como o tipo de uso desse conceito elaborado por Thomas Khun.

Loparic, em suas pesquisas sobre a filosofia e epistemologia da psicanálise, propôs utilizar o conceito de paradigma considerando um número maior de suas características específicas (2001a, 2006, 2012, 2018). Ainda que ele mantenha certa prudência no que se refere à utilização desse conceito na compreensão da psicanálise como ciência (2006, p. 23), ele considerará que este modo de compreender a psicanálise pode colocar em evidência sua natureza teórica, clínica e epistemológica, em especial na comparação entre as obras de Freud e de Winnicott.

Ao usar o conceito de paradigma, Loparic altera um pouco a terminologia de Kuhn e desmembra algumas de suas características: ao invés de falar em *generalizações simbólicas*, tendo em vista que na psicanálise não há símbolos tais como na física, ele propôs usar o termo *generalizações-guia*; no que se refere aos aspectos metafísicos do paradigma, propôs separá-lo em *modelos metafísicos* ou *ontológicos* e *modelos heurísticos*; e, no que se refere aos *valores*, ele os caracterizou basicamente como sendo de dois tipos, os *teóricos* ou *epistemológicos* e *práticos*. Assim, ao apresentar uma compreensão da psicanálise de Freud, organizada por meio das características que definem um paradigma, ele afirma:

> "O exemplar é o complexo de Édipo; a generalização-guia é a teoria da sexualidade; o modelo ontológico do ser humano esta referido a um aparelho psíquico individual, movido forças e energias psíquicas;

os valores epistemológicos básicos são os das ciências naturais, e o valor prático principal é a eliminação do sofrimento decorrente dos conflitos internos pulsionais, do tipo libidinal" (Loparic 2006, pp. 23-24).

Ao enfatizar a importância central dos *exemplares*, Loparic propõe que Freud, Klein, Bion e Lacan façam parte de um mesmo paradigma, caracterizável como *edipiano* (2006, p. 24) ou como o paradigma da psicanálise *tradicional* ou *ortodoxa*, uma vez que, para ele, todos esses autores pós-Freud, não obstante a divergência de léxicos entre eles, mantêm o complexo de Édipo como problema exemplar de referência.

Considerando essa interpretação para caracterização do que seria o paradigma freudiano e procurando compará-la com o que seria o paradigma de Winnicott para a psicanálise, Loparic procura defender a tese de que haveria uma *revolução paradigmática* (no sentido que Kuhn dá a essa expressão) em curso na psicanálise:

> O novo *exemplar* proposto por Winnicott é o bebê no colo da mãe, que precisa crescer, isto é, constituir uma base para continuar existindo e integrar-se numa unidade. A *generalização-guia* mais importante é a teoria do amadurecimento pessoal, da qual a teoria da sexualidade é apenas uma parte. Se supusermos que a mudança winnicottiana do paradigma freudiano aconteceu, como diria Kuhn, de forma análoga a um *Gestalt switch*, ela não podia limitar-se a pontos isolados, devendo abranger todo o campo teórico da psicanálise. É fácil mostrar que, de fato, Winnicott também introduziu um novo *modelo ontológico* do objeto de estudo da psicanálise, centrado no conceito de tendência para a integração, para o relacionamento com pessoas e coisas e para a parceria psicossomática. A sua *metodologia* preserva a tarefa de verbalização do material transferencial, admitindo, contudo, apenas interpretações baseadas na teoria do amadurecimento, sem recurso à metapsicologia freudiana, e incluindo também o manejo da regressão à dependência e do *acting-out* dos anti-sociais. O *valor* principal é a eliminação de defesas endurecidas, paralisadoras do amadurecimento, e a facilitação para que agora aconteça o que precisava ter acontecido, mas não aconteceu; bem como que se junte o que permaneceu ou se tornou dissociado, ou mesmo cindido. O sofrimento decorrente de conflitos, internos ou externos, deixa de

ser o fundamental, fica em segundo plano, considerado parte da vida sadia. (Loparic 2006, pp. 314-315).

Suas análises – retomadas em 2012, na coletânea *Donald Winnicott Today*, e em conferência por ocasião da publicação dos *The Collect Works of D. W. Winnicott* (2017), publicada, em 2018, por Angela Joyce) – insistem na tese de que existe uma *revolução paradigmática* winnicottiana em curso na história da psicanálise. Esta interpretação da natureza das contribuições de Winnicott será adotada por Jan Abram (por exemplo, mais explicitamente na sua conferência dada por ocasião da Annual Freud memorial lecture 2012 at the University of Essex).

João Paulo Barretta, retomando uma análise das características do que se poderia caracterizar como sendo o paradigma de Freud, opõe-se à leitura feita por Loparic, considerando que há algumas imprecisões naquela interpretação, especificamente no que se refere à caracterização do que é o seu *exemplar* e o que é a sua *teoria geral guia* (ou *generalização simbólica*).[1] Para Barretta, o *exemplar* não é o complexo de Édipo, mas as *formações do inconsciente* (sonhos, atos falhos, sintomas, a própria organização psíquica), dado que é aprendendo a *resolver* as formações do inconsciente que os analistas se formam como analisas (dentre outros suportes para a formação); e a *generalização simbólica* não é a teoria do desenvolvimento da sexualidade (Freud) nem a teoria do desenvolvimento emocional (Winnicott) – da mesma maneira que, na física, a teoria geral simbólica não tem como referente as leis de Newton, mas um aspecto destas leis –, mas a *teoria da defesa* (defesa contra angústias infantis oriundas das fantasias eróticas e agressivas que constituem o conflito edipiano), teoria aplicável a todos os casos, sem exceção. Nesse sentido, para Barretta, ainda que existam mudanças significativas no modelo metafísico (ontológico)

[1] Comunicação pessoal. Não é o caso, aqui, de retomar o conjunto de suas argumentações, o que implicaria num longo desvio do foco central deste artigo já longo, mas tão somente retomar suas conclusões.

e nos modelos heurísticos em sistemas teóricos díspares (tais como os de Freud, Klein, Lacan, Bion e Winnicott), todos eles partilham da compreensão do que as formações do inconsciente e na consideração fundamental da teoria da defesa (ainda que possam divergir na suas maneiras de enunciar o que são esses fenômenos, em termos semânticos e em termos factuais). Nessa perspectiva, não seria condizente com a proposta de Kuhn considerar que há uma revolução paradigmática na psicanálise, mas sim que estamos num quadro de desenvolvimento do paradigma freudiano, sem que seja necessário dizer que não há diferenças entre estes sistemas teóricos, reconhecendo continuidades e rupturas entre esses autores e essas linhas teóricas.

4. De Freud para Khun e não o inverso: os fundamentos do paradigma psicanalítico como um *commom ground* encontrado e recriado

A meu ver todas essas tentativas de utilizar a noção khuniana de paradigma para compreensão da psicanálise, parecem fazer uma interpretação do que é que Freud teria feitos em termos khunianos, ou seja, uma leitura khuniana da psicanálise. Creio que poderíamos fazer de forma diferente, retornando a Freud sem dizer o que ele deveria ter dito se conhecesse Khun, mas identificando, no seu texto, o que são os *fenômenos* básicos que servem de fundamento para sua compreensão da vida psíquica e do tratamento psicanalítico (Khun diria, os *exemplares*); bem como, quais são os princípios teóricos que delimitam e caracterizam o modo de pensar dos psicanalistas (Khun diria, suas *generalizações simbólicas*).

Em 1914, Freud afirma, no seu "História do movimento psicanalítico", que a transferência e a resistência são os dois fatos clínicos que caracterizam e distinguem os que podem se nomear psicanalistas e os que não podem (1914d, p. 16). É também conhecida a caracterização que Freud fez dos princípios que caracterizam o modo de pensar do psicanalista: os processos psíquicos inconscientes, a teoria do recalque e da resistência, a importância dada à sexualidade e ao Complexo de Édipo (1923a, p. 247).

Ora, tais afirmações de Freud tornam possível afirmar, sem nenhuma perda de rigor com o que Khun elaborou sobre o que são os paradigmas e suas características estruturais, que a transferência e a resistência, são os *exemplares* do paradigma psicanalítico freudiano; bem como, afirmar que as formações do inconsciente, a importância dada à sexualidade e ao complexo de Édipo, correspondem às teorizações gerais ou "teorizações simbólicas" que guiam o pensamento de Freud. Mais ainda, me parece que não há psicanalistas que não comungue com esses dois grandes aspectos do paradigma freudiano, ainda que os formulem de formas empíricas e semânticas diferentes, ainda que introduzam outros elementos que Freud não incluiu, ainda que modifiquem até mesmo o seu modelo ontológico (fato que fica mais evidente em Lacan e Winnicott).

Se há um *common groud* para todos os sistemas teóricos da psicanálise, este é dado pelos elementos que Freud destacou como delimitando a concepção teórica e factual que define a psicanálise (transferência, resistência, formações do inconsciente, recalque, sexualidade infantil e complexo de Édipo), mas com a característica de serem, ao mesmo tempo, encontrados, tal como Freud os descobriu, e recriados, tal como os autores clássicos pós-Freud o fizeram.

Retomada a contribuição que Khun pode agregar para compreensão do desenvolvimento da psicanálise, sem khunianizar a psicanálise e sem freudianizar Khun, creio que podemos, ainda, analisar mais um aspecto da compreensão que Khun tem do desenvolvimento das ciências e, depois, recolocar a questão da aplicabilidade heurística das noções de Khun para o interesse da psicanálise.

5. A questão da incomensurabilidade entre paradigmas

Para Kuhn, cada paradigma constitui uma realidade fenomênica específica, não traduzível nem redutível à de outra paradigma. Uma *gestalt*, já bem conhecida, pode ajudar a compreensão do que significa a passagem de um paradigma a outro no quadro de uma determinada ciência ou campo do conhecimento:

Ao ver, ora um pato ora um coelho, mas não os dois ao mesmo tempo, percebe-se que há elementos que são os mesmos nas duas figuras ou paradigmas, tomando aqui cada figura como um paradigma; mas, caso fôssemos completar o desenho, seguiríamos caminhos totalmente diferentes se temos a *Gestalt* de um coelho ou a de um pato em mente.

Assim, ao reconhecer que entre paradigmas díspares há elementos que se mantêm e outros que são redescritos, e que os léxicos de um e outro não podem ser totalmente traduzíveis – ou seja, reconhecendo a tese da incomensurabilidade entre paradigmas –, a análise comparativa entre esses paradigmas (para fins de comunicação e diálogo, bem como para avaliação de sua eficiência na resolução de problemas) não poderia ser feita buscando-se sinônimos entre termos próprios de cada paradigma, mas sim, indiretamente: seja em função das características que definem esses paradigmas (exemplar, teoria geral guia, modelo ontológico, modelo heurístico, valores), seja na análise da compreensão e solução que cada paradigma fornece para problemas empíricos específicos (tais como a explicação do surgimento do Eu no processo de desenvolvimento, a gênese da psicose, o tratamento da atitude antissocial etc.).

Ao pensar na obra de Freud e diversos autores pós-freudianos clássicos, seríamos levados a pensar que poderíamos estar tanto no caso em que um paradigma é expandido, mantendo-se suas características básicas, quanto considerar que estamos ante a uma mudança de paradigma, situação essa em que haveria elementos comuns, presentes nos dois paradigmas, tais como a sexualidade, o complexo de Édipo, o inconsciente etc., mas que seriam redescritos, recebendo sentidos e referentes diferentes em cada paradigma, mais ainda, nesse último caso haveria elementos que surgem e outros que desaparecem ao completarmos essas *gestalten* com base em elementos comuns (caberia perguntar se a obra de Lacan, Bion, Winnicott constituem ou não novos paradigmas, mas não está no âmbito desse artigo desenvolver essa análise). Ou ainda, como na situação proponho, de um *common ground* paradoxal, estaríamos nas duas perspectivas ao mesmo tempo, focando numa ou noutra conforme nosso interesse heurístico.

Nesse quadro, considero que a tese de Kuhn sobre a incomensurabilidade entre paradigmas não deve ser compreendida em termos totais, ou seja, seria mais frutífero analisar quais elementos permanecem os mesmos, quais são redescritos e quais são totalmente díspares e sem tradução possível (por exemplo, a identificação projetiva em Klein, a função *alpha* em Bion, o elemento feminino puro em Winnicott, o Real em Lacan etc.), para fazer análises comparativas que não visassem a guerra entre paradigmas, mas a possibilidade de contribuição entre eles.

Quando Bernardi (2002) retoma a questão da necessidade de controvérsias na psicanálise e a possibilidade de comensurabilidade entre paradigmas, afirmando que para que possa haver algum tipo de diálogo ou controvérsia é necessário o estabelecimento de mínimos parâmetros metodológicos e epistemológicos (p. 854); ao que eu complementaria afirmando que é necessário estabelecer quais parâmetros teóricos (o narcisismo, por exemplo), quais problemas empíricos (o tratamento das psicoses ou da atitude anti-social, por exemplo), estariam sendo tomados como objeto abordado por cada paradigma e, portanto, passíveis de discussão sob seu sentido ou referência. Assim, sem me ater ao diálogo crítico com as propostas de Bernardi (2002) – que fornece uma alternativa a esse problema da comensurabilidade entre sistemas teóricos díspares se apoiando numa teoria da argumentação –, creio que outra alternativa a ser considerada é a utilização do conceito kuhniano de paradigma em suas nuances características (exemplar, teoria geral, modelo metafísico etc.), como fornecendo perguntas ou formas para enfocar e visualizar a descrição de fenômenos clínicos e do desenvolvimento emocional.

Assim, ainda que possa haver muitas dúvidas sobre a maneira como o conceito de paradigma pode ser usado no estudo da psicanálise, bem como se há um paradigma para cada autor clássico da psicanálise (Freud, Klein, Bion, Lacan, Winnicott) ou se seria possível agrupar e opor uma psicanálise tradicional a uma outra psicanálise, creio que a maneira de nos afastarmos de uma discussão de caráter político-ideológica – por vezes até mesmo um tipo de disputa que caracteriza os narcisismos das pequenas diferenças –, seria a de nos propormos a fazer análises comparativas conceituais, utilizando o termo paradigma no seu sentido khuniano mais extenso e, então, estaríamos em condições de mostrar, com provas textuais, as características específicas de cada suposto paradigma. Nesse sentido, talvez o conceito de paradigma possa mesmo ajudar a especificar, objetificar, determinados problemas, determinados fenômenos, que poderiam, então, servir como elo (um mesmo referente) para o diálogo entre sistemas teóricos díspares da psicanálise.

Nesse sentido a pergunta sobre os paradigmas na psicanálise, incluiria um conjunto de outras perguntas – levando os pesquisadores e esclarecerem quais seriam os exemplares, as teorias gerais guias, os modelos ontológicos de homem, os modelos heurísticos de pesquisa e de pensamento, os valores teóricos e epistemológicos em jogo – que, uma vez respondidas poderiam fornecer mais elementos para que pudéssemos colocar os diversos sistemas teóricos da psicanálise num diálogo mais frutífero; lembrando, evidentemente, que nem sempre haveria uma comunicação possível. Com tal proceder, poderíamos estar mais próximos da compreensão da questão da existência ou não da diversidade de paradigmas na história de desenvolvimento da psicanálise.

Não seria, pois, defendendo que um autor ou obra se sobrepõe a outros, estabelecendo uma hegemonia, afirmando um pai melhor do que outro, uma mãe suficientemente boa e outra inadequada, que contribuiríamos para o desenvolvimento da psicanálise como ciência.

6. *Revoluções* e *Revoluções Paradigmáticas* na psicanálise

Os termos *revolução* e *revolução paradigmática khuniana* não têm o mesmo sentido. Uma coisa é dizer que alguns autores (tais como Klein, Lacan, Winnicott, para citar os mais clássicos) fizeram transformações significativas na psicanálise que, num sentido amplo, vernáculo, poderia ser caracterizado como uma revolução. Nesse sentido, não haveria dúvidas em afirmar que Melanie Klein, Lacan e Winnicott produziram revoluções na psicanálise. No entanto, quando usamos a expressão *revolução paradigmática*, no sentido que Khun dá a ela (sentido que pode caracterizar o que ocorreu na física, com a passagem da física newtoniana para a relativista), estaríamos afirmando outra coisa, considerando que todas as principais características que compõem uma matriz paradigmática (*exemplares*, *generalizações simbólicas* ou *generalizações guia*, *modelo metafísico* e *valores*) teriam sido modificados e substituídas, constituindo uma nova maneira de enunciar os problemas e de resolvê-los, colocando um novo paradigma como uma proposta que, mostrando-se heuristicamente superior, teria maiores possibilidades de resolver problemas que ainda não tinham sido resolvidos, antigos ou novos, bem como teria redescritos os "velhos" problemas, apresentando um quadro mais amplo e mais potente para a enunciação e resolução dos problemas de uma determinada ciência.

Note-se, nessa direção, que a mudança em apenas um desses itens que compõem a matriz paradigmática de uma determinada disciplina, não implicaria na possibilidade de caracterizarmos a existência de uma revolução: por exemplo, a existência de modelos ontológicos (metafísicos) de homem, díspares nos diversos sistemas teóricos da psicanálise, não implica, necessariamente, numa mudança de paradigma.

Para Khun, quando ocorre uma revolução paradigmática, o novo paradigma se torna hegemônico, dado que ele tem um valor heurístico superior ao antigo paradigma (ou seja, ele resolve problemas que o antigo paradigma não conseguia resolver, mais ainda, ele também redescreve os velhos problemas, continuando, assim, a resolvê-los).

Mostrei que dependendo da maneira como caracterizamos a *matriz paradigmática* freudiana, podemos ou não enunciar a existência de uma revolução paradigmática, quando compararmos o paradigma freudiano com o lacaniano ou winnicottiano. A meu ver, a tese da revolução paradigmática na psicanálise não encontrou, ainda, a sua base de sustentação conceitual. Além disso, caberia fazer algumas perguntas: Quais seriam as consequências de uma revolução paradigmática na psicanálise? A quais instituições interessam a existência ou não a existência de uma revolução paradigmática na psicanálise? O que implica, para a formação de analistas, a afirmação de que uma revolução desse tipo? Suponhamos que Lacan seja considerado um autor que fez uma revolução paradigmática na psicanálise, como poderiam ser integradas as descobertas de Klein, Winnicott, Bion, Bowlby, Erikson etc., nesse novo paradigma? Os velhos paradigmas seriam, então, considerados como modelos, conceitos e descrições, a serem descartadas, abandonadas? Enfim, esse conjunto de questões e a diversidade de compreensão (interpretação) do que são os paradigmas na psicanálise, ou ainda, de quais são os paradigmas da psicanálise, parece nos reenviar à Babel psicanalítica, nos reenviar a uma guerra pela hegemonia, a uma luta pela defesa de uma paternidade ou maternidade melhor do que outra, enfim, a problemas muito mais, a nosso ver, de natureza ideológica do que científica.

Isto não implica, no entanto, considerar que a noção khuniana de paradigma não tenha a sua utilidade no estudo dos diversos sistemas teóricas da psicanálise, ao contrário, considero que essa noção pode ser útil para a comunicação e integração das descobertas feitas pelos grandes psicanalistas (que acabaram por ser reconhecidos como chefes de escola) e, ainda, por muitos outros que não tendo o mesmo reconhecimento histórico, também fizeram suas contribuições para o avanço da psicanálise como ciência.

7. Considerações sobre o uso da noção de paradigma para compreensão da psicanálise

Procurei explicitar, até agora, como acredito ser possível usar esse instrumental teórico. Apresentados esses diversos tipos de uso do conceito de paradigma para o estudo da história e da estrutura da psicanálise, também poderíamos questionar se os elementos que caracterizam um paradigma são suficientes e esgotam a tarefa de compreender os aspectos gerais epistemológicos da psicanálise e de sua história. Poderíamos perguntar, também, em que sentido essas categorias conceituais são insuficientes, por exemplo, ao questionar se a expressão conceitual *modelo ontológico* ou partes *metafísicas do paradigma* são adequadas para caracterizar os fundamentos que estão na base de todas as propostas de desenvolvimento da psicanálise pós-Freud. No entanto, não é esse o objetivo deste artigo, cuja finalidade foi analisar os tipos de uso do conceito de paradigma atualmente propostos, bem como apontar em que sentido isso pode contribuir para que a comunicação e o diálogo possam ocorrer entre as diversas perspectivas teóricas da psicanálise, buscando o seu desenvolvimento.

Cabe, ao final – para bem colocar a crise atual da psicanálise, no que se refere ao seu desenvolvimento teórico multifacetado e suas dificuldades de comunicação –, explicitar que a distinção entre paradigmas no interior da psicanálise não significa que cada grupo de psicanalistas adeptos a um léxico possa fechar-se sobre si mesmo, excluindo-se da discussão mais ampla que tem em seu horizonte a própria identidade da psicanálise. A não ser que, num processo de *especiação* (tal como ocorre darwinianamente como o desenvolvimento das espécies), uma determinada comunidade prefira abandonar o nicho da psicanálise como ciência para habitar outro lugar. Essa atitude, porém, não resolve o problema, pois noutros nichos este será recolocado: se a psicanálise, para um determinado grupo, pretende-se como filosofia ou como literatura, ela terá, então, que discutir ou responder aos critérios de existência daquele *habitat*. Ao que tudo indica, os filósofos não parecem propensos a afrouxar suas convicções identitárias (estabelecidas a custo de tão longas disputas, com imenso dispêndio de trabalho intelectual) para aceitar a psicanálise como uma corrente filosófica; e os literatos também, talvez de uma maneira menos ostensiva (dado que isso não parece ser necessário), não julgam a psicanálise como mais um estilo literário ou, se a julgam, não a têm em boa conta como literatura. Sempre há, no entanto, a possibilidade de propor a psicanálise como um novo tipo de conhecimento, uma nova forma de saber que não é uma ciência, nem uma filosofia, nem religião, nem arte, nem ideologia, mas um não sei que inominável ou vagamente nominável, como uma prática de entretenimento, um passatempo, um lazer, um jogo, uma forma de bate-papo interessante, mas cujo objetivo não é o de nenhuma das formas clássicas do conhecimento anteriormente descritas. Tudo isso é possível, mas não se deveria vender gato por lebre, cabendo a seus praticantes explicitarem o que dizem, o que fazem e o que vendem.

Traçado esse quadro geral, e retomando uma análise da consistência das posições de Kuhn – no que se refere à compreensão da constituição e da história das ciências –, também é possível objetar que não é ainda possível avaliar se há ou não revoluções em andamento na psicanálise, e que, até mesmo nas outras ciências mais maduras, isso não é assim tão evidente; e que só um futuro distante poderia decidir se Kuhn tem razão quanto às revoluções etc.

No entanto, mesmo que Kuhn esteja enganado quanto à consideração de que a história e o desenvolvimento da ciência e das disciplinas do saber em geral ocorram em termos da constituição de paradigmas e seus consequentes enfrentamentos, com crises e revoluções, isso não tornaria sem interesse o uso do seu conceito de paradigma para a compreensão de uma determinada matriz teórica, pois possibilita formular perguntas importantes para entender uma determinada prática. Ao fazermos as perguntas sobre as características que definem um paradigma ou uma determinada matriz disciplinar – a saber, repito: se há um problema exemplar que serve de referência, se há e qual é a generalização aplicável a todos os casos, qual é o modelo ontológico que lhe serve de fundamento, quais seus modelos heurísticos, e quais seus valores epistemológicos e metodológicos –, estamos certamente bem encaminhados na compreensão do que é, como funciona e o que procura uma determinada disciplina específica do saber, no caso a psicanálise nas suas diversas propostas.

O uso da noção de paradigma no seu sentido khuniano pleno (no qual são considerados os exemplares, a teoria geral guia e os modelos metafísicos ou ontológicos) parece tornar possível colocar os problemas de comunicação e de desenvolvimento da psicanálise de uma maneira que possam contribuir para que a crise de comunicação atual e o enfrentamento entre as diversas propostas de teorização na psicanálise encontrem um termo de diálogo, buscando o desenvolvimento dessa disciplina. Certamente não se trata de buscar, com isso, uma visão ou unificação da teoria psicanalítica, tarefa impossível, mas sim de estabelecer parâmetros que possam, efetivamente, servir, como temas e objetos de comparação entre posições díspares, seja em termos da explicitação de fundamentos (com a análise dos modelos metafísicos que estão na base dos sistemas teóricos da psicanálise) seja em termos da explicitação da maneira como cada sistema teórico compreende determinados problemas (tanto teóricos como clínicos, por assim dizer) e encaminha suas soluções.

Nessa direção, proponho que o uso das diferentes características dos elementos que compõem a noção khuniana de paradigma pode levar (num diálogo ou mesmo na compreensão de um sistema teórico específico da psicanálise) a uma melhor descrição dos fenômenos do ponto de vista de um determinado sistema teórico, e que essa descrição pode levar outro sistema teórico a considerar fatos ainda não considerados, levando, então, esse segundo sistema teórico a ter que incorporar esses fatos, redescrevendo-os com a sua semântica específica e, dessa maneira, desenvolver a teoria. Tal atitude, me parece de acordo, com uma indicação feita pelo próprio Freud, quando apontou para a maneira como a psicanálise e a antropologia poderiam contribuir uma para a outra, no seu texto *Totem e tabu*:

> "É uma falha necessária dos trabalhos que tentam aplicar os pontos de vista da psicanálise aos temas das ciências do espírito, a de oferecer tão pouco dos dois ao leitor. Assim, restringem-se a ter um caráter de incitação; eles fazem ao especialista proposições que ele deverá tomar em consideração no seu trabalho" (Freud 1912x, OCF.P, p. 384).[2]

Assim, considero que a descrição dos fenômenos, feitos por cada sistema teórico, também pode servir como um tipo de "incitação" para que outro sistema possa considerar e inserir no seu quadro (teórico e prático) utilizando a sua semântica, a sua estrutura conceitual.

Não acredito, no entanto, que a noção de khuniana de paradigma possa resolver por completo os problemas de comunicação entre os diversos sistemas teóricos da psicanálise. As divergências semânticas, as disparidades de referentes para os mesmos conceitos e vice-versa, de conceitos diferentes para o mesmo referente, a falta de correspondência entre conceitos etc., persistirão, dado que são diferenças constitutivas dos modos de ver a realidade, de formular problemas e fornecer soluções a estes. Não obstante, a possibilidade de fazer o mesmo conjunto de

---

[2] Esta passagem corresponde a uma parte do Anexo "De quelques concordances dans la vie d'âme des sauvages et des névroses", composto por 5 parágrafos publicados em março de 1912 na revista Imago, como uma introduçãoo da primeira parte de *Totem e tabu*; eles foram substituídos, quando do surgimento do livro, por um prefácio escrito em setembro de 1913. Este anexo foi omitido nas edições que se seguiram de Totm e tabu e só foram republicados em 1987 (*Nachtragsband da Gesammelte Werke*). Esta passagem foi aqui citada a partir do texto das *Obras Completas* publicadas em francês (OCF.P, vol. XI, 1998).

perguntas – quais os exemplares, teoria geral guia, modelo ontológico etc. – pode levar à descrição dos fenômenos vistos por cada sistema teórico, possibilitando reconhecer semelhanças e disparidades, bem como a possibilidade de um sistema integrar novos fatos e redescrevê-los na sua própria semântica, desenvolvendo, assim, cada um dos sistemas em diálogo.

Considero e afirmo que não há síntese entre sistemas teóricos díspares, paradigmas díspares, da mesma maneira que não há síntese entre línguas diferentes, na proposição de um único sistema teórico, constituindo um integrado sistema teórico-semântico; ainda que possamos apreender muito conhecendo as diversas propostas teóricas e descritivas elaboradas na Babel psicanalítica.

Talvez, a possibilidade de eleger problemas clínicos específicos, abordáveis por sistemas teóricos diferentes, também poderiam servir como parâmetro de diálogo e comparação, principalmente se tomarmos como critério, a eficiência heurística de cada sistema. Assim, poderíamos, perguntar, como é pensada a questão da gênese e tratamento das psicoses, da atitude antissocial, como problemas empíricos que podem ser abordados por diversas perspectivas teórico e clínicas, e avaliar a eficiência destas perspectivas na solução desses problemas. Não se trataria, propriamente, de buscar a verdade ou a hegemonia de uma perspectiva teórica, mas de buscar a eficiência clínica, o que poderia desfazer certos dogmas e ideologias.

Em resumo: é a consideração dos fenômenos descritos, a solução clínica proposta para a resolução de problemas e a sua eficiência heurística, que podem contribuir para o desenvolvimento dos sistemas teóricos díspares da psicanálise, bem como para o aprimoramento da prática psicanalítica. Nesse sentido, somos todos freudianos, ferenzianos, kleinianos, bionianos, winnicottianos, lacanianos ... para além de Freud, Ferenczi, Klein, Bion, Winnicott e Lacan. Sem que isso signifique ecletismo ou síntese dogmática, mas o desenvolvimento díspar e rigoroso dos modos de pensar psicanaliticamente, fazendo a ciência se desenvolver e evitando que a psicanálise seja tratada como uma religião ou ideologia, como já comentou Freud no seu "*Weltanschauung*" (1933a, lição 35).

8. Diálogo com outras propostas de compreensão da comunicação entre os diversos sistemas teóricos da psicanálise

A proposta feita por uma equipe de pesquisadores da IPA (Bohleber *et al.* 2013) procura oferecer um método de natureza histórico-crítica para que seja possível realizar uma comparação entre conceitos de sistemas teóricos-semânticos díspares da psicanálise, colocando em foco de análise seus referentes fenomenológicos, suas teorias subjacentes e suas suposições básicas. Eles organizam essa tarefa em cinco passos: "O primeiro passo é a história do conceito; o segundo a fenomenologia; o terceiro uma análise metodológica da construção do conceito; Na quarta etapa, devemos conhecer as principais dimensões do campo de significado do conceito, a fim de comparar diferentes conceituações; na quinta etapa, discutiremos se e em que medida é possível uma integração das diferentes versões do *enactment*"[3] (Bohleber *et al.* 2013, p. 501).

---

[3] Diz Rocha sobre a dificuldade de apreensão do sentido desse conceito: "O conceito de *enactment* tem sido muito usado ultimamente na literatura psicanalítica. A palavra não tem correspondente em português, como vários dos conceitos psicanalíticos. Seria algo como *colocar em cena*, *encenar*, mas não só. Pressupõe sim, uma espécie de encenação, mas é algo além disso. No meu modo de entender, concordando com muitos dos autores, difere do conceito de *acting* e *acting out* à medida que pressupõe uma encenação, uma atuação – também no sentido teatral, não só no sentido de *acting out* (ou *in*), ou seja, ação no lugar de palavras – em que tanto o paciente quanto o analista tomam parte" (Rocha 2009, p. 173). Procurando designar a que fenômeno este termo se refere, Cassorla comenta: "Uma primeira definição tentativa de *enactment* poderia ser: fenômeno intersubjetivo em que, a partir da indução emocional mútua, o campo analítico é tomado por descargas e/ou condutas e comportamentos que envolvem ambos os membros da dupla analítica, sem que eles se deem conta suficiente do que está ocorrendo, e que remetem a situações em que a simbolização verbal está prejudicada" (Cassorla 2013, p. 189). Aqui, dada a dificuldade de designar, com um único termo, o conjunto de fenômenos ao qual *enactment* se refere, manterei-o em inglês. Isto mantém a precisão de minha análise, sem que seja necessário desenvolver ou analisar o significado mais preciso deste conceito.

Ao exemplificarem sua proposta, dedicam-se à análise do conceito de *enactmant* e *counter transference enactment*, dado que "quase todas as escolas/tradições psicanalíticas desenvolveram uma conceitualização de *enactment*" (p. 504), chegando, então, ao final à conclusão de que *não é possível uma concepção unificada do conceito de enactment na psicanálise* (2013, p. 522).

Ante a uma conclusão que parece reiterar para sempre a Babel psicanalítica, eles procuram uma solução para este problema, visando mostrar que mesmo não havendo uma integração seria possível mostrar que há um *continuum* fenomenológico que organizaria as concepções (p. 522). Mas, mesmo assim ordenadas, as diferentes concepções não constituem uma integração conceitual (p. 525). Tal conclusão os leva, então, a tentar uma outra via para supor a integração desejada possa ser feita, propondo que uma elaboração futura, apoiada nas diferentes maneiras de fazer o uso clínico dessa noção (p. 526), possa ser feita num novo nível de compreensão:

> "Para uma conceitualizção abrangente do fenômeno da *enactment*, é necessário articular as regras, sua negação e a solução intersubjetiva que leva a situação a um novo nível de compreensão" (p. 527).

O que parece apontar, pois, para a necessidade de fazer uma metacompreensão dos fenômenos e conceitos que o termo "enactment" tem como referentes (nos diversos sistemas teóricos da psicanálise), que deixa a integração como uma esperança ainda a ser alcançada no futuro, um ideal.

A noção de paradigma e minha proposta sobre sua utilidade para a *compreensão* e *comunicação* dos sistemas diversos sistemas teóricos-semânticos da psicanálise está parcialmente de acordo e vem contribuir com a proposta de Bohleber *et al.*, com algumas semelhanças no que se refere aos 4 primeiros passos e algumas diferenças no que se refere à proposta de uma integração possível.

No que se refere às semelhanças, creio que a noção de paradigma vem fortalecer e tornar mais precisa as tarefa iniciais, acrescentando parâmetros – os componentes estruturais dos paradigmas: *exemplares*, *teoria geral*, *modelos metafísicos*, *modelos heurísticos* e *valores* – que contribuem fornecendo um quadro de análise para a compreensão dos conceitos e seus referentes; ainda que delimite essa tarefa a cada sistema teórico-semântico, *em separado*.

Nessa direção, creio, a compreensão da noção de paradigma pode colocar em evidência que os mesmos termos e/ou conceitos de um sistema podem ter referentes díspares, nem sempre conjugáveis (como é, por exemplo, o de pulsão de morte, de Feminino e Masculino etc.), ou ainda, modelos ontológicos díspares (como é o caso do que enuncia Freud, Winnicott e Lacan), bem como pode reconhecer que pode haver semelhanças e comunhões, entre conceitos e sistemas, mas também incomensurabilidades e irredutibilidades radicais. Não bastaria, pois, procurar os mesmos termos (inconsciente, sexualidade, transferência, fantasia, pulsão, instinto, narcisismo primário, enactment etc.) para estarmos seguros de que se referem aos mesmos fenômenos, como também é necessário considerar que termos ou expressões díspares podem estar se referindo aos mesmos fenômenos (ação necessária autoerotismo para narcisismo, fase do espelho, uso do objeto, conquista do EU SOU).

Nesse contexto, coloco numa proposta diferente da de meus colegas no que se refere à tarefa de integrar essas concepções, ou de colocá-las em comunicação, defendendo que só podem ocorrer integrações parciais e regionais (a cada sistema teórico-semântico): os fenômenos descritos por um determinado sistema teórico-semântico deveriam ser considerados por outros sistemas como apontando para algo que não haveria, ainda sido visto e poderiam, então, ser inseridos, ainda que isso, necessariamente, implicasse na necessidade de redescrevê-los a partir do que semântico-teórico dentro do qual estariam sendo inseridos. Isto me parece próximo do que já citei ser a posição de Freud, tomando tais contribuições como incitações entre saberes e sistemas conceituais díspares (Freud 1912x, OCF.P, p. 384). Trata-se, pois, a meu ver, de uma *integração paradoxal*, dado que, ao mesmo tempo, integra o díspar sem jamais unificar as diferenças.

Isto parece apontar, no entanto, para uma cisão insolúvel na psicanálise, colocando-a, como dizia Khun, num estado de ciência pré-paradigmática. O que me parece ser o caso. Os sistemas (paradigmas) se ampliam e se desenvolvem, sendo avaliados pela comunidade pela sua eficiência heurística, cuja evolução se ocupa de fazer sobreviver os mais aptos na solução de problemas, tal como se fosse um tipo, por analogia, de dinâmica darwinista para o desenvolvimento das espécies (os paradigmas): algumas espécies desaparecerão, outras se modificarão etc.

Esse contexto também coloca a questão de saber se há um *common ground*. que poderia dar unidade ao campo psicanalítico. Bernardi (2017) procura meios para apreender qual seria o *common ground* dos psicanalistas, dado que isto seria necessário para a interação enriquecedora, das v;arias escolas psicanalíticas (p. 1292). Para ser mais preciso, ele procura explicitar o que seria um commom ground clínico (p. 1292), dado que percebe que um commom ground teórico é impossível de ser conseguido, numa referência e diálogo com Boheleber et al. (Bernardi 2017, p. 1293). Não obstante, ele acredita que é possível ultrapassar as barreiras semânticas em direção a esse tipo de common ground clínico:

> "Na minha opinião, as barreiras lógicas e semânticas entre as teorias não são insuperáveis" (p. 1294).

Para encontra-lo, considerando que diferentes teorias descrevem diferentes fenômenos, ele se dirigi àquilo que os psicanalistas comentam e entendem de sua prática clínica, pois seria justamente aí, no campo efetivo, empírico, da prática clínica, na declaração de cada praticante bem formado, que teríamos uma chance maior de encontrar os pontos de convergência teórico-prática que orienta os psicanalistas. Para isto se apoia num tipo de inquérito investigativo cuidadoso:

> "Minha análise é baseada na experiência dos grupos de discussão clínica da IPA que aplicaram o Modelo dos Três Níveis para Observar as Transformações do Paciente" (p. 1292).[4]

Na conclusão de seu artigo, ele afirma:

> "Como afirma Green, é muito difícil provar a existência de um *common ground*, no nível das interpretações verbais formuladas de acordo com diferentes premissas metapsicológicas. No entanto, podemos encontrar um *common ground* no nível dos processos inferenciais, trazidos pelos analistas em sua prática psicanalítica real em seu esforço para entender o material" (p. 1305).

Na epistemologia das ciências, seja em Popper (1972, p. 76) seja em Khun (1970), é um dado que a própria observação da realidade depende de uma teoria prévia que nos informa o que deve ser observado, ou seja, cada sistema teórico-semântico, como observa Khun, constitui uma realidade específica, enuncia os problemas e soluções específicas dependentes de sua maneira de apreensão-constituição semântica da realidade, colocando o cientista como um solucionador de quebra-cabeças de determinado tipo. Não ocorre diferentemente com o psicanalista... toda e qualquer observação clínica é dependente de sua teoria e da semântica que o acompanha. Nesse sentido, creio ser difícil encontrar, na descrição clínica, uma unidade que não existe na teoria.

---

[4] Este método, Three-Level Model for Observing Patient Transformations (3-LM) (Altmann de Litvan, 2014; Bernardi, 2014a, 2014b), "constitui um guia ou ferramenta heurística para observar as mudanças e transformações dos pacientes, através de três níveis sucessivos de análise. Como Green e Wallerstein propuseram, esses grupos são compostos de analistas com diferentes estruturas teóricas que discutem uma grande quantidade de material clínico selecionado pelo analista. O material pertence a diferentes períodos de uma análise consideravelmente longa. As discussões costumam ldurar de 10 a 12 horas – três ou quatro [horas] para cada nível. Cerca de 1000 analistas, de várias regiões, participaram desses grupos até o momento (2016)" (Bernardi 2017, p. 1296). Os analistas são chamados a comentar as mudanças e transformações dos pacientes sem função: de seus aspectos fenomenológicos (level 1); da identificação conceitual das trasnformações mais importantes (level 2); e da tentativa de "comparar as hipóteses, implícitas ou explícitas, do analista, com outras hipóteses teóricas potenciais, e discutir várias estratégias interpretativas possíveis, examinando até que ponto essas hipóteses são consistentes com o material clínico" (Bernardi 2017, p. 1298).

Nesse ponto de minha argumentação, é necessário fazer uma distinção entre o tipo de *integração e síntese* que se estabelece em *cada praticante* da psicanálise e a que ocorre no *quadro da elaboração teórica* enquanto uma proposta que se coloca no campo da ciência e da universalidade. As características e exigências de uma e outra não são as mesmas. Cada analista faz uma síntese pessoal, composta por diversas influências, por seus modos de ser, suas experiências, sua história, sua riqueza cultural, pelo seu modo de se apropriar (digerir ou interpretar as teorias psicanalíticas, filosóficas etc.), e isto não é nem se constitui, propriamente, como um sistema teórico conceitual estruturado sem contradições, tal como é o corpo teórico de uma ciência. As integrações pessoais são sistemas contraditórios, nem sempre congruentes no seu todo, com parte em oposição, por vezes pleno de paradoxos e contradições, apreensões díspares da realidade (do tipo "dois pesos e duas medidas"), obscuridades, irracionalidades etc., ainda que, paradoxalmente se refiram a uma só pessoa. Por outro lado, uma formulação teórica se quer universal tem, necessariamente, que ser um edifício (ou parte de um edifício) sem contradições, sem ambiguidades, sem termos equívocos, cujos referentes (dos conceitos e termos) se mantém fixos, na sua qualidade de teoria que se quer útil e aplicável para todos, ou seja na sua dimensão de teoria científica.

Também é necessário fazer uma distinção entre a *teoria científica* e a *teoria ou conjunto de concepções que o analista tem consigo na sua prática clínica*, nos apoiando num distinção, a meu ver bem freudiana, feita por Winnicott:

> "A Psicanálise é uma ciência aplicada baseada em uma ciência" (1986k, p. 217).

As sínteses e integrações pessoais não têm, nem precisam ter, as mesmas características que as sínteses e integrações teóricas. É por isso que os analistas podem, e devem, se alimentar de diversas perspectivas teóricas (de dentro e for a da psicanálise), de diversas experiências emocionais, grupais, sociais, no campo das relações pessoais e da vida grupal-social e cultural, sem nenhuma obrigação de consituirem um sistema lógico-teórico único sem contradições, mas podendo colocar todo este universe a serviceo do encontro e da comunicação no trabalho psicoterapêutico psicanalítico. Por outro lado, o trabalho de integração na direção de procurar teorias científicas, tão universais quanto possível, exigirá sistemacidade racional clara e distinta sem contradições.

Onde estaria, então, esse *common ground* comungado pelos analistas, fazendo-os pertencer a uma mesma comunidade? Na minha explicitação da noção khuniana de paradigma, temos a identificação da existência de valores teóricos e práticos comungados (*ainda que possam ser diferentemente interpretados*) pelos membros de um determinado paradigma. Reiterando, nesse sentido, um retorno a Freud,[5] por assim dizer, e retomando o que ele mesmo caracterizou como sendo os fundamentos empíricos da psicanálise (Freud, 1914d; 1923a) e os xiboleths da psicanálise – a divisão do psiquismo em conciente e inconsciente (1923b, p. 13), a teoria dos sonhos (1933a, p. 7) e o Complexo de Edipo (1905d, p. 226) –,[6] creio que temos esse conjunto de valores (teóricos e práticos) compartilhados, ainda que sejam interpretados com certas diferenças, a saber: *o reconhecimento de que existem processos psíquicos inconscientes determinando a vida psico-emocional, o reconhecimento de que existe um processo de repressão de certas ideias e sentimento tornando-os inconscientes, a consideração de que no processo psicoterapêutico psicanalítico ocorrem os fatos da transferência e da resistência, a importância dada à sexualidade infantil e ao complexo de Édipo, e a compreensão dos modos de funcionamento dos sonhos como uma referência dinâmica do que ocorre com todos os fatos psíquicos.*

---

[5] Num sentido bem diferente do que fez Lacan que, como comentou Pontalis, num artigo ("C'étair un vrai comédien", publicado no número especial do Jornal *Libération*, 13/04/2001, "Lacan, y es-tu?", por ocasião do centenário do nascimento de Lacan, 20 anos depois de sua morte: "De fato, ele queria que o 'retorno a Freud' passasse por ele e se transformasse num "em direção a Lacan", uma passagem sem retorno" (2011, p. X).

[6] Cf. Fulgencio 2005, pp. 100-101.

Assim, ainda que se possa ou não considerar que a psicanálise tem um ou diversos paradigmas, ainda que haja certas incomensurabilidade entre os sistemas teórico-semânticos da psicanálise, tanto num como noutro caso, existe uma comunhão em torno de alguns valores que orientam o pensamento e o método de tratamento psicanalítico; tanto num como noutro caso, o uso desse instrumento teórico pode ajudar a esclarecer os conceitos e seus referentes, os problemas e suas soluções, tanto teóricas como clínicas.

Assim, minha posição é a de que, paradoxalmente, há e não há um *common ground* teórico e clínico na psicanálise, ou seja: não há um conjunto (teórico e/ou fenomenológico) homogeneamente compartilhado pelos analistas e, ao mesmo tempo, há uma comunhão que compartilha o reconhecimento desses conceitos e fatos clínicos, ainda que não sejam igualmente interpretados por todos.

9. Em que sentido a noção de paradigma pode ser útil para a compreensão da prática clínica?

Em primeiro lugar, como um derivação evidente do que tenho analisado, trata-se de afirmar que os modos de compreender os fenômenos clínicos e o processo analítico é dependente de cada sistema teórico-semântico. Basta colocarmos a questão da compreensão do que são e como funcionam, nos processo transferenciais, as "relações de objeto", para vermos que, *grosso modo*, estamos em cenários teóricos e fenomenológicos diferentes se pensamos essas relações do ponto de vista de Klein, Lacan e Winnicott.

Além disso, reiterando o ponto de vista aqui defendido, seria um erro fazer uma prática de sinônima, dizendo, por exemplo: o ambiente considerado por Klein é o mesmo que o considerado por Winnicott; o objeto transicional de Winnicott corresponde ao objeto *petit* a de Lacan; os objetivos da análise seria o mesmo em todos os sistemas etc.. No entanto, caberia colocar questões do tipo: a maneira como Lacan compreensão o lugar e a importância do pai, no processo de desenvolvimento, está contemplada no sistema kleiniano, no sistema winnicottiano? Os fenômenos descritos por Lacan podem ser considerados nesses outros sistemas, de que maneira, com quais consequências? A noção de fenômenos transicional corresponde a um fenômeno que tem lugar no pensamento e modo de descrever os modos de ser e relacionar-se descritos por Lacan? etc. Nesse sentido, creio poder retomar a proposta de Bion (cada sistema deve desenvolver-se até o seu limite), bem como a proposta de Freud (cada analista deve desenvolver a sua maneira pessoal de realizar a psicanálise), diferenciando o que é a integração pessoal do que é uma formulação teórica, sistemática e semanticamente coerente, no quadro do que são esses valores teóricos e práticos acima descrito como um common ground relativamente compartilhados.

Nessa perspectiva, a noção de paradigma pode ajudar a delimitar e esclarecer quais são os fenômenos abordados, qual é a ação clínica contextualizada por um determinado sistema teórico-clínico, passível de ser expandido, na busca de uma maior eficiência heurística de sua proposta clínica. Nesse contexto, diferencia as sínteses pessoais singulares das teóricas universais, apontando para modos de comunicação e influência entre os sistemas teóricos-semânticos.

Poderíamos, ainda, apontar para a utilidade da noção kuhniana de exemplar (um dos componentes da matriz paradigmática), como um instrumento importante para esclarecer e ensinar uma determinada perspectiva de trabalho. A noção de paradigma fornece uma maneira de descrever a realidade, de enunciar problemas e encaminhar suas soluções. Ela pode mostrar como os psicanalistas são treinados, teórica e praticamente, a ver os pacientes, seus sintomas e seus modos de relacionarem-se com os analistas (as transferências) etc. A teoria e o treinamento analítico (análise e supervisão) ensinam a ver os problemas de uma determinada maneira e, concomitantemente, a resolver esses problemas também de certa maneira. Mais ainda, no treinamento e formação dos analistas, como também ocorre noutras ciências, estes são ensinados a resolver problemas a partir de certos modelos, ou seja, são apresentados *exemplares* que servem como modelos de como enunciar e resolver problemas, tanto teóricos como clínicos.

Assim, poderíamos afirmar que cada sistema teórico-semântico também tem um ou mais de um *exemplar*, que serve de modelo para a orientação e compreensão dos fenômenos e para o modo como o trabalho clínico deve ser realizado. Adam Phillips faz um comentário que parece corroborar essa perspectiva, quando diz:

> "Cada teórico da psicanálise, poder-se-ia dizer, organiza sua teoria em volta do que poderia ser chamado de uma catástrofe essencial, para Freud era a castração; para Klein, o triunfo da pulsão de morte; e para Winnicott era a aniquilação do *self* central pela intrusão, como falha no ambiente de sustentação" (1988 [2007], p. 209).

Nesse sentido, poderíamos retomar cada um dos clássicos da psicanálise para colocar em evidência qual seus *exemplares*, qual sua maneira de apreender e solucionar os problemas, ou ainda, no dizer de Khun, qual é o tipo de quebra-cabeças considerado como o modelo que orienta a observação, a explicação dos fenômenos e a prática clínica.

Os *exemplares* conjugam todos os elementos de uma matriz paradigmática: 1. seu modelo otológico (modelo de homem suposto por uma determinada teoria, bem como um telos para onde deveria caminhar o trabalho de cura psicanalítica); 2. sua teoria geral que versa sobre todos os fenômenos que aborda, como uma perspectiva estrutural, uma teoria aplicável a todos os casos (ainda que se modifique parcialmente em cada caso ou problema que aborda); 3. seu modelo de ação, ou modelo heurístico, que expressa o modo de ação e/ou compreensão dos fenômenos; e 4. um conjunto de valores teóricos (que apontam para o que é importante a ser considerado) e práticos (que apontam para os objetivos, as condições de possibilidade para ação, modos de intervir sobre os fenômenos).

Assim, no uso desta noção, como instrumento de ensino e treinamento dos psicanalistas, o iniciante tem uma situação empírica relativamente simplificada para que possa entender e exercitar o modo de enunciar e resolver problemas de um determinado ponto de vista ou paradigma. Pode-se argumentar que os exemplares são redutores, que apresentam situação muito simplificadas e acabam por deixar questões, temas e fenômenos significativos, fora do que apresentam, e isto é correto. No entanto, sua função não é a de apresentar uma síntese, mas de fornecer um esboço caricato que possa orientar o pensamento e a ação clínica, principalmente nas situações de ensino e supervisão. Trata-se de um exercício de ensino e estudo que, conjugado com a experiência analítica e supervisão do psicanalista (o tripé da formação clássica), contribui de forma objetivada para a constituição de um modo de ver, pensar e agir clinicamente. A vantagem do uso da noção de exemplar é que ela contribui explicitando, de forma clara e visível, quais os pressupostos a serem considerados e qual é o modelo de enunciação e ação a ser aprendido... mesmo que, no futuro, esse modelo possa ser questionado, transformado, redescrito e, até mesmo, abandonado.

Para apreender objetivamente como essa perspectiva poderia orientar a realização da prática clinica, me parece ser esclarecedor indicar (ainda que parcialmente), qual ou quais seriam os exemplares do ponto de vista clássico de Freud, ainda que um trabalho mais amplo, nesse sentido, devesse incluir também perspectivas tais como as de Klein, Bion, Lacan, Bolwby, Winnicott dentre outros. Para Freud, poderíamos caracterizar dois tipos de exemplares: um, mais geral, focado na sua concepção de que são as *formações do inconsciente* (sonhos, atos falhos, sintomas, a própria organização psíquica) e a teoria da defesa (contra a angústia) a eles associados, como estando na origem das formações do inconsciente; outro, mais focado em problemas clínicos específicos, seus casos clínicos (Dora, Hanns, Homem dos Ratos, Homem dos Lobos, Schreber), nos quais o *Complexo de Édipo*, cenário no qual o paciente tem que administrar sua vida pulsional e/ou sexual nas relações interpessoais e nos tratamentos psicanalíticos onde ocorrem os fatos da transferência e da resistência. Trata-se de um modelo relativamente simples, que não inclui a totalidade e a complexidade dos fenômenos clínicos e das dinâmicas que caracterizam o método de tratamento psicanalítico, que tem o objetivo de oferecer um esquema geral orientador, a ser expandido e elaborado pessoalmente por cada analista.

Note-se, por exemplo, para antever a utilidade sintética, pedagógica, desse tipo de instrumento teórico, a enunciação feita por Loparic (2018, p. 136-137), comparando o paradigma freudiano, como sendo o do "o andarilho na cama da mãe", com o de Winnicott, "o bebê no colo da mãe", onde dois modos muito distintos de pensar e de agir clinicamente estão colocados, independentemente de considerarmos adequados ou não esses enunciados!

Estas observações finais servem, aqui, para apontar a utilidade da noção de paradigma) para a compreensão, desenvolvimento e comunicação entre sistemas teóricos-semânticos díspares da psicanálise, tanto em termos teóricos como clínicos, irredutíveis um ao outro, indicando a ligação entre estas distinções epistemológicas e suas possíveis consequências para a compreensão da prática clínica, num artigo já muito longo, um caminho que, por um lado, respeita epistemológica e conceitualmente a unidade de cada sistema e, por outro, sem ferir os narcisismo das pequenas diferenças, aponta para possibilidade de suas ampliações, sem que isto signifique procurar uma síntese que amalgame todos eles, mas contribuindo para um desenvolvimento mais integrado da psicanálise.

Referências

Abram, J. (2012). *Donald Winnicott Today*. London and New York: Routledge.

_______ (2012). The Annual Freud Memorial Lecture 2012 at the University of Essex. https://youtu.be/rOIDAmI99wo.

Altmann de Litvan, M. (editor) (2014). *Time for change: Tracking transformations in psychoanalysis – the Three-Level Model*. London: Karnac.

Andersson, O. (1962). *Freud avant Freud. La préhistoira de la psychanalyse* (1886-1896). Condé-sur-Noireau: Synthélo Groupe, 1997.

_______ (2000). *Freud precursor de Freud: estudos sobre a pré-história da psicanálise*. (L. C. U. J. Fo., Trans.). São Paulo: Casa do Psicólogo.

André, J., Green, A., Fédida, P., Widlöcher, D., Chabert, C., & Donnet, J.-L. (1999). *Les états limites. Nouveaux paradigm pour la psychanalyse?* Paris: PUF.

Assoun, P.-L. (1976). *Freud, la philosophie et les philosophes*. Paris: PUF, 1995.

_______ (1980). Présentation, tradution et comentaire de L'intérêt de la psychanalyse de S. Freud *L'intérêt de la psychanalyse de S. Freud*. Paris: Retz.

_______ (1981). *Introduction à l'épistemologie freudienne*. Paris: PUF, 1990.

_______ (1985a). Étude-Posface. De Mach a la Philosophie-sans-qualités *Pour une évaluation des doctrines de Mach*. Paris: PUF.

_______ (1985b). Étude-Préface. Musil, lecteur de Mach *Pour une évaluation des doctrines de Mach*. Paris: PUF.

______(1997). *Leçons psychanalytiques sur Corps et Symptôme*. (Vol. Tome 1. Clinique du Corps). Paris: Anthropos.

Bacciagaluppi, M. (2012). *Paradigms in Psychoanalysis. An Integration*. London: Karnac.

Baudoüin, C. (1957). *Y-a-t-il une science de l'âme?* Paris: Fayard.

Blum, V. L. (1998). *O estatuto das entidades à luz da teoria kantiana das ideias*. Campinas: Centro de Lógica, Epistemologia e História da Ciência/Unicamp (Coleção CLE).

Barretta, J. P. (2016). A noção de paradigma(s) na psicanálise: Winnicott e Freud. Inédito, citado com autorização do autor.

Bernardi, R. (1989). The power of theories. The role of paradigmatic determinants in psychoanalytic understanding. *International Journal of Psychoanalysis*, 70, 341-355.

______(2002). The need for true Controversies in Psychoanalysis: The debates on Melanie Klein and Jacques Lacan in the Río de la Plata. *The International Journal of Psychoanalysis*, 83(4), 851-873.

______(2014a). The assessment of changes: diagnostic aspects. In: Altmann de Litvan M., editor. Time for change: Tracking transformations in psychoanalysis – the Three-Level Model, 263–78. London: Karnac.

______(2014b). The three-level model (3-LM) for observing patient transformations. In: Altmann de Litvan M., editor. Time for change: Tracking transformations in psychoanalysis – the Three-Level Model, 3-34. London: Karnac.

______(2015). What kind of discipline is psychoanalysis? *The International Journal of Psychoanalyses*, 96(3), 731-754. doi: 10.1111/1745-8315.12351.

______(2017). A common ground in clinical discussion groups: Intersubjective resonance and implicit operational theories.

The International Journal of Psychoanalyses, 98, 1291-1309. doi: 10.1111/1745-8315.12633.

Blanton, S. (1971). *Diary of My Analysis with Sigmund Freud*. New York: Hawthorn Books.

Bohleber, W., Fonagy, P., Jiménez, J.-P., Scarfone, D., Varvin, S., Zysman, S. (2013). Towards a better use of psychoanalytic concepts: A model illustrated using the concept of enactment. *The International Journal of Psychoanalysis*, 94(3), 501-530.

Bowlby, J. (1988). *A Securate Base. Parent-Child Attachment and Healthy Human Developpment*. London: Basic Books.

Cassorla, R. M. S. (2013). Afinal, o que é esse tal enactment? *Jornal de Psicanálise*, 46(85), 183-198.

Ellenberger, H. F. (1970). *The Discovery of the Unconscious. The History and Evolution of Dynamic Psychiatry*. New York: Basic Books.

_______ (1994). *Histoire de la découverte de l'inconscient*. Mesnil-sur--l'Estrée: Fayard, 1994.

Etcheverry, J. L. (1988a). Indice de analogías *Sigmund Freud. Obras completas* (Vol. 24). Buenos Aires: Amorrortu.

Fédida, P. (1994). Pour une métapsychologie analogique. Fécondité de l'hétérogène *Somatisation, psychanalayse et sciences du vivant*. Paris: Eshel.

Foucault, M. (1977). *O nascimento da clínica*. Rio de Janeiro: Forense-Universitária.

Freud, S. (1953-74). *Standard Edition of the Complete Psychological Works of Sigmund Freud* (SE). 24 v. Trans. and ed. J. Strachey *et al.* London: The Hogarth Press.

_______ (1888b). *Hysteria*. SE 1, pp. 39-59.

_______ (1892b). *A Case of Successful Treatment by Hypnotism*. SE 1, pp. 116-128.

_______ (1893c). *Some Points For a Comparative Study of Organic and Hysterical Motor Paralyses*. SE 1, pp. 157-172.

_______ (1893f). *Charcot*. SE 3, pp. 9-23.

_______ (1894a). *The Neuro-Psychoses of Defence*. SE 3, pp. 43-61.

_______ (1895d). *Fräulein Anna O, Case Histories from Studies on Hysteria*. SE 2, pp. 21-47.

_______ (1897b). *Abstracts of the Scientific Writings of Dr. Sigm. Freud 1877-1897*. SE 3, pp. 225-257.

_______ (1900a). *The Interpretation of Dreams*. SE 4, pp. 1-627.

_______ (1904a). *Freud's Psycho-Analytic Procedure*. SE 7, pp. 248-254.

_______ (1905d). *Three essays on the theory of sexuality*. SE 7, pp. 123-246.

_______ (1905b). *Psychical (or Mental) Treatment*. SE 7, pp. 282-302.

_______ (1905c). *Jokes and their Relation to the Unconscious*. SE 8, pp. 3-247.

_______ (1911c). *Psycho-Analytic Notes on an Autobiographical Account of a Case of Paranoia (Dementia Paranoides)*. SE 12, pp. 3-82.

_______ (1912d). *On the Universal Tendency to Debasement in the Sphere of Love (Contributions to the Psychology of Love II)*. SE 11, pp. 178-190.

_______ (1912x). *Totem and Taboo*. SE 13, pp. 1-162. [Tr. Fr. *Sigmund Freud. Oeuvres completes* (OCF.P) (vol. 11, pp. 189-385)].

_______ (1913c). *On Beginning the Treatment (Further Recommendations on the Technique of Psycho-Analysis I)*. SE 12, pp. 122-144.

_______ (1913j). *The Claims of Psycho-Analysis to Scientific Interest*. SE 13, pp. 164-190.

_______ (1913m). *On Psycho-Analysis*. SE 12, pp. 206-212.

_______ (1914d). *On the History of the Psycho-Analytic Movement*. SE 14, pp. 1-66.

_______ (1915c). *Instincts and their Vicissitudes*. SE 14, pp. 105-140.

_______ (1915e). *The Unconscious*. SE 14, pp. 161-215.

_______ (1916x). *Introductory Lectures on Psycho-Analysis*. SE 15, pp. 3-240.

_______ (1917a). *A Difficulty in the Path of Psycho-Analysis*. SE 17, pp. 136-144.

_______ (1917d). *A Metapsychological Supplement to the Theory of Dreams*. SE 14, pp. 219-235.

_______ (1920g). *Beyond the Pleasure Principle*. SE 18, pp. 3-64.

_______ (1923a). *Two Encyclopaedia Articles*. SE 18, pp. 234-260.

_______ (1924b). *Neurosis and Psychosis*. SE 19, pp. 148-154.

_______ (1924c). *The Economic Problem of Masochism*. SE 19, pp. 157-170.

_______ (1925a). *A Note Upon the 'Mystic Writing-Pad'*. SE 19, pp. 226-232.

_______ (1925d). *An Autobiographical Study*. SE 20, pp. 3-74.

_______ (1926f). *Psycho-Analysis*. SE 20, pp. 261-270.

_______ (1926x). Entrevista a Charles Baudoüin em 20/0utubro/1926, in: Charles Baudoüin 1957, *Y-a-t-il une science de l'âme?*, Paris, Ed. Fayard.

_______ (1930e). *The Goethe Prize*. SE 21, pp. 208-214.

_______ (1931d). *The Expert Opinion in the Halsmann Case*. SE 21, pp. 251-253.

_______ (1933a). *New Introductory Lectures On Psycho-Analysis*. SE 22, pp. 3-182.

_______ (1933b). *Why War?* SE 22, pp. 197-216.

_______ (1937c). *Analysis Terminable and Interminable*. SE 23, pp. 211-254.

_______ (1940a). *An Outline of Psycho-Analysis*. SE 23, pp. 141-208.

_______ (1940b). *Some Elementary Lessons in Psycho-Analysis*. SE 23, pp. 280-286.

_______ (1950a [1895]). *Project for a scientific psychology*. SE 1, pp. 283-387.

_______ (1990). *Lettres de jeunesse*. Paris: Gallimard.

_______, & Binswanger, L. (1995). *Correspondance 1908-1938*. Paris: Cal.man-Lévy.

_______, & Ferenczi, S. (1996). *Correspondance 1914-1919*. Paris: Calmann-Lévy.

_______, & Jung, G. (1992). *Correspondance 1906-1914*. Paris: Gallimard.

_______, & Jung, G. C. (1992). *Correspondance 1906-1914*. Paris: Gallimard.

_______, & Zweig, S. (1995). *Correspondance*. Paris: Payot & Rivages.

Fulgencio, L. (2000). Apresentação e comentários do documento: Convocação para a fundação de uma "Sociedade para a Filosofia Positivista". *Revista de Filosofia e Psicanálise Natureza Humana, v. 2*(n. 2), 429-438.

_______ (2005). Freud's metapsychological speculations. *The International Journal of Psychoanalysis*, 86:99–123.

_______ (2007). Paradigmas na história da psicanálise [Paradigms in the History of the Psychoanalysis]. *Revista de Filosofia e Psicanálise Natureza Humana*, (1), 97-128.

_______ (2008). *O método especulativo em Freud*. São Paulo: EDUC.

Gabby Jr., O. F. (1994). *Freud: racionalidade, sentido e referência*. Campinas: Unicamp/CLE.

_______ (1995). Notas críticas sobre Entwurf Einer Psychologie *Freud 1995c [1895]: Projeto de uma psicologia*. Rio de Janeiro: Imago.

_______ (2004). Resenha de Richard Thesein Simanke 2002: Metapsicologia lacaniana. *Revista de Filosofia e Psicanálsie Natureza Humana, 6*(1), 125-134.

Goethe, J. W. (1817). *La métamorphose des plantes et autres écrits botaniques*. Paris: Triades, 1992.

Green, A. (2001). Courants de la Psychanalyse Contemporaine. *Revue Française de Psychanalyse*, Numero Especial.

_______ (2005). Winnicott en transition, entre Freud et Melanie Klein. In: *Jouer avec Winnicott*, pp. 43-66. Paris: PUF.

Greenberg, J. R. & Mitchell, S.A. (1983). *Objet Relations and Psychoanalytic Theory*. Cambridge: Harvard University Press.

Heidegger, M. 1994. *Seminários de Zollikon*. Petrópolis: Vozes/Educ/ ABD, 2001.

Helmholtz, H. v. 1878. Os fatos na percepção. *Cadernos de história e filosofia da ciência, v. 1*(n. 2), pp. 229-274, 1989.

Jiménez, J. P. (2006). After pluralism: Towards a new, integrated psychoanalytic paradigm. *International Journal of Psychoanalysis*, 87, 1487-1507.

Jones, E. (1953). *La vie et l'oeuvre de Sigmund Freud (vol. 1)*. Paris: PUF, 1992.

_______ (1955). *La vie et l'oeuvre de Sigmund Freud (vol. 2)*. Paris: PUF, 2000.

_______ (1957). *La vie et l'oeuvre de Sigmund Freud (vol. 3)*. Paris: PUF, 1975.

_______ (1979). *Vida e obra de Sigmund Freud*. Rio de Janeiro: Zahar.

Joyce, A. (Ed.) (2018). *Donald W. Winnicott and the History of the Present. Understanding the Man and his Work*. London: Karnac.

Kant, I. (1764). *Ensaio sobre as doenças mentais*. Campinas: Papirus, 1993.

_______ (1783). *Prolegômenos a toda a metafísica futura*. Lisboa: Edições 70, 1987.

_______ (1786). *Princípios Metafísicos da Ciência da Natureza*. Lisboa: Edições 70, 1990.

_______ (1787). *Crítica da razão pura (CRP). 1. ed. 1781 (A) e 2. ed. 1787 (B)*. Lisboa: Fundação Calouste Gulbenkian, 1997.

_______ (1788). *Crítica da razão prática (CRPrática)*. Lisboa: Edições 70, 1997.

_______ (1793). *Crítica da faculdade do juízo (CFJ)*. Rio de Janeiro: Forense Universitária, 1993.

_______ (1796). Observações referentes a Sobre o órgão da alma. *Revista de Filosofia e Psicanálsie Natureza Humana, 5*(1), 223-229, 2003.

_______ (1798a). *Antropologia de um ponto de vista pragmático (ANT)*. São Paulo: Iluminuras, 2006.

_______ (1798b). *Antropologie du point de vue pragmatique (ANT)*. Paris: Vrin.

_______ (1923). *Manual dos cursos de lógica geral*. Uberlândia, Campinas: EDUFU/IFCH-Unicamp, 1998.

Kitcher, P. (1990). *Kant's Transcendental Psychology*. New York: Oxford University Press.

Knoblock, F. (1991). *O inconsciente: várias leituras*. São Paulo: Escuta.

Khun, T. S (1970). *The Structure of Scientific Revolutions*. Chicago: Universitdy of Chicago Press.

_______ (1974). Second Throughts on Paradigms. In: *The Essential Tension: Selected Studies in Scientific Tradition and Change* (pp. 293-319). Chicago: University of Chicago Press.

_______ (1977). *The Essential Tension: Selected Studies in Scientific Tradition and Change*. Chicago: University Of Chicago Press.

_______ (1989). The Natural and the Human Sciences *The Road since Structure: Philosophical Essays, 1970 – 1993, with an Autobographical interview* (pp. 216-223). Chicago and London: The Univesity of Chicago Press.

_______ (2000). *The Road since Structure: Philosophical Essays, 1970 – 1993, with an Autobographical interview*. Chicago and London: The University of Chicago Press.

Lacan, J. (1975). *O Seminário. Livro 1. Os escritos técnicos de Freud*. Rio de Janeiro: Zahar, 1983.

Leahey, T. H. (1987). *A History of Psychology. Mains Currents in Psychological Thought*. New Jersey: Prentice-Hall.

Lebrun, G. (1977). L'idée d'épistemologie. *Manuscrito, n. 1*.

Lipps, T. (1897). O conceito de inconsciente na psicologia. *Revista de Filosofia e Psicanálsie Natureza Humana, 3*(1), 335-356, 2001.

Loparic, Z. (1982). *Problem-Solving in Kant and Mach*. Louvain, Louvain.

_______ (1984). Resolução de problemas e estrutura de teorias em Mach. *Cadernos de história e filosofia da ciência, 6*(1), 35-62.

_______ (1985). Resistências à psicanálise. *Cadernos de história e filosofia da ciência, 8*(1), 29-49.

_______ (1991). Um olhar epistemológico sobre o inconsciente freudiano. In F. Knoblock (Ed.), *Knoblock 1991* (pp. 43-58). São Paulo: Escuta.

_______ (1997). *Descartes heurísticos*. Campinas: IFCH-Unicamp.

_______ (1999a). É dizível o inconsciente? *Revista de Filosofia e Psicanálise Natureza Humana, 1*(2), 323-385.

_______ (1999b). O conceito de *Trieb* na filosofia e na psicanálise. In J. A. T. Machado (Ed.), *Machado 1999* (pp. 97-157). Porto Alegre: EDIPCRS.

_______ (2000). *A semântica transcendental de Kant*. Campinas: CLE.

_______ (2001a). Esboço do paradigma winnicottiano. *Cadernos de história e filosofia da ciência, 11*(2), 7-58.

_______ (2001b). Theodor Lipps: uma fonte esquecida do paradigma freudiano. *Revista de Filosofia e Psicanálise Natureza Humana, 3*(2), 315-331.

_______ (2003a). As duas metafísicas de Kant. *Kant e-Prints, 2*(5).

_______ (2003b). De Kant a Freud: um roteiro. *Revista de Filosofia e Psicanálise Natureza Humana, 5*(1), 231-245.

_______ (2006). De Freud a Winnicott: aspectos de uma mudança paradigmática. [From Freud to Winnicott: aspects of a paradigm change], *Revista de Filosofia e Psicanálise Natureza Humana*, 8 (Especial 1), 21-47.

_______ (2007). Elementos da teoria winnicottiana da sexualidade. *Revista de Filosofia e Psicanálise Natureza Humana, 7*(2), 311-358.

_______ (2012). From Freud to Winnicott: aspects of a paradigm change. In: *Donald Winnicott Today*. London and New York: Routledge.

_______ (2018). Winnicott's paradigm shift in psychoanalytic theory and practice. In A. Joyce (Ed.), *Donald W. Winnicott and the History of the Present. Understanding the Man and his Work* (pp. 132-141). London: Karnac.

Lubimoff, A. (1894). *Le Professeur Charcot. Étdude Scientifique et Biologique*. Saint-Pétersbourg: Typographie A. S. Souvorine.

McDougall, J. (1995). Au-delà des sectes psychanalytiques: en quête d'un nouveau paradigme. In: *Éros aux mille et un visages*, pp. 289-302. Paris: Éditions Gallimard.

Machado, J. A. T. o. (1999). *Filosofia e psicanálise: um diálogo*. Porto Alegre: EDIPCRS.

Mach, Ernst. (1883). *The Science of Mechanics. A Critical and Historical Account of Its Development*. Chicago and London: The Open court Publishing Company, 1919.

_______ (1886). *The Analysis of Sensations, and the Relation of the Physical to the Psychical*. Chicago and London: The Open Court Publishing Company, 1914.

_______ (1905). *Knowledge and Error. Sketches on the Psychology of Enquiry*. Dordrecht-Holland/Boston-USA: D. Reidel Publishing Company, 1976.

Masson, J. M. (1986). *A correspondência completa de Sigmund Freud para Wilhelm Fliess* – 1887-1904. Rio de Janeiro: Imago.

Mezan, R. (1989). Metapsicologia/Fantasia *Figuras da teoria psicanalítica* (pp. 355-356). São Paulo: Escuta & Edusp, 1995.

_______ (1990). Existem paradigmas na psicanálise? *Percurso*, 4, pp. 43-53.

_______ (1998a). *Escrever a clínica*. São Paulo: Casa do Psicólogo.

_______ (1998b). *Tempo de muda*. São Paulo: Companhia das Letras.

_______ (2002). Sobre a epistemologia da psicanálise. In: *Interfaces da psicanálise*. São Paulo: Companhia das Letras.

_______ (2006). Paradigmas em psicanálise. *Revista de Filosofia e Psicanálsie Natureza Humana, Livro de Conferências do I Congresso Internacional de Filosofia da Psicanálise*, 8 (Especial 1), pp. 49-62.

Musil, R. (1908). *Pour une évaluation des doctrines de Mach*. Paris: PUF, 1985.

Nagel, E. (1959). *La estrutura de la ciencia – Problemas de la lógica de la investigation científica*. Buenos Aires: Paidos, 1978.

Nunberg, H. e. F., Ernest (1976). *Les premiers psychanalystes – Minutes de la société psychanalytique de Vienne, Tome I, 1906-1908*. Paris: Gallimard.

_______ (1978). *Les premiers psychanalystes – Minutes de la société psychanalytique de Vienne, Tome II, 1908-1910*. Paris: Gallimard.

Peirce, C. S. (1997). *Semiótica*. São Paulo: Perspectiva.

Phillips, A. (1988). *Winnicott*. London: Fontana Press.

Planck, M. (1908). L'univers de la physique et son unité (conferência pronunciada em Leyde). *L'image du monde dans la physique moderne*. Zurich: Gonthier, 1963.

Pontalis, J-B. (2001). C'étair un vrai comédien. *Libération. Lacan, y es-tu?* 13/AVRIL/2001.

Popper, K. R. (1972). *Conjectures et réfutations. La croissance du savoir scientifique*. Paris: Payot, 1985.

Porte, M. (1994). *La dynamique qualitative en psychanalyse*. Paris: PUF.

Pribram, K., & Gill, M. (1976). *O Projeto de Freud: um exame crítico*. São Paulo: Cultrix.

Rapaport, D. (1960). *A estrutura da teoria psicanalítica*. São Paulo: Perspectiva, 1982.

Rocha, N. J. N. (2009). Pensar o processo psicanalítico. *Revista Brasileira de Psicanálise*, 43(2), 173-182.

Rubin, W. (1984). *Le primitivisme dans l'art du 20ème siècle* (Vol. 2). Paris: Flammarion, 1991.

Shakow, D., & Rapaport, D. (1964). Nineteenth and Early Twentieth Century Background. *Psychological Issues, v. 14*(n. 1).

Soulez, A. (1985). *Manifeste du cercle de Vienne et autres écrits*. Paris: PUF.

Spence, D. P. (1987). *A metáfora freudiana. Para uma mudança paradigmática na psicanálise*. Rio de Janeiro: Imago, 1992.

Winnicott, D. W. (2017). *The Collect Works of D. W. Winnicott* (12 Vols.). (Edited By Lesley Cladwell and Helen Taylor Robinson) New York: Oxford University Press.

_______ (1986k). Psychoanalysis and science: Friends or relations? In: *The Collect Works of D. W. Winnicott* (Vol: 6, Part 2, item 9, pp. 217-222). New York: Oxford University Press.

Este livro foi composto em
Adobe Caslon Pro
e impresso em Pólen Bold 90 gr.
pela Gráfica Forma Certa
em julho de 2021.